北京大学教育政策研究丛书
陈学飞　主编

国家学科基地政策扩散研究

包海芹　著

北京大学出版社
PEKING UNIVERSITY PRESS

图书在版编目(CIP)数据

国家学科基地政策扩散研究/包海芹著. —北京：北京大学出版社，
2011.11
（北京大学教育政策研究丛书）
ISBN 978-7-301-19679-3

Ⅰ.①国…　Ⅱ.①包…　Ⅲ.①高等学校－教学研究－ 教育政策－研
究－中国　Ⅳ.①G642.0

中国版本图书馆 CIP 数据核字(2011)第 222797 号

书　　　　名：国家学科基地政策扩散研究
著作责任者：包海芹　著
责 任 编 辑：黄　娟　韩文君
标 准 书 号：ISBN 978-7-301-19679-3/G·3251
出 版 发 行：北京大学出版社
地　　　　址：北京市海淀区成府路 205 号　100871
网　　　　址：http://www.jycb.org　http://www.pup.cn
电 子 信 箱：zyl@pup.pku.edu.cn
电　　　　话：邮购部 62752015　发行部 62750672　编辑部 62767346
　　　　　　　出版部 62754962
印　刷　者：三河市北燕印装有限公司
经　销　者：新华书店
　　　　　　　650 毫米×980 毫米　16 开本　12.5 印张　186 千字
　　　　　　　2011 年 11 月第 1 版　2011 年 11 月第 1 次印刷
定　　　　价：32.00 元

目　　录

导　言

　　本书研究的是我国国家学科基地政策的扩散问题。国家学科基地主要指教育部在高等学校建立的国家理科基础科学研究与教学人才培养基地、国家文科基础学科人才培养和科学研究基地以及国家人文社会科学重点研究基地等。这是 20 世纪 90 年代以来逐渐在我国高等教育领域出现并获得迅速扩展的一种重要现象。教育实践工作者对这一政策现象关注较多，一些高校教师和管理人员对各类型学科基地在教学、科研改革、师资建设和人才培养模式等方面的经验作了总结，对基地建设所取得的成效进行了介绍。理论研究者的关切度则较小，目前尚缺乏对这一政策现象的创始、发展和演进机理的深入分析。理论研究的滞后，限制了我们对国家学科基地政策的认识及对政策未来发展的科学判断。本书从政策扩散现象出发，对国家学科基地政策的发展过程做了详细梳理，并结合制度主义理论对其进行了理论分析，旨在深化我们对国家学科基地政策的理解。

国家学科基地政策扩散现象

　　20 世纪 90 年代，中国高等教育领域的一个突出现象就是各种教育改革工程项目盛行。这些教育项目通常都冠以"工程"、"计划"或"基地"等名称，如"985 工程"、"211 工程"、"跨世纪优秀人才培养计划"、"特聘教授计划"、"人文社会科学重点研究基地"等。在这些改革项目中，国家学科基地尤其值得关注。该项目起源于 90 年代初，从 1991 年国家建立理科基础学科研究和教学人才培养基地起，到 2003 年国家集成电路人才培养基地建立为止，这期间各种类型教学和科研基地项目层出不穷。

20 世纪 80 年代后期,受经济转型时期市场经济体制的冲击,我国许多高校基础学科(尤其是理科基础学科)的教学和科研工作出现了十分令人担忧的状况。原国家教委经过调研后决定从 90 年代起在高校中建立国家基础科学研究和教学人才培养基地,为基础学科的教学和研究培养与输送高质量的后备人才。从 1991 年开始,通过学校申请、专家论证评审等程序,原国家教委先后 4 批次从全国基础较好的 39 所不同类型院校中,选择数学、物理学等 14 个基础学科的 83 个专业点,建设"国家理科基础科学研究和人才培养基地"(以下简称"理科基地")。1994 年底,原国家教委又作出了建立"国家文科基础学科人才培养和科学研究基地"(以下简称"文科基地")的决定,并于 1995 年 1 月正式批准在北京大学等全国 31 所高校建立 51 个"文科基地"学科点(其中中文学科点 23 个,历史学科点 21 个,哲学学科点 7 个)。1996 年,国家教委又建立了 45 个"国家工科基础课程教学基地"(以下简称"工科基地"),以推动工科基础课程教学基本建设和教学改革。1998 年,在理科、文科、工科基地的基础上,教育部又决定从一批"教学条件好、师资力量强、科研水平高、改革思路清晰、具有配套的理论经济学硕士、博士点的重点学校"中择优建立一批"国家经济学基础人才培养基地"(以下简称"经济学基地"),1998 年 5 月批准设立了 11 个经济学基地和 2 个自筹经费建设基地点。从 1999 年到 2001 年,教育部又分 4 批次建立了 100 多个"国家人文和社会科学重点研究基地"(以下简称"人文研究基地")。21 世纪初期,在各种基础学科基地建设的基础上,教育部又推出了应用学科方面的人才培养基地。2001 年在有关高校建立了 35 个"示范性软件学院"(又称"软件基地"),2002 年建立了 36 个"国家生命科学与技术人才培养基地"(以下简称"生物基地"),2003 年又建立了"国家集成电路人才培养基地"(以下简称"集成电路基地")。值得注意的是,在中央教育部门建立国家级学科和研究基地时,各省、市教育部门和高校也纷纷建立了本地区和学校的各种形式的基地。这些基地被比喻为我国高校的"教育特区",意指高校教学、人才培养模式改革和科研创新的"示范地"与"窗口"。学科基地在招生、教学、科研、人事和经费等各方面享受国家、地方或学校一系列的特殊政策与优惠。各类型的学科基地在高校的教学、科研和人才培养中正发挥着越来越重要的作用。

　　根据文献和调查,目前我国高校中建立的基地主要有以下几种:一是人才培养基地,如"国家理科基础科学研究和教学人才培养基地"、"国家文科基础学科人才培养和科学研究基地"、"国家生命科学与技术人才培养基地";二是基础课程研究和教学基地,如"国家工科基础课程教学基地";三是重点研究基地,如"国家人文和社会科学重点研究基地"。考虑到大部分基地隶属于某种学科和对其的一贯称呼,本书将以上三类基地统称为"国家学科基地"。(参见表1)

表1　国家学科基地设立的时间、名称和处室一览表

年份	1991	1995	1996	1998	1999	2002	2003
基地	理科基地	文科基地	工科基地	经济学基地	人文重点研究基地	生物基地	集成电路基地
建设部门	高教司理科处	高教司文科处	高教司工科处	高教司财经政法管理教育处	社政司科研规划处	高教司农林医药教育处	高教司理工处

　　国家学科基地是我国教育主管部门在新时期针对高校学科发展、人才培养和科学研究中存在的问题所采取的重点投入和建设的教育政策。根据政策的定义,公共政策是公权力主体制定和执行的用以确定和调整广泛社会关系的行为规范[1],或是党和政府用以规范、引导本国或本地有关机构团体和个人行为的准则或指南。[2]　其表达形式有法律法规、行政命令、政府首脑的书面或口头声明和指示以及行动计划与策略等。国家学科基地政策就是教育公共权力机关用以保护和规范高等学校学科发展、人才培养、师资队伍建设、科学研究等的行为规范。

　　从上述基地演进的脉络来看:第一,从第一个理科基地的建立,到后续的各种学科人才培养、课程教学、文化素质教育、研究等类型基地的"遍地开花",基地建设呈现出一种持续跟进的趋势,甚至是"泛化"的趋势;第二,与基地的持续跟进相联系,基地的涵义也已经从最初的保护和加强基础学科人才培养的一项措施,发展到国家借以改革高校科研体制、加强大

---

[1]　张国庆.公共政策分析[M].上海:复旦大学出版社,2004:4.

[2]　张金马.政策科学导论[M].北京:中国人民大学出版社,1992:19-20.

学生文化素质教育以及发展应用学科、扶持新兴技术学科的一项重要政策。这一现象正是本书所关注的。

本书将学科基地的"持续跟进"现象称为基地政策的扩散。罗杰斯(Rogers)把扩散(diffusion)定义为一项创新经过一段时间,经由特定的渠道,在某一社会团体的成员中传播的过程。[①] 学科基地政策扩散就是指学科基地政策在时间和空间上的传播、散布的过程。研究的逻辑起点也将从这里开始:基地政策扩散为什么会发生及如何发生? 基地政策扩散遵循什么机理? 是什么因素使理科基地政策成为其他学科(建设部门即各个处室组织)的"模型"? 这种模仿是教育部整体协调的结果还是各学科分散的自主行为? 在什么条件下后续学科对这种外部影响尤其敏感? 后续基地的建立与第一个基地之间在内涵上有何联系和差异? 如果有差异,这种差异在扩散进程中是如何出现的?

从现有研究来看,目前政策扩散研究主要涉及国家与国家之间、一国地区与地区(如美国各州)之间政策扩散的宏观层面的问题,包括政策扩散的速度、程度、结果及影响因素等,而很少关注一项政策在一个部门内部被采纳和传播等微观层面的问题。[②] 从研究方法来看,早期的政策扩散研究主要采用定量研究方法,关注一个地区的政策创新和另一地区采纳同一创新之间的相互关系。研究变量通常停留在某地区政策采纳的具体年份(传播模型)和该地区的社会背景特征(内部决定模型)上,经验研究也旨在验证这一关系的存在。这种定量研究并没有给我们带来扩散为

---

① 埃弗雷特·M.罗杰斯.创新的扩散[M].辛欣,译.北京:中央编译出版社,2002:5.

② 政策扩散的研究包括:Jack L. Walker. The Diffusion of Innovations among the American States. *The American Political Science Review*,1969,(63):880-899;Robert Eyestone. Confusion,Diffusion,and Innovation. *The American Political Science Review*,1977,(71):441-447;Robert L. Savage. Policy Innovativeness as a Trait of American States. *Journal of Politics*,1978,(40):212-224;Frances Stokes Berry and William D. Berry. State Lottery Adoptions as Policy Innovations:An Event History Analysis. *The American Political Science Review*,1990,(84):395-415;Henry R. Glick and Scott P. Hays. Innovation and Reinvention in State Policymaking:Theory and the Evolution of Living Will Laws. *The Journal of Politics*,1991,(53):835-850;Christopher Z. Mooney and Mei-Hsien Lee. Legislative Morality in the American States:The Case of Pre-Roe Abortion Regulation Reform. *American Journal of Political Science*,1995,(39):599-627;Michael Mintrom. Policy Entrepreneurs and the Diffusion of Innovation. *American Journal of Political Science*,1997,(41):738-770.

什么及如何发生的洞见。[①]

　　本书将国家学科基地政策扩散放置在一种组织与政策关系的基础之上进行讨论。政策与组织有关,政策的研究植根于对组织运作方式的认识之中(尤其是公共部门,但并不排除其他类型的组织),以及对组织运作与组织应该如何运作的方式之间的鸿沟的认识当中。[②] 在国外有关政策创新扩散研究中,早期的一些研究已经注意到应将组织研究的有关假设运用于政策扩散分析。例如,沃克(Walker)就认为,组织研究的有关假设可以被运用于州政府创新的研究。沃克假设,规模越大、越富有、经济越发达的州就越有创新性。[③] 但传统的政策扩散研究注重以定量方法描述扩散状态及分析扩散的影响因素,对于这些影响因素如何起作用,其中存在的特殊机制或机理,缺乏理论建构。[④]

　　20世纪70年代迅速发展起来的一种影响重大的组织理论研究流派是新制度主义,该理论流派对组织与组织之间的趋同性作了大量研究,这为政策创新扩散研究提供了新的视角。本书采用组织社会学中新制度主义关于制度同形化的理论视角,以教育行政组织的政策采纳为对象,对国家学科基地政策在教育部内部各个部门和组织(主要是指负责基地管理和建设的相关行政处、室)之间的扩散作深入、细致的考察,对政策扩散在组织内部的政策采纳路径、策略和制度约束等问题进行研究,并从组织与环境关系的角度对学科基地政策扩散现象进行理论解释。

　　具体地,本书主要对学科基地政策扩散的以下问题进行分析:

　　(1)学科基地政策扩散起源。即在理科基地建立之后,一系列的类似基地陆续建立,这一扩散现象的基本背景和条件是什么?

　　(2)学科基地政策扩散机制。即理科基地的建立对后继者产生了什

　　① Voden Craig and Volden. States as Policy Laboratories: Experimenting with the Children's Health Insurance Program. Prepared for the 2003 Summer Political Methodology Meetings, Minneapolis. 参见 http://polmeth. wustl. edu/retrieve. php? id=62.

　　② H. K. 科尔巴奇. 政策[M]. 张毅,韩志明,译. 吉林:吉林人民出版社,2005:96.

　　③ Jack L. Walker. The Diffusion of Innovations Among the American States. *American Political Science Review*, 1969(63): 880-899.

　　④ Howard M. Leichter. The Patterns and Origins of Policy Diffusion: The Case of the Commonwealth. Comparative Politics, 1983(15): 223-233.

么影响？这种影响是如何发生的？

（3）学科基地政策扩散演变。即随着基地政策的扩散，基地政策适用领域、政策目标、理念和相关手段等出现了哪些变化，其缘由是什么？

（4）基地政策扩散的制度基础。基地政策扩散背后是否有更深层次的制度基础和文化背景等因素？这些因素是怎样影响基地政策扩散的？

本书的研究目的和结构安排

从 20 世纪 50 年代开始，中国政策过程研究开始受到关注，许多西方学者参与到这个领域中来，他们在资料非常难以获取的情况下就开始从事这项研究。然而，最重要的工作始于 20 世纪 70 年代末，特别是 20 世纪 80 年代，当时中国快速的经济发展吸引越来越多的学者关注，开放形势也使他们容易获得相关研究资料。在这个时期，描述和分析中国政策（包括教育政策）形成过程的各种模型得以发展起来。这些模型以描述性方法为基本特征，重点在于考察中国背景下的政策形成。它们主要考察谁或什么因素在中国政策形成中具有重要作用，这些统治者如何或者通过什么方法来控制政策过程，等等。[①] 然而，由于语言文化不同等因素，国外研究者对中国教育政策过程的分析还是相当有限的，尤其是对 20 世纪 80 年代之后的政策变化和改革趋势还缺乏研究。

本书收集了大量有关中国国家学科基地政策过程的第一手文献、调研和访谈资料，对 20 世纪 90 年代开始延续至今的国家学科基地这一重大教育政策的产生、发展和演进过程进行了详细的资料描述和理论分析，试图积累教育政策过程研究资料，丰富我们对我国转型期政策的制定、变迁和演化的认识。全书借鉴了组织社会学对组织同形化研究的基本思路，同时结合组织与环境关系的理论探讨，构建了学科基地扩散的基本理论框架，这一框架可以概括为"制度约束—合法性机制—政策趋同"。组织适应环境，环境也塑造组织，组织理论探讨组织面对环境所产生的机制。本书具体将国家学科基地政策扩散看作是一种组织行为的"同构"

---

① Kenneth G. Lieberthal, David M. Lampton. Buresucracy, Politics, and Decision Making in Post-Mao China. University of California Press, 1992.

现象。

本书的主要研究目的在于：超越基于统计和总体数据分析的假说，探讨组织之间为什么相互借鉴公共政策，借鉴什么公共政策，如何借鉴？讨论在于把握组织之间的政策信息和公共政策扩散的真实本相，而不仅仅是相互关系。正如政策学者黑尧（Hill）所指出的，"如果我们探讨在现实世界中影响政策过程的要素，我们可以努力作出预测，我们甚至可以劝说有关的政策主体，什么可能行得通，什么可能行不通。但要做到这一点，前提是我们必须能够对现实进行可靠的解释"。① 为了能够详细了解和描述制度环境对组织的影响，以及各教育行政组织在面临环境约束时的能动行为，研究主要采用了案例研究的方法。② 殷（Yin）在《案例研究》一书中指出，案例研究特别适合于回答"是什么"和"为什么"的问题这样的研究。③ 案例研究方法着重对个案问题的描述、解释及分析，遵循归纳逻辑，从收集的资料中形成通则、概念或假设。研究主要是为了处理现象与情境脉络之间复杂的交互关系，它重视情境脉络而非特定变项，重视发现什么而非验证什么。其主要特点是：(1) 在一个完整的情境脉络下来掌握研究现象；(2) 重视描述性与诠释性相结合，进行厚实的描述与深度的描述。④ 全书选择了在学科基地政策创新扩散的前期、中间和后期有代表性的案例进行详细解剖，侧重于对各学科基地政策案例本身的描述，在进行跨案例的描述和分析基础上，试图从案例中梳理出一般性的原理或理论模式，在同样的环境和组织中，体现出它的内在逻辑性。

除导言和结语部分外，全书分六章论述。

---

① 米切尔·黑尧. 现代国家的政策过程[M]. 赵成根，译. 北京：中国青年出版社，2004：201.

② 周雪光认为个案研究对于分析目前中国社会的改革过程具有独特的优势。他指出，中国改革的进程导致了社会生活各个领域的重大变化，许多已有的概念已经与变化中的中国社会相去甚远，而目前的抽样调查常常是建立在这些已有概念的基础上的，已有概念的陈旧使这一研究方法在目前阶段的有效性成为可以质疑的。个案研究对于认识和理解社会群体的分化组合、制度设施间的相互作用、微妙和多元的演变过程、新制度形式的产生和运作都有着不可替代的优势。周雪光. 西方社会学关于中国组织与制度变迁研究状况述评[J]. 社会学研究，1999(4).

③ Robert K. Yin. Case Study Research: Design and Methods(2nd. edition). SAGE Publications，1991：1.

④ 潘慧玲. 教育研究的取经：概念与应用[M]. 上海：华东师范大学出版社，2005：188-214.

第一章,"组织、制度与政策",对本书所采用的理论视角——组织研究的新制度主义理论作了重点介绍,并建构了分析国家学科基地政策扩散的的理论框架。

第二章,"学科基地政策的创始和扩散过程",从总体上对国家学科基地政策的创始过程、政策扩散过程和扩散的结果作了全面的"过程"描述,分析了政策扩散中基地点数量的变化、基地点高校分布特征和基地政策扩散特征等。

第三章,"制度同形化与政策扩散:基地政策扩散的解释逻辑",对国家学科基地政策扩散的制度背景、需求和制度同形化的具体运作过程进行了分析。重点分析了理科基地取得的政策效果、基地政策范式的制度化和制度同形化的具体运作过程(政策范式解读)等。

第四章,"学科基地政策扩散的模式分析",概括了直接模仿型、学习型和强制同形型三种不同的政策扩散模式,分别对应于学科基地政策在前、中、后期三个时段的扩散。本章主要采用案例叙述的方式,分别以国家学科基地政策在基础学科领域、研究领域和新兴技术学科领域的扩散为例,描述了基地政策扩散的不同模式、基地政策同形化机制和同形化策略等。

第五章,"政策扩散中组织的能动性与策略行为",研究了我国教育行政组织"以处为政"的"组织域"结构特点及其对政策扩散的影响,分析了学科基地政策扩散中组织的"竞争和相互看齐"以及自由裁量与解释的行为;并对组织所使用的其他策略化行为包括与其他政策议题相联系、政策议题嵌入和建立政策联盟等进行了分析。

第六章,"组织文化、网络与政策扩散",从"组织域"和组织制度环境层次对组织的政策采纳行为进行了概括分析。"组织域"本身内置于社会网络文化环境之中,与环境存在各种各样的联系,网络联系为组织政策采纳提供了重要的内外部资源支持。本章对国家学科基地政策扩散中内外部政策网络关系的类型、形成和作用进行了分析概括;对转型期我国教育决策文化中"抓重点"的文化给学科基地政策扩散带来的影响进行了分析,并反思了教育制度变迁中的路径依赖特性。

结语部分概括了国家学科基地政策扩散研究的基本结论,讨论了政策扩散的起源、目的等问题,指出了研究的主要贡献和不足。

　　本书对国家学科基地政策的发展脉络及其扩散过程作了详细的过程分析,重点讨论了基地政策范式约束和教育行政组织的能动性及其政策采纳行为。这种分析,一定程度上可以说是对中国政府部门内部决策过程的一种反思,有助于我们认识和了解中国政府政策决策过程。同时,本书还对这种国家级学科基地政策的形成、政策发展过程及特点、政策扩散的影响和后果等作了尝试性分析,可以为教育决策部门进一步改进学科基地政策提供参考和帮助。

第一章　组织、制度与政策

本章按照由迈耶和罗文（Meyer and Rowan）开辟，其后经迪马奇奥和鲍威尔（Dimaggio and Powell）、托尔博特和朱克（Tolbert and Zucker）等人进一步发展的新制度主义研究路径，建构学科基地政策扩散的理论框架，试图对基地政策扩散机理作出分析。这种分析路径主要基于以下两个理由：首先，学科基地政策是一种建构的政策规范或范式，对其他组织的政策选择具有重要影响，这与新制度主义关于社会建构规范对组织具有重要影响的意蕴是一致的；其次，新制度主义具体研究了组织领域的制度同形化即组织结构趋同现象，本书所关注的政策扩散实质上是一种组织行为（政策选择）的趋同化，这与他们的研究是一脉相承的。不同在于，他们的研究更多是在组织结构层次上来讨论趋同化，而本书则关注制度化环境中组织政策行为的趋同性，即将国家学科基地政策扩散看作是一种组织行为的"同构"现象。

第一节　组织研究中的新制度主义路径

1977 年，迈耶和罗文有影响的论文《制度化组织：作为神话和仪式的正式结构》的发表，标志着新制度主义理论的正式兴起，他们呼吁重视被忽视的制度环境：制度化信仰、规则和职能——能够独立影响资源流动和技术要求的组织形式的象征性要素。在迈耶和罗文之后，朱克、斯科特（Scott）等制度理论家进一步推进了新制度主义组织理论的研究。"新制度主义"学派以其强调认知和文化控制的重要性著称，迈耶和罗文最早把这些一般性的文化论观点运用到组织研究中，迪马奇奥和鲍威尔则对其进行了扩展。这些理论家认为，理性化的组织，特别是民族国家和许多科学家组织及职业组织，提供了日益详尽的观念和规范，这些观念和规范是建构组织的基础。社会生活的一个又一个领域都处于不断合理化的过程中,只有有了手段—目标的建构方法,行为才能被规范化、正式化和组织化。社会性建构的观念体系和规范制度对组织产生了巨大的控制性影响,既控制其构架又控制其运作。[①] 在组织与环境的关系上,新制度主义强调制度环境(特别是社会建构的规范和规则)对组织行为的影响和组织的能动性两个方面。

一、制度和制度环境的概念

制度理论家对组织研究的一个最重要的贡献就是对于组织环境的重新概念化。早期的组织研究强调环境的技术方面,往往认为技术塑造了组织的结构。迈耶和罗文改变了人们把环境等同于技术环境的观点,让人们注意到长期以来被忽视的制度化信仰体系、规则和角色等制度环境。他们强调制度中包含共享的认知体系和信仰系统,而不仅仅是成文的规则。制度规则可能被认为是理所当然的,也可能被法律和舆论所支持。认知范畴和信仰体系越被制度化,人类的行动就越被"由日益扩展的、被认为是理所当然的常规领域所定义"。理性规范不仅是普遍的价值取向,它们以更加具体和强有力的方式在规则和对于制度化的社会结构的理解中存在。[②]

迈耶、斯科特和迪尔(Deal)具体区分了技术环境和制度环境。他们指出,在复杂技术环境中发展起来的组织创造了协调和控制技术工作的结构,他们能够将它们的技术活动和环境缓冲开来。这些具有有效生产和协调结构的组织常常能够在复杂的技术环境中获得成功。相比之下,在精细(elaboration)制度规则环境中的组织,需要努力创造自身的结构以保持与这些制度规则相一致,制度化组织将它们的结构安排和由大型制度化结构建立的框架紧密融合起来,在这个过程中,它们常常将自身的结构和组织内部进行的实际技术工作活动缓冲开来。与制度化规则保持

---

① W. 理查德·斯科特. 组织理论:理性、系统和开放系统[M]. 黄洋,等译. 北京:华夏出版社,2001:109.

② John W. Meyer and Brain Rowan. Institutionalized organizations:Formal Structure as Myth and Ceremony. American Journal of Sociology,1977(83):340-363.

一致,有利于组织在精细化的制度结构环境中获得成功。① 如图 1-1 所示。

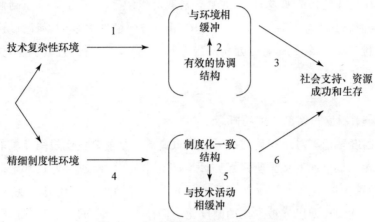

图 1-1 组织结构的制度和技术理论

来源:John W. Meyer, W. Richard Scott, Terrence E. Deal. Institutional and Technical sources of Organizational Structure:Explaining the Structure of Educational Organizations,In John W. Meyer and W. Richard Scott. Organizational Environments—Ritual and Rationality(Updated Edition). Sage Publications,1992:46-47.

斯科特认为,组织研究中的新制度主义路径强调制度是由"管制的"(regulative)、"规范的"(normative)以及"文化-认知的"(cultural-cognitive)系统等三大支柱组成(见表 1-1)。首先,制度作为一种管制系统,指的是法规强制约束社会行动者遵守游戏规则,否则将会受到制裁;其次,制度也包含一套规范系统,行动者的行为必须考虑其社会职责以及符合他人的期待;最后,制度也是一种文化-认知系统,它透过知识体系传达共同认知与行动。② 从这个意义上看,斯科特认为企业组织所追求的就不只是效率,还要遵守外在的规范,包括法规、道德以及文化认知体系的要求与支持,以取得在制度环境中的"合法性"。

---

① John W. Meyer, W. Richard Scott, and Terrence E. Deal. Institutional and Technical sources of Organizational Structure:Explaining the Structure of Educational Organizations. In John W. Meyer and W. Richard Scott. Organizational Environments—Ritual and Rationality (Updated Edition). Sage Publications,1992:46-47.

② W. Richard Scott. Institutions and Organizitions. California:Sage Publications,2001:51-58.

表 1-1　制度的三种支柱

	支柱		
	管制系统	规范系统	文化-认知系统
服从基础	便利性	社会义务	理所当然、共享理解
秩序基础	管制规则	约束性的期待	基本纲要
机制	强制的	规范的	模仿的
逻辑	工具性	适当性	正统性
指标	规则、法律和制裁	证明、合格鉴定	共同信仰、分享行动逻辑
合法性基础	合法的制裁	道德治理	可理解与可认知的文化支持

来源：W. Richard Scott. Institutions and Organizitions. California：Sage Publications,2001：52.

　　按照斯科特的划分，组织的制度环境可以分为三种层次："组织域"、社会背景和世界系统背景。首先，"组织域"（organizational field）的基本特征是一种相邻和本地化的环境层次。[1] 例如，"社会部门"这个概念就可以作为限定组织本地化环境的一种方式。因为它可以聚焦在完成相似功能的组织上。[2] "组织域"按照它们是否包含一种官僚主权或者专业主权而变化。在一些领域，存在一个集权化的官僚系统，它为工作完成提供了一种框架。权力和权威是集权化的，中央作出的决策由一个代理机构和代理人系统来贯彻（例如社会安全管理或者内部收入服务）。相反，职业占据主导的领域则以一种分权化的方式进行组织，占主导地位的职业提供一种对这个领域的工作结构化和合法化的意识形态，同时将具体应用基本原则的权力留给实践者。斯科特认为，可以根据领域的组织数量、组织密集度、组织大小及其差异、组织形式等界

---

　　① 另外，瓦林（Warren）还指出，组织域概念是指"社会服务组织生态，它们的组织设置，组织和代理机构之间的联系。对组织域的全面审视不仅包括地方社区组织而且包括它们与国家和联邦机构的联系"。本森（Benson）(1975：230-231)也建议将"组织网"的概念应用到许多彼此之间具有显著互动的组织中。他推荐"网络"而不是"域"，是因为：组织域主要是作为组织分析的延伸而发展起来的。网络，作为一种出现的实体，本身具有调查所指向的特征。见 W. Richard Scott. The Organization of Environments：Network，Cultural，and Historical Elements. In John W. Meyer and W. Richard Scott. Organizational Environments—Ritual and Rationality(Updated Edition). Sage Publications 1992：161-162.

　　② W. Richard Scott. The Organization of Environments：Network，Cultural，and Historical Elements. In John W. Meyer and W. Richard Scott. Organizational Environments—Ritual and Rationality(Updated Edition). Sage Publications，1992：155-175.

定"组织域"的基本特征。根据流动性、资源和信息的交换,能够形成"组织域"之间的关系类型。[①]

其次,相对于"组织域",社会背景和世界系统是更广阔的制度环境层次。组织和"组织域"都会被这些广阔的社会范围内的过程所塑造。组织不是作为单个独立单位存在和竞争,而是作为更大系统的成员。这种普遍性对私人和公共组织而言都是如此。社会背景中最重要的要素是国家,国家的权力是全面的,影响所有"组织域"或者部门(但不是等同性地)。世界系统背景是国际环境背景。[②]

制度环境不但具有层次性,还具有差异性。各层次环境可能包含多种制度要素。迈耶和罗文认为制度要素包括制度化信仰、规则和职能等这些能够影响独立于资源流动和技术要求的组织形式的象征性要素。主要存在三种重要的制度要素:网络、文化和历史要素。网络要素是指存在于某环境层次上相关的差异性节点和关联的群组。这些节点或群组包括组织、官员部门或国家等。文化要素由和组织系统相关的规范和认知信仰系统构成。[③] 制度理论家针对社会文化要素对组织结构和运作的影响给予了相当的关注,其中与"组织域"运作相关的文化要素是规范系统,它界定组织成员的权利和关系,以及用于界定和解释领域内部行动的意义系统。文化不是局限于个人的主观、内部思想或者价值观,或者集体意识的无形观念,而是被认为是构成了它自己的客观现实——即一种社会性构建的现实。

新制度主义的核心贡献是将环境与组织背景视为高度渗透的。第一,行为者和技术的职能——其他理论视其为制度环境中最重要的因素——是由社会环境建构的,即由其赋予它们特定形式与合法性,并且还构造和限制着组织形式。第二,环境在正式组织之间的直接渗透:组织作为具备社会(通常合法地)授权的社会意识形态而存在。第三,环境与组织之间是相互渗透的。第四,正式组织体系与理性化社会都依赖于现代政体。理性结构——从组织到行为者、技术职能和官员——是从它们

① W. Richard Scott. The Organization of Environments: Network, Cultural, and Historical Elements. In John W. Meyer and W. Richard Scott. Organizational Environments—Ritual and Rationality(Updated Edition). Sage Publications,1992:155-175.

② 同上。

③ 同上。

与现代公共产品规则的联系中获得资源、意义与合法性的。[1]

二、制度环境对组织的影响

所有组织一定程度上同时隐藏于关系性和制度化背景中。组织成功依赖于生产活动的有效协调和控制以外的因素。独立于它们的生产效率,存在于高度细致化制度环境和与这些环境成功保持同形的组织获得了生存需要的合法性和资源。部分地,它依赖于假定组织的适应能力以及通过环境制度变得合法性的能力。[2] 在制度精细复杂化的环境(例如大学、医院,或商业机构)里,精明的顺从和适应是必需的。因为在一个拥有高度制度化结构的环境里,组织只有顺从,才会获得有保障的生存。在这样的背景下一个组织可以被锁定为同型体,正式地通过它的结构、职员以及办事惯例来反映制度环境。所以,除了按常规界定的组织成功和生存的来源之外,我们也可以作出下列普遍性假设:社会性地将合法性理性要素包容进其正式结构中的组织将合法性最大化,增加它们的资源和生存能力。这个假设断定,随着国家结构细致化以及组织对制度规则作出反应,组织长期的生存前景将增加。[3] 图 1-2 概括了这部分的基本观点,同时还包括了组织通过提高效率而成功这种业已存在的观点。

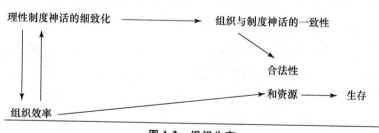

图 1-2 组织生存

来源:John. W. Meyer and Brain Rowan. Institutionalized Organizations: Formal Structure as Myth and Ceremony. American Journal of Sociology,1977,83 (2): 340-363.

---

[1] 薛晓源,陈家刚. 全球化与新制度主义[M]. 北京:社会科学文献出版社,2004:361-382.

[2] John. W. Meyer and Brain Rowan. Institutionalized Organizations: Formal Structure as Myth and Ceremony. American Journal of Sociology,1977,83(2): 340-363.

[3] 同上。

迈耶和罗文认为,理性化制度要素对于组织行为具有重要影响。这些规则重新界定和确立了组织生存和组织方式的条件,并且详细规定了处理这些条件的理性途径。它们规定参与者必须遵循预先规定的路线来采取行动。制度环境对于组织行为的影响包括:(1)改变正式组织结构,使与制度环境中的神话规定相一致;(2)使用外部或者仪式评价准则定义政策结构要素的价值。它们向社会显示了组织行为和政策的合法性,从而使组织行为更容易获得社会和组织内部的支持、赞同(例如博得教育部上级的支持、认同);(3)增强组织的稳定性:组织由于受到规则的保护而可能避免了严格的绩效评价等。这里,与制度环境同形促进了组织的存活和成功。纳入外部合法性的正式结构加强了内部参与者和外部要素间的承诺。使用外部评价标准能使一个组织通过社会定义的缓冲保持成功,远离失败。①

制度环境对组织的影响主要通过"合法性机制"来起作用。合法性(legitimacy)这个概念来源于韦伯。韦伯实际上指出了合法性的三种主要来源:继承的合法性、个体魅力带来的合法性和外在强制性权威赋予的合法性。② 在新制度主义理论看来,"合法性"不仅指法律制度的作用,而且包括了文化制度、观念制度、社会期待等制度环境对组织行为的影响。对合法性的强调,开始于帕森斯(Parsons),如果组织要获得合法性及由此带来的社会资源,组织追求的价值观就必须与外部世界价值观相一致,合法性因而在很大程度上被解释为遵守组织目标的社会性评价。③ 这是派弗及其同事(Dowling and Pfeffer;Pfeffer and Salancik)所阐明的概念。相比其对于组织目标的重要性或者合适性的关注,伯格等(Berger and Kellner)更强调合法性的认知方面,尤其是合法性手段和目标的理论或者解释。④ 合法性涉及"以一种方式来解释或者正当化社会秩序以便

---

① John. W. Meyer and Brain Rowan. Institutionalized Organizations:Formal Structure as Myth and Ceremony. American Journal of Sociology,1977,83(2):340-363.

② 马克斯·韦伯. 经济与社会(上卷)[M]. 林荣远,译. 北京:商务印书馆,2006:241.

③ Parsons, Talcott. Structure and Process in Modern Societies. Glencoe, Ill:Free Press,1960.

④ 转引自 W. Richard Scott. Unpacking Institutional Arguments. In Walter W. Powell and Paul J. DiMaggio. The New Institutionalism in Organizational Analysis. The University of Chicago Press,1991:164-182.

使制度性安排具有主观正当性",它激励行动者"在一个可理解和意义丰富的世界内"行动。①

　　阿尔居奇(Aldrich)把合法性区分为两类:认知合法性(cognitive legitimacy)和社会政治合法性(sociopolitical legitimacy)。认知合法性指社会把某种新生事物当做环境的一种理所当然的特征加以接受。当一种新的产品、程序或者服务作为社会文化或组织场景的一部分被接受的时候,就获得了认知合法性。社会政治合法性是指组织被主要的股东、公众、政府官员认为是适当的和正当的并加以接受。社会政治合法性包括道德接受(moral acceptance)和管理接受(regulatory acceptance)两部分。道德接受指对文化价值和规范的遵从;管理接受指对政府的规章制度的遵从。在阿尔居奇看来,衡量道德接受的指标包括:(1)缺少宗教或民间领导人的攻击;(2)该组织的领导人的公共威信在增加。衡量对政府的规章制度遵从的指标包括:(1)政府通过的用于保护或监督该产业的法律;(2)政府对于该产业的资助程度。②

　　迈耶和斯科特认为,组织的合法性是指对一个组织的文化支持程度,即已建立的文化为组织的存在提供解释的程度。③ 这里的"合法性"不仅仅是法律制度的作用,而且包括了文化制度、观念制度、社会期待等制度环境对组织行为的影响。合法性机制的基本思想是:社会的法律制度、文化期待、观念制度成为人们广为接受的社会事实,具有强大的约束力量,规范着人们的行为。合法性机制是指那些诱使或迫使组织采纳具有合法性的组织结构和行为的观念力量。④

---

　　① Wuthnow, Robert, J. D. Hunter. A. Bergesen and E. Kurzweil. Cultural Analysis. Boston:Routledge and Kegan Paul,1984:50.

　　② Aldrich, Howard. Orgnazition Evolving. Thousand Oaks:Sage Publication,1999.

　　③ John W. Meyer and W. Richard Scott. Organizational Environment:Ritual and Rationality. Beverly Hills, CA:Sage. 1983:201-202.

　　④ 就环境与组织发生关系的途径——合法性机制而言,新制度主义理论家的讨论并不是一致的。周雪光认为,迈耶实际上是在强制度意义上探讨合法性概念及其作用的,即认为制度制约了人,制度影响了组织行为,使得组织不得不采取了许多外界环境认可的合法性机制。在这种模式里,人是没有什么主观能动性的,只是制度的载体而已。迈耶是在这个意义上讨论合法性机制的。而迪马奇奥和鲍威尔认为组织具有是否接受制度约束的自主选择性,因此是从弱制度意义上讨论合法性机制的。参见周雪光.组织社会学十讲[M].北京:社会科学文献出版社,2003:74-91.

三、组织的能动性

制度环境要求组织与其保持一致,但是这并不意味着组织完全被动地遵从制度环境的规定,而是具有相当的能动性。制度限定的选择集合可能只是大体上确立了组织的行动方向及基本原则,或者所确立的行动路线不是单一的,而是多元的,从而使得理性的行动者可能根据自己对于环境的权衡和预期,采取相应的生存和行为策略。组织的能动性意味着组织在制度环境中,不是被文化模板所塑造的被动的行动者,而是会进行策略选择。[①]

组织的能动性首先表现在组织在接受制度约束上是一种有意识的选择。迪马奇奥和鲍威尔认为制度是通过影响资源分配或激励方式来影响人的行为。在这里,制度不是一开始就塑造了人们的思维方式和行为,而是通过激励的机制来影响组织或个人的行为选择。这种影响不是决定性的,而是概率意义上的。在这个层面来讲制度,是强调制度具有激励机制,可以通过影响资源分配和利益产生激励,鼓励人们去采纳那些社会上认可的做法。

其次,组织能动性体现在同形化过程中的"策略选择"。同形化要求组织将制度要素包容到自己的组织结构中来,但是包容哪些要素,组织会进行选择。斯科特认为,"组织以不同的方式来适应冲突性制度需求。它们可能与外部压力妥协(折中)或者抵制,可能利用一种合法性来源,而背离另一种,或者遵循一些期望同时挑战其他期望"。[②] 这点尤其体现在组织面对要素相互冲突的制度环境时。迈耶和罗文认为当组织和环境同形面临结构矛盾时,可以通过分离、信任和真诚逻辑等加以解决,即将制度要求的规范或惯例结构与运作分解(decoupling)。[③] 通过策略性行为,组织能动性地化解这种冲突。一方面可使组织吸收和显示制度规范的结构要求,另一方面可以维护某种行动上的独立自主。

---

① W. Richard Scott. Unpacking Institutional Arguments. In Walter W. Powell and Paul J. DiMaggio. The New Institutionalism in Organizational Analysis. The University of Chicago Press,1991: 170.

② 同上,第164页。

③ John. W. Meyer and Brain Rowan. Institutionalized Organizations: Formal Structure as Myth and Ceremony. American Journal of Sociology,1977,(83): 340-363.

总之,新制度理论家对组织研究的贡献在于其对组织环境的重新界定,组织不仅在一定的技术环境中运作,而且还必须在特定的"制度环境"中求取生存,个别的组织必须遵守环境的游戏规则,并进而获取"合法性"才能得以生存。制度环境对组织的影响发生在不同的层面,合法性是组织与环境发生关系的基本途径。但组织自身也具有一定的能动性,它能够根据自身的需要对制度环境做出"特定"反应,以维持自身的生存与发展。

第二节　制度同形化理论

制度对组织的约束作用会促使组织将制度环境要素包容到自己结构中来,以保持与环境一致,导致组织结构同形化。在新制度主义理论中,制度同形性在组织领域中占有核心的地位。制度理论家是在组织结构、程序等的趋同性层次上来讨论制度同形性的。他们的研究要集中解答的是"组织何以具备现有形式"或"组织在结构上为什么变得越来越相似",即"组织同构"现象,斯科特称之为:制度过程用来施加它们影响和决定这种选择的因素的相关路径。[①]

所谓"同形性"(isomorphism)是指"相同"(iso 等同于 equality 或 sameness)的"形式"(morphism,等同于 form),原为生物学的概念,意指成功存在的有机体,其活动模式会为其他有机体所效仿,效仿成功的程度越高,生存的几率越大。就此而言,环境既然是主宰生物体命运的主要力量,生存在相同环境下而彼此条件类似的族群,在面临着相同的环境限制和压力时,自然会采取相似的求生技能,使彼此的形态趋于相同。而在组织研究中,同形性是用来描述组织为适应环境而致使结构形态同质化(homogenization)的过程。[②]

迈耶和罗文的研究最早揭示出组织被它们环境中的制度所结构化和与它们保持同形的现象。他们指出,许多现代组织的职位、政策、项目和

---

① W. Richard Scott. Unpacking Institutional Arguments. In Walter W. Powell and Paul J. DiMaggio. The New Institutionalism in Organizational Analysis. The University of Chicago Press,1991:181.

② 王信贤.组织同形与制度内卷:中国国企改革与股市发展的动态逻辑[D].台湾政治大学博士论文,2002:34.

程序是由公共意见、重要组成者的观点、通过教育系统加以合法化的知识、社会声望、法律以及法院使用的审慎定义等加以实施的。这种正式结构的要素是强大制度性规则的表现,作为高度理性化神话在特定组织中发挥作用。[1]

迪马奇奥和鲍威尔等理论家进一步推进了迈耶和罗文的研究。迪马奇奥和鲍威尔认为存在两种同形性:竞争同形性和制度同形性。竞争同形性强调市场竞争、适当变迁和合理措施的系统理性。迪马奇奥和鲍威尔认为,它能够用来解释韦伯官员化过程的部分内容,并可能适用于早期对创新的采用,但却无法对现代组织世界提供一幅完全的画面,因此必须用制度同形性的观点来补充。他们引证了阿尔居奇关于"组织必须考虑的主要因素是其他组织"的看法,并认为组织间的竞争不仅仅是为了资源和客户,而且是为了政治权力和制度合法性,也是为了社会经济适宜性。他们的分析基于这样一种假设,即组织存在于其他类似组织所构成的"组织域"(organizational field)中。他们对"组织域"的具体定义是:由主要的供货商、资源与产品的消费者、规制机构以及其他生产类似的产品或提供类似的服务的组织集合在一起而构成的人们所承认的一种制度生活领域。[2] 使用这一概念进行分析的优势,在于它不是简单地将我们的注意力引导到相互竞争的公司上去,或将我们的注意力引导到组织网络实际上如何互动上,而是使我们注意到所有相关的行动者。

对同一"组织域"中组织之间的这种同构性,迪马奇奥和鲍威尔解释了三种机制。其一,来自环境方面的强制性力量,如政府的规制与文化方面的期望,这些力量能将标准化强加到组织上。其二,组织间进行相互模仿或相互示范。在面临不确定的问题、为该问题寻求答案时,组织往往采取同一组织场内的其他组织在面对类似的不确定性时所采取的解决方式。其三,同一组织场中管理人员更加专业化时,便出现了制度同构的第三种来源:规范性压力。迪马奇奥和鲍威尔分别称这三种机制为强制同

① John. W. Meyer and Brain Rowan. Institutionalized Organizations: Formal Structure as Myth and Ceremony. American Journal of Sociology,1977,(83): 340-363.

② 迪马奇奥,鲍威尔.组织领域中的制度同形性与集体理性[C]//薛晓源,陈家刚. 全球化与新制度主义.北京:社会科学文献出版社,2004:402.

形化、模仿同形化和规范同形化机制。[①] 应该注意的是,组织与环境的同形性未必会导致组织效能的提高。而结果可能恰恰相反,因为绝对不能把同形性视为外在成功模式直接地引入到组织之中,而应该把同形性视为一种程序,这种程序完全依赖组织根据自身结构和决策的特定项目以利用这种模式的方式。

表1-2 制度同形化的三种机制

	强制	模仿	规范
适应的因素	依赖性	不确定性	责任、义务
媒介	政策、法规	创新、可见性	专业化、证书
社会基础	合法性	文化支持	道德

来源:Richard L. Daft. Essentials of Organization Theory and Design. Cincinnati,Ohio:South-Western College Publishing,1998:334.

在新制度主义理论中,斯科特也分析了几种环境影响组织的结构性转化机制:(1)强迫接受组织结构是强制同形性。这种同形性形式可进一步区分为权威的强制与权力的强制。前者可能比后者在接受时遇到的阻力较小,而且速率也快于后者。(2)权威化能够促进规范同形性。与强迫接受组织结构相比,作为规范同形性形式的权威化要求组织认识到自己正在趋于合法。(3)同形性也可以通过诱导(inducement)产生。环境诱发创新,推动组织中的结构变迁。诱导产生于既不能采用有效强制,也无法模仿的情况下。(4)获得(acquisition)是趋向于认识——模仿同形性的一种机制。[②]

在制度同形化研究方面,制度理论学者最初关注的是教育组织和其他非营利组织结构和形式的相似性。迈耶和斯科特观察到,虽然美国的教育机构是分权的,教育是州政府的责任,联邦政府没有管理教育的行政权力,但是实际上各地教育体制的结构却非常相似,反映了制度趋同性的现象。他们认为,必须从组织环境的角度去研究、认识各种各样的组织行

---

① Paul J. DiMaggio and Walter W. Powell. The Iron Cage Revisited:InstitutionalIsomorphism and Collective Rationallity. Arican Sociological Review,1983(42):726-743.

② W. Richard Scott. Unpacking Institutional Arguments. In Walter W. Powell and Paul J. DiMaggio. The New Institutionalism in Organizational Analysis. The University of Chicago Press,1991:164-182.

为。通过研究,迈耶认为原因在于联邦政府在提供财政支持的同时提出各种制度化的要求,联邦政府通过提供财政支持"诱导"各个学区接受其整套规章制度,导致了组织趋同性现象,各个组织(学区)在同一时间适应同一制度环境时表现出相同的行为。[①]

自从迪马奇奥和鲍威尔提出"制度同形化"的概念以来,关于组织与制度之间、组织与组织之间互动关系的研究更成为组织研究中的焦点。托尔博特和朱克对美国各州政府公务员改革(1880—1935)进行了研究。他们的研究发现,早期州公务员改革采纳(1915年之前)反映了各地试图解决市政行政部门所面临问题的努力,而后期采纳则是由随着为具体地方服务的社会规范的扩散,公务员程序本身逐渐增长的合法性所决定的,城市特点则不再起主要作用。也就是说,在采纳的后期,由于采纳的比例越来越大,迫使其他市政府采纳这一形式的制度环境压力也随之越来越大。他们由此推论:在后期,公务员制度已经作为一种社会事实被人们广为接受了。[②] 这里,他们对美国各城市公务员程序采纳(他们所谓的组织正式结构的采纳)给出了两种解释:一是将组织采纳创新视为组织提高效率和有效性的结果;二是将组织采纳新项目视为组织要与其环境保持一致从而维持其合法性的结果。周雪光将其分别概括为理性选择机制和合法性机制。

制度同形化研究也逐渐扩展到营利组织和市场领域。企业组织研究是其中的一个重要方面。奥如、毕加特和汉密尔顿(Orr'u, Biggart, and Hamilton)研究日本、韩国和中国台湾等东南亚国家和地区的企业集团组织时发现,这些国家的企业组织具有不同的所有制、财务制度、管理和生产组织模式,各个国家的企业集团组织也呈现出不同的特征,但是它们却具备企业组织特征的一致性,可称之为"组织同形"(organizational iso-

① John W. Meyer, W. Richard Scott, and Terrence E. Deal. Institutional and Technical sources of Organizational Structure: Explaining the Structure of Educational Organizations. In John W. Meyer and W. Richard Scott. Organizational Environments—Ritual and Rationality (Updated Edition). Sage Publications,1981:46-47.

② Pamela S. Tolbert and Lynne G. Zucker. Institutional Sources of Change in the Formal Structure of Organizations: The Diffusion of Civil Service Reform,1880—1935. Administrative Science Quarterly,1983,(28):22-39.

morphism)。这种组织形态趋同的现象，并非来自市场技术竞争的因素，而是来自组织所处的制度环境的影响。企业组织通常会采用强制、模仿和规范同形这三种机制的一种或全部来变革调整自身，以期在制度环境中获取较大的合法性，其结果便是"组织同形"。[①]

2002 年，台湾学者王信贤运用制度同形化理论对中国内地国有企业组织转型以及股票市场的制度变迁及其制度后果进行了分析。研究发现，组织间的模仿并不只存在于客观的"组织域"，被模仿者的设定往往会来自政治的压力或主观的认定。中国内地国有企业不分产业、规模和级别对成功企业模式的学习，并不是来自组织的自主性的模仿，而是"国家力量"介入"推广"所致。中央各部门与地方各级拟定的学习成功企业组织经验的工作目标并向各级企业进行宣传与动员，是导致组织同形的一个重要方面，因此组织同形是强制同形和模仿同形的结合。[②]

可见，新制度主义的组织趋同研究大多数时候是针对组织结构的趋同进行的，研究关注环境中制度化力量对组织结构的约束，使组织在结构方面越来越相似。制度环境对组织结构、形态、程序的影响不仅限于企业组织、教育组织和一般的非营利组织，而且还适用于对行政组织的分析，研究者运用制度同形化的理论，对现实中存在的大量（拥有相似的组织结构）组织形式如科层制的存在、政府结构的相似性以及企业组织设置等作出了解释。

第三节　政策扩散：组织行为的制度"同构"

本节依循新制度主义对组织和组织趋同的研究路径，建构学科基地政策扩散的"制度同形化"理论框架，以解释和说明基地政策扩散的机理。组织研究的制度同形化理论与本书的契合之处在于，该理论从组织所面临的制度环境、文化系统对组织的影响出发，对现实中存在的组织在结构、程序、政策和形式上的趋同现象给予了解释。而本书所关

---

① Marco Orr'u, Nicole Woolsey Biggart, and Gray G. Hamilton. Organizational Isomorphism in East Asia. In Walter W. Powell, and Paul J. DiMaggio eds. The New Institutionalism in Organizational Analysis. Chicago：The University of Chicago Press,1991：361-389.

② 王信贤.组织同形与制度内卷：中国国企改革与股市发展的动态逻辑[D].台湾政治大学博士论文,2002.

注的政策扩散现象正是由各个教育行政组织所呈现的,属于组织程序和政策趋同的范畴。具体而言,本书将国家学科基地政策扩散看作是一种组织行为的"同构"现象,即组织所采纳的政策和程序方面的趋同(组织的行为趋同)而非组织结构的趋同。这里的基本假设是:制度环境对组织的影响不仅体现在组织结构方面的趋同,还体现在组织的行为包括政策行为方面。一个组织采纳了学科基地政策以后,取得了一定政策效果并引起人们的广泛关注,这时,同一社会系统内的其他组织出于效率需要或环境压力,也会纷纷效仿这种行为和采纳类似的政策,从而导致政策的扩散。国家理科基地的创始建立了一种基地政策模式,这种政策模式的建立成为后续组织政策选择的制度背景;当环境中越来越多的学科(组织)采纳基地政策模式时,基地政策就成为组织环境中的一种制度化规则,进一步影响后续学科(组织)的政策采纳行为。本书涉及的核心概念如下:

一、政策扩散

扩散是指一项创新经过一段时间,经由特定的渠道,在某一社会团体的成员中传播的过程。在这里,一项创新是指对采用它的个人或团体来说是一个全新的方法,或一次实践,或者一个物体。传播渠道是信息从一个个体传向另一个个体的手段,通常包括大众传媒、人际关系等。扩散的实质是个人通过信息交换将一个新方法传播给一个或多个他人。该过程的基本要素包括:(1)一项创新;(2)对该创新有所了解或使用过的个体或其他单位;(3)对该创新一无所知的个体或其他单位;(4)连接各单位的传播渠道。扩散发生在一个社会系统中。一个社会系统是指一组相互联系的单位,它们面临共同问题,有着共同目标。社会系统的成员或单位可能是个体,也可能是民间团体、官方组织或分系统。社会系统限定了创新扩散的范围。系统的社会结构、社会规范及在系统中"潮流引领者"和创新代理机构都会影响到扩散的结果。①

按照这个定义,政策扩散就是指一项给定的政策创新在某一社会

---

① 埃弗雷特·M·罗杰斯.创新的扩散[M].辛欣,译.北京:中央编译出版社,2002:16.

系统内传播、散布的过程。在政策扩散的过程中,这项政策创新(方法、技术、政策等)本身没有发生质的改变。所谓再创新仅仅指在此过程中采纳者对这种新方法做出的部分修改而已,政策、方法和技术在实质上并没有发生大的变化。政策扩散的过程就是一项政策创新从初始组织(扩散源)向潜在组织(采用者)扩散的一系列过程,它包括政策信息扩散、政策吸收消化、政策采用等多个环节。在政策扩散过程中,初始组织(扩散源)是整个扩散过程的初始点,随着后续组织(新的采用者)变为潜在的创新的供应者从而成为扩散源的一部分,扩散源可能逐渐壮大而潜在采用者则不断减少。在扩散过程中,扩散的中介渠道起着联结潜在采用者和扩散源的作用,是扩散过程顺利进行的必不可少的环节。如图 1-3 所示:

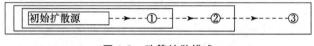

图 1-3　政策扩散模式

如果政策扩散发生在不同的组织之间,那么,我们也可以将政策扩散理解为一项政策创新在同一社会系统内不同的组织之间"同形化"的过程,即组织之间的政策趋同化。在国家学科基地政策过程中,教育部内部提出各学科基地建设项目的各基层决策部门(或单位),如高教司的理科处、文科处、工科处、财经政法管理教育处和农林医药教育处以及社政司的科研规划处等,都可以看作一个个独立的行政组织。尽管这些组织有着共同的上级权威,隶属于教育部这个大的组织系统,但是在具体的学科发展政策领域,它们都拥有较为独立的提议和政策执行权力,是具有相对独立性的组织,学科基地政策就是在这些行政组织之间进行扩散的。因此,组织社会学中关于组织结构、形式和程序趋同的研究也同样适用于这些行政组织单位。

二、政策范式

理科基地、文科基地和研究基地等属于同一"类型"的政策,遵循相同的政策范式。政策扩散体现为一种政策范式的迁移。

政策范式概念是霍尔(Hall)首先引用的。霍尔认为,政策制定者通常在理念和标准的框架内部工作,这些理念和标准具体界定了政策目标和为实现目标所能采用的工具类型。这种解释性框架内嵌于政策制定者借以交流他们工作的术语之中,它具有影响力,它当中的许多东西被视为理所当然,并且作为一个整体很排斥仔细审查。霍尔将这种解释性框架称为政策范式。他将政策范式视为通常涉及三个主要变量的一个过程:指引一个具体领域政策的根本性(overarching)目标;达到这些目标所使用的技术或者政策工具;这些工具的准确设置。例如,如果政策目标是减轻老年人经济问题,选择工具可能是养老金,它的设置可能位于福利设置的层面上。①

本书借鉴霍尔关于政策范式的概念,把政策扩散定义为一种政策范式的迁移过程,即关于在什么样的框架内、采用什么样的标准、运用什么样的工具去制定和实施一项政策的相关概念体系从一个系统(或组织)传播到另一系统(或组织)中的过程。因此,政策扩散也可以看做一种特殊的政策制定过程,它包括政策框架体系的传播、政策方案的形成与本土化、政策采纳等几个阶段。

三、制度环境

组织处于制度环境中,是"制度化的组织"。制度环境构成了组织的政策选择的空间,组织要极大地顺应它们的总体制度性环境。在制度环境中,共享价值观、模式、认识框架、象征符号、神话等理性化制度要素对组织和组织情境具有巨大影响。在本书中,制度环境主要包括各个处室"组织域"、教育部门、社会背景等几个层次。各个层次包含各自不同的制度要素,在"组织域"层次上主要包括组织决策文化;教育部门层次包括改革开放以来形成的教育战略和发展文化,如抓重点、择优扶持等;社会背景层次主要是指国家体制和各项宏观经济社会政策。因此,处室组织面

---

① 彼得·霍尔(Peter A. Hall)的政策范式观点受库恩科学共同体范式的研究启发,在库恩看来,"范式"是科学共同体在某一历史时段内对科学研究所秉持的基本承诺、共同信念和研究共识。一旦科学范式形成并稳定后,科学共同体就会在其指导下,运用一套特定的概念工具和技术工具进行研究,并通过教科书广泛传播,从而进入常规科学研究阶段。参见:Peter A. Hall. Policy Paradigms, Social Learning, and the State: The Case of Economic Policymaking in Britain. *Comparative Politics*, 1993, (25): 275-296.

临一种多层次的制度环境。

这里,教育部司局内部一系列在目标、职能、形式、权力等方面相近的处室组织构成的组织环境可以称为"组织域"。"组织域"的基本特征可以从组织数量、组织密度、组织大小、组织差异,以及所属权威类型等加以描述。在"组织域"中,由于组织目标和功能的相似性及信息流动的快速性,各组织之间很容易相互竞争和看齐。当一种政策被某个处室采用并获得利益时,其他组织就会迅速模仿和跟进。

四、政策情境和需求

任何环境都具有不确定性,制度环境也不例外。组织不但面对基本法律、规则、文化、信仰等稳定性制度要素背景,而且也面对国家宏观政策出台、国民情绪、选举结果、政府变更、意识形态变化以及利益集团压力活动等变化程度较高的因素。这些要素是构成差异化制度环境,迫使组织能动适应和导致政策创新的重要因素。在本书中,我们称这类要素为政策情境,以体现这类要素具有的"时机性"或"事件性"特点。

本书的政策情境主要包括国家宏观政策、教育改革重要议题及各种与教育活动相关的主题事件等。政策情境的出现会触发政策需求的产生,也会导致组织的一系列能动行为,组织或加以积极利用,将制度环境的压力和现存政策情境很好地结合起来,进行政策创新活动,或加以回避。

五、政策范式解读——制度化模仿过程

本书将政策扩散相关的组织的策略化行为称作组织的政策范式解读。根据新制度主义理论,处于制度化环境中的组织面临这样一个难题:迫于制度神话的压力,组织往往要设计一些与制度环境要求相符合的正式结构,而这些结构往往与组织的技术效率没有关系,有时甚至相互冲突。为了解决这个难题,组织往往采取"分离"(decoupling)的办法。

政策选择在一定程度上或多或少也面临这样的难题:迫于政策范式的压力,组织往往要遵从政策范式,而这种范式可能没有很好地与实际政策问题相匹配,甚至相互冲突。为了解决这个问题,组织往往进行政策范

式解读,使政策范式"本土化",以适应新的制度背景和新的政策问题。随着解读的不断进行,范式的内涵得到扩大,其涉及的领域、问题等范围不断扩大,这样更好地适应了新政策出台。同时,新政策出台实施本身会成为新的制度背景,因此后继政策的变异推动了政策范式这种制度背景的变化。

范式解读是一种重要的策略行为。它强调范式学习以及范式变异。组织正是通过范式解读,将政策范式应用于一个新的政策情境,从而引起政策范式的迁移和政策扩散的。范式解读反映了组织行动者对于制度环境的感知、判断和评价,以及各种可供选择的行动路线的成本和收益的理性计算。范式解读过程包括新情境或制度背景下的问题界定、政策目标确立、政策工具选择等方面。一般说来,原有政策范式从宏观上大体规定了后继政策的基本框架,如适用领域范围、问题范围、工具范围等。当然,由于政策范式解读空间,组织在政策选择中可能会严格遵守原有范式,也可能弹性地、松散地遵守原有范式,使组织可以以巧妙的方式采取超出原有政策范式的政策行为选择。综合上述因素,本书的分析框架如图 1-4 所示。

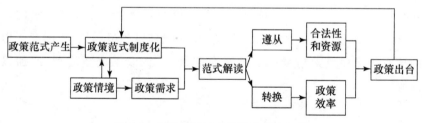

图 1-4　学科基地政策扩散的基本逻辑

在这个逻辑结构图中,当一种政策范式产生后,经过制度化过程,该政策范式获得认知合法性和社会政治合法性,成为人们(主要指高教界和教育管理部门)广为接受的社会规范或事实,这构成了该政策范式被模仿和学习的前提。当环境中出现特定政策情境及其诱发的政策需求时,组织会利用该政策情境,将已获得认可的基地政策范式迁移至新的情境中,出台适合组织自身的基地政策。这个过程就是基地政策范式被解读的过程。组织对基地政策范式的解读包括两个方面:一方面,组织会遵从原有的政策范式所确立的制度化规则。因为这些是被人们所广为接受的、具有认知合法性和社会政治合法性的规范,对这些规则的遵从有利于组织获得环境的认同,提高组织从环境中获得资源的可能性和组织自身的合法性地位;另一方面,组织还可能会根据新的政策情境、问题需求对原有政策范式进行适当转换,使其适应新的制度环境的需要,解决组织自身面临的政策问题,提高组织政策的有效性。

　　总体来看,由于遵守已有政策范式可以获得环境的认同,尤其是来自组织环境中上级部门和关键资源供给者的认可,组织就会在一定的"时机"下,对原有政策范式遵从和进行适当转换,出台基地政策。而该基地政策出台后经过反馈会成为政策扩散制度背景的一部分,进一步强化原有基地政策范式。当出现新的政策环境和需求情况下,其他组织也会进行政策范式的移植和解读过程,从而导致新的基地政策的产生。如此循环往复,学科基地政策实现了在组织政策系统中的扩散。在分析策略上,本书关注制度环境尤其是组织间互为环境("组织域")和已经确立的政策范式对组织行为的约束,以及组织在面对制度环境约束时表现出的策略行为:一方面,组织受到组织环境的约束,制度环境限制了组织行为的选择集合;另一方面,这些受到限制的选择集合所确立的相应的行动路线并不是单一的,而是多元的,组织作为理性行动者也会根据自己对环境的权衡和预期,采取相应的行为策略,体现组织能动性。

第二章 学科基地政策的创始和扩散过程

20 世纪 90 年代以来我国政府在高等学校中建立了各种基础人才培养基地、基础课程教学基地和重点研究基地等,对其进行重点投资和建设。国家学科基地政策代表了教育公共权力机关用以保护和规范高等学校学科发展、人才培养、师资队伍建设、科学研究等的制度规范。从政策过程的角度而言,这里有两个问题:一是学科基地政策是如何制定的?二是基地政策是怎样扩散的?本章主要对学科基地政策创始和扩散过程进行阐述。

第一节 国家理科基地政策的创始

一、问题动议与政策调研

我国高等理科教育体系是新中国成立后借鉴苏联高等教育模式建立起来的。高等理科教育的基本任务是为基础研究和教学培养人才,而且还要为工、农、医等应用学科培养研究和教学人才,为这些院校提供高水平的基础课教师。从 20 世纪 80 年代中期开始,我国改革开放速度加快,经济模式由单一的计划经济向市场经济转化。经济体制的变化导致社会所有制形式、经济结构和产业结构等都发生了巨大变化,特别是乡镇企业和私营企业的崛起,技术密集型产业和高科技产业的发展,使得人才需求多类型化、多规格化、多层次化,应用性人才、复合性人才和技术性人才尤其为社会所迫切需求,而传统单一的高等理科教育培养目标与之相悖。[①]在这种情况下,出现了高等理科教育的规模、结构、专业及培养目标与社

---

① 王根顺,李发伸.高等理科教育改革与发展概论[M].兰州:兰州大学出版社,2000:36.

会需求不符的问题。高等理科教育与社会发展需求不符最初体现在理科人才的结构性过剩，到 80 年代后期理科毕业生结构性过剩与数量过剩同时出现，理科毕业生的分配成为综合大学，特别是委属综合大学的主要问题。这是新中国成立后，我国高等理科教育发展中遇到的第一次困惑与挑战。

原国家教委高教二司从 1988 年初开始，先后组织了辽宁、浙江、河南、陕西和云南 5 省的教委和北京大学、南京大学、复旦大学等 14 所高等学校对理科人才使用状况和需求情况进行了大规模调研。调研的重点是科研机构、工矿企业、省市综合管理部门、中等学校和职业学校等。调研的内容包括理科毕业生的使用和适应情况，社会对理科毕业生知识、能力结构和学校教学的评价，社会对理科人才的需求情况和趋势，用人部门对深化理科教育改革和建议等。这次调研的单位有 567 个，召开座谈会552 次，问卷调查理科毕业生 3934 人，收回各种调查表 3597 份。调查结果显示：理科毕业生多数分布在高等学校、中国科学院和中央有关部委所属的科研机构，少部分分布在大型厂矿企业和省市所属的科研机构以及中小型企业和地区以下的科研单位。理科毕业生大部分从事科学研究和教学工作，少数从事生产技术和管理工作，社会对绝大多数理科毕业生的评价是"好的"和"比较好的"。

政策调研中还发现了一个重要问题：由于我国有计划商品经济的社会机制还很不完善，短期行为相当普遍，使理科基础科学研究和教学人才培养工作受到了较大的冲击。根据调研和各高等学校的反映，理科基础科学研究和教学人才培养工作中存在的主要问题包括：实验仪器、教学设备等办学条件落后；教学经费不足；师资力量薄弱；生源质量差；社会对基础科学研究人才的重要性认识不足；理科毕业生就业难等。[①]这些问题的存在，引起了当时许多老一辈科学家、学校领导、广大教师的极大关注和不安。在这种背景下，原国家教委决定从 20 世纪 90 年代起在高等学校中建立国家基础科学研究和教学人才培养基地，强化对理科教育的支持和保护。

---

① 　国家教委高等教育司.关于理科人才社会需求和深化理科改革问题调查研究的综合报告.载王根顺，李发伸.高等理科教育改革与发展概论[M].兰州：兰州大学出版社，2000：189-203.

二、政策理念提出与议程设立

针对高等理科教育调查中反映的问题,原国家教委高教二司在 1988 年先后召开了 5 次研讨会,邀请高校管理部门人员、理科教育方面的专家学者以及高校教师研究调查、反映相关问题,提出具体的改革措施。

教育管理人员和有关专家讨论认为,由于我国实行的有计划商品经济的社会机制还很不完善,短期行为相当普遍,这使理科教育受到冲击,理科毕业生分配、就业难的问题较突出。为了克服困难,要从两方面入手:一是理科教育本身要深化改革,使理科教育更好地适应社会的实际需要;二是教育界要向社会和学生作宣传、教育工作,提高社会各方面对吸引、使用理科人才重要性的认识。①

1990 年 7 月 25 日至 30 日,国家教委在兰州召开了全国高等理科教育工作座谈会(以下简称"兰州会议")。"兰州会议"确立了 20 世纪最后 10 年我国高等理科教育发展的目标和深化改革的四条指导方针,即坚持社会主义方向、保护和加强基础、拓宽和重视应用、适当控制规模。② 会议提出高等理科教育的基本任务是面向科学、教育事业,加强基础性科学研究和教学人才的培养,发展趋势是少而精、高层次。高等理科教育改革的重点是扩大服务面向,把多数理科毕业生培养成为适应实际应用部门需要的、具有良好科学素养的应用性人才,以促进理科人才流向厂矿企业和其他应用部门。③

会议确定高等理科教育改革的方向有两个:一是面向科学教育事业,加强理科基础科学研究和人才培养;二是面向实际,加强应用学科发

---

① 国家教委.关于印发"如何使用理科人才座谈会"发言摘要的通知.1989 年 4 月 7 日.

② 这四条方针分别是:(1)认真贯彻执行教育为社会主义建设服务、与生产劳动相结合、德智体美全面发展的方针,把思想政治工作放在首位,正确处理政治与业务、理论与实际、基础与应用、当前与长远的辩证关系。(2)面向科学、教育事业,加强基础性科学研究和教学人才培养,仍是高等理科教育的基本任务,但发展趋势是少而精、高层次。(3)将高等理科教育的服务面向扩展到非基础性科研、教学部门,把多数理科毕业生培养成具有良好科学素养的应用性理科人才,是今后一个时期高等理科教育改革的重点。(4)适当控制高等理科教育的总体规模,使之与我国现阶段的社会实际需要相适应。朱开轩.关于深化改革高等理科教育的若干问题.载王根顺、李发伸.高等理科教育改革与发展概论.兰州:兰州大学出版社,2000:171-176.

③ 王根顺、李发伸.高等理科教育改革与发展概论[M].兰州:兰州大学出版社,2000:58.

展。上述改革方向在当时被概括为"二级分流"。教育部门某管理人员
W 在访谈中指出：

> "当时提出了二级分流的做法，就是一方面加强传统的基础学科教
> 学，从本科开始，一直到硕士和博士进行一体化培养。另一方面就是先读
> 几年基础学科后，然后进入应用学科领域进行学习。对于基础学科，提出
> 的是'少而精'的指导思想，每年大概招收 3000 名左右的本科生，主要是
> 补充学术研究队伍，从规模上不能太多，但是必须少而精。这些人本科毕
> 业后主要进入硕士和博士阶段的学习，补充高校和科研院所的基础研究
> 和教学人才。"（受访者 2）

在加强基础理科方面，会议确定要培养能够从事基础科学研究和教
学的"少而精"的人才。国家教委副主任朱开轩在《关于深化改革高等理
科教育的若干问题》的报告中明确指出，"基础性研究，是推动科学发展和
技术进步的强大动力，是新技术、新产业的先导和源泉。它对于加强我国
社会主义经济建设和提高全民文化科学素质，都具有十分重要的意义。
基础性研究的能力和水平，是衡量一个国家综合国力的重要标志。基础
性研究的发展，关键是人才。而基础性研究人才的培养主要有赖于高等
理科教育的改革和发展。由于计划经济体制与科技体制改革过程中存在
一时难以避免的短期行为，这对基础研究和高等理科教育本身造成了较
大冲击。因此，从国家长远利益着眼，基础学科人才培养本身也还存在一
个保护和加强的问题。从我国现阶段的国情出发，对基础性研究和教学
人才的需求情况，只能是少而精、高层次"。①

"兰州会议"确定的"面向科学、教育事业，加强基础性科学研究和教
学人才培养"的政策目标表明，理科基础科学研究和教学人才培养问题已
经引起政府部门的重视，并被纳入政府的政策议程之中。

三、政策方案形成

"兰州会议"确定高等理科教育改革要保护基础理科人才，但经费不
足一直是困扰基础理科发展的根本性问题。对此，国家教委高教司和与

---

① 朱开轩.关于深化改革高等理科教育的若干问题.载王根顺，李发伸.高等理科教育改革
与发展概论[M].兰州：兰州大学出版社，2000：171-181.

会专家学者普遍认为,保护基础理科的首要任务是保证基础理科获得必要的经费投入。他们认为,如果理科经费不足的状况持续下去,不仅在短期内会影响到基础理科发展和理科人才培养质量,而且从长远来看还会对我国国家战略地位提升形成不利影响。基础理科的性质使它在市场经济条件下容易被社会所忽视,因此政府应该承担起对基础理科教育的保护职能。

限于教育总体经费紧张的现实状况,教育管理者和与会专家学者讨论认为,必须在现有的教育经常性拨款之外通过其他方式为理科争取国家专项经费,如可以借鉴科研领域中通过专家给中央领导写信呼吁的方式,邀请基础理科相关学科的著名科学家出面给中央领导写信,为基础理科争取一批专项经费。至于以何名义提出这个要求,研究讨论后决定采用建立理科"基地"的形式,指明申请的经费是用于在高校建立若干基础理科"基地点",集中资源进行重点投入和重点建设。"基地"就是一种"少而精"的保护形式,通过在高等学校选取一些基础学科点对其进行重点投入和建设,以达到保护和扶持这些学科发展的目标,突出理科基础学科教学和研究的意义。

某教育管理部门人员 Z 在访谈中提到:

"在兰州会议上,专家们已经明确了保护理科需要通过一定的途径。兰州会议之后,国家教委高教司在和财政部商议的过程中,财政部也提议'你们最好是采取一个形式'。大家经过商议,觉得既然是培养少而精的人才,也就是每年应该向这些学校集中投入建设资金,使其改善办学条件和吸引优秀生源,实际上相当于在相关高等学校成立了一个重点扶持的地方。大家觉得基地这个名称还不错,而且也比较响亮,于是就决定使用这一名称。"(受访者4)

兰州会议之后,国家教委高教司和有关专家学者就此问题保持了密切的接触,由高教司理科处牵头具体负责理科基地的筹建和经费筹措工作。1992年4月,高教司理科处在厦门大学召开第四次委属综合大学及部分理工科大学教务处长座谈会。会议讨论了高等理科教育的发展问题,并决定建立全国高等理科教育研究会。会后,在高教司的建议和帮助下,筹备组成员经过协商将研究会定名为"全国高等理科教育研究会"，拟聘请著名科学家周培源、唐敖庆、谢希德先生为名誉理事长。同时提出拟设立《国家自然科学基础学科人才培养基金》项目，借此希望引起理科界科学家对高等理科教育发展和理科基础学科教学改革的重视。

四、政策出台

1990年10月，国家教委正式印发了《关于深化改革高等理科教育的意见》（教高［1990］016号文件），明确指出："面向科学、教育事业，加强基础性研究和教学人才的培养，是高等理科教育的基本任务，发展趋势是少而精、高层次。拟从全国重点综合大学和少数全国重点工科大学中，选择一批数学、物理学、化学、生物学、地质学、地理学等基础学科专业点，从本科入手，重点加强研究生教育，逐步将这些专业点建设成为国家基础科学研究人才的培养基地。"该《意见》同时还指出，为确保这些专业点的生源和教学质量，国家将制定相应的政策和培养方案，把坚定正确的政治方向放在首位，强化基础（理论基础和科学实验）训练，保证学生德智体美全面发展。

1991年国家教委开始在北京大学等十三所全国重点综合大学和清华大学、浙江大学两所全国重点理工科大学中，各选择一个基础性理科专业，进行"基地"专业点建设和改革试点。① 1991年6月，经过组织专家组论证后，国家教委批准了"基地"第一批15个专业点进行试点。其中，国家教委直属专业点14个，科技部所属基地点1个（中国科技大学）。

在各校开始试点的基础上，国家教委高教司委托南京大学进行调查研究，提出"基地"建设的具体政策问题，并进行反复研讨和征求意见。1992年初国家教委正式颁布了《关于建设国家理科基础科学研究和教学人才培养基地的意见》（以下简称《理科基地意见》）（教高［1992］4号）。《理科基地意见》明确指出："加强数学和自然科学基础研究和教学人才的培养，是关系到国家科学技术和教育事业发展，迎接二十一世纪新技术

---

① 这些专业点是：吉林大学、山东大学、浙江大学、中国科大、武汉大学、四川大学的数学专业，北京大学和清华大学的物理专业，南开大学、南京大学、厦门大学的化学专业，复旦大学和中山大学的生物学专业，兰州大学的地理学专业，青岛海洋大学的海洋学专业。

革命挑战的重大战略问题,必须采取切实有力措施,有计划、有重点地建设好我国理科基础科学研究和教学人才的培养基地"。"在本世纪内,基地将建成 40 个左右专业点,本科年招生 2000 人左右,并争取大部分进入研究生阶段学习。'八五'期间,'基地'专业全部启动,'九五'期间收到明显成效,为 21 世纪我国基础科学研究和教学工作培养出一批优秀人才。"

《理科基地意见》对基地建设的目标、原则、招生办法、验收评估等具体政策问题作出了规定。国家理科基地的建设目标是经过两个五年计划的基础建设和充实提高,到 20 世纪末,建成包括数学与自然科学的主要基础学科的、以培养少而精、高层次理科基础科学研究和教学人才为主的基地。高校基地点可在国家现行政策允许范围内,制定吸引优秀生源的措施。国家教委组织专家定期对基地点进行检查验收等。这是首次以政府文件的形式对国家学科基地建设目标及相关政策进行了原则规定。该文件的发布,标志着学科基地政策的正式出台。

《理科基地意见》颁布后,1993 年进行了全面的"基地"专业点的选点、申报、论证工作。各校根据《理科基地意见》结合学校的实际情况,制定"基地"专业点的建设和改革计划、目标和措施,提出申报。全国有 17 所高等学校,共申报了 52 个专业点。经专家组论证评选,国家教委于 1993 年 8 月正式批准了"基地"第二批 35 个专业点。1994 年进行了第三批"理科基地"专业点的申报、论证、评审工作,分别批准了 35 个和 11 个专业点,学校扩大到 24 所。专业范围除了第一批已有的 5 种专业外,增加了地质学、大气科学、海洋学、天文学、力学、心理学、大理科班等 7 种专业。

五、"理科基金"的设立

理科基地建立以来,国家教委和其他有关学校主管部门进行了多方面投入,使这些专业的办学条件有了一定的改善。但是,相对建设"理科基地"实际需要的经费而言,有限的投入实为"杯水车薪"。[①]

1994 年 10 月,国家教委在中国科技大学召开了全国高等学校理科基础研究和教学人才培养基地建设经验交流会,对第一批"理科基地"专

---

① 教育部高等教育司.国家理科基础科学研究和教学人才培养基地资料汇编(2)[G].北京:北京师范大学出版社,1998:7.

业点的阶段性成果进行了总结和交流。代表们认为,由于物价上涨等因素,"基地"各专业点建设的原预算经费数额已难以完成预定的建设目标,国家教委和各高等学校应进一步筹集资金,增加对"基地"专业点建设的投资强度。①

1995年3月,苏步青、卢嘉锡、朱光亚、唐敖庆、唐有祺、程民德、谈家桢、郝诒纯、徐光宪、曲钦岳、陈佳洱等十一位科学家致信江泽民总书记和李鹏总理,提出了《关于进一步加强和保护基础科学研究和教学人才培养的呼吁书》(以下简称《呼吁书》),建议尽快建立"国家基础科学人才培养基金",以国家拨专款为主,在近五年内,每年拨专款6000万元;并积极争取海内外企业界和社会名流,关心基础科学研究和教学人才的培养,吸收他们的捐赠。希望能在五年内筹集"基金"3亿~4亿元,使基础科学人才培养有较显著的提高。②

随后,以卢嘉锡为首的63位全国人大代表提出了《关于建立国家基础科学人才培养基金提案》(以下简称《提案》),《提案》重申了基础学科和建立国家基础科学人才培养基金的重要性。《呼吁书》和《提案》得到党中央和国务院领导的重视。1996年2月国务院办公厅批示,同意建立"国家基础科学人才培养基金",决定在"九五"期间,国家财政每年拨款6000万元,5年累计3亿元,以增加我国基础科学人才培养的投入,加强基础科学人才培养工作。③　至此,这一建立国家级人才培养基地的构想正式从政策理念上升为政府决策。

第二节　学科基地政策扩散过程

公共政策制定似乎经常是波浪式前进,一个国家(地区)的创新引发

---

① 国家教育委员会高等教育司.面向21世纪改革高等理科教育——高等理科教育发展与改革文集(二)[C].北京:高等教育出版社,1996:130-132.

② 教育部高等教育司.国家理科基础科学研究和教学人才培养基地资料汇编(2)[G].北京:北京师范大学出版社,1998:6-8.

③ 同上,第2页。

其他国家(地区)的模仿。[①] 理科基地建立之后,基地政策所取得的效果和社会各界对基地建设的高度认同与评价,导致这一政策范式在教育部门内迅速传播开来。文科、工科和经济学等其他学科也纷纷建立起学科基地,基地政策发展呈现出一种波浪式跟进。

一、基地政策扩散的阶段与趋势

根据各学科基地政策扩散的时间及学科特点,可以将学科基地政策扩散粗略划分为三个阶段(见表 2-1)。

表 2-1　国家学科基地发展状况总表　　　单位:个

年份	理科基地	文科基地	工科基地	经济学基地	研究基地	素质教育基地	软件学院	生命基地	集成电路	累计
1991	15									15
1992										15
1993	35									50
1994	11									61
1995		49								110
1996	22		45							177
1997		2								179
1998				11						190
1999					15	32				237
2000				2	57					296
2001					34 两批		35			365
2002								36		401
2003									9	410
2004					27				6	443
总计	83	51	45	13	133	32	35	36	15	443

注:表中数据来自 教育部高等教育司编,《国家理科基础科学研究和教学人才培养基地资料汇编》,武汉大学出版社,1994 年版;教育部高教司编:《国家理科基础科学研究和教学人才培养基地资料汇编(二)》,北京师范大学出版社,1998 年版;教育部高等教育司组编,《全国高等学校文科基地建设文集》,高等教育出版社,2003 年版;教育部高等教育司编,《国家经济学基础人才培养基地资料汇编》,高等教育出版社,1999 年版;及其他类型基地建立的下发文件、通知等。在此不一一列举。

---

① Kurt Weyland. Learning from Foreign Models in Latin American Policy Reform. Washington,D. C:Woodrow Wilson Centre Press,2004:1.

第一阶段(1991—1998),学科基地政策主要在基础学科领域内扩散。这个阶段政策扩散的基本背景是解决市场经济条件下基础学科所面临的各种问题和困难。从 1991 年到 1994 年,共申请和批准建立了三批理科基地,理科基地数量从 15 个点增长到了 60 个点。在理科"基金"实施后,1996 年国家教委又批准设立了第四批 22 个理科基地点。至此,国家理科基础科学研究和教学人才培养基地数达到 83 个。这一时期,除理科基地外,1995 年,原国家教委批准建立了 51 个"国家文科基础学科人才培养和科学研究基地",1996 年,建立了 45 个"国家工科基础课程教学基地",1998 年,建立了 11 个经济学基地点。截至 1998 年底,国家学科基地总数增长至 190 个。

第二阶段(1999—2001),学科基地政策开始由基础学科保护向人文社会科学研究和大学生文化素质教育等问题领域扩散。这一时期,基地数量的增长主要归于"人文社会科学重点研究基地"和"文化素质教育基地"的建立。从 1999 年至 2001 年共建设 4 批共 106 个人文社会科学重点研究基地,1999 年建立了 32 个大学生文化素质教育基地。此阶段基地政策扩散的具体学科色彩已经淡化,基地成为一种解决高校科研问题领域的政策手段(重点研究基地),或为一种提高人才培养质量和素质的手段(大学生文化素质教育基地)。

第三阶段(2001 年至今),在科学研究和素质教育问题领域之后,学科基地政策进一步扩散至高新技术学科领域。2001 年后,基地数量又出现了一次大幅度的增长,在原有的基地点数量基础上,新增了 35 个示范性软件学院、36 个生命科学与技术人才培养基地和 15 个国家集成电路人才基地。2004 年,教育部又批准建立了第五批 27 个人文社科重点研究基地点。相比前两个阶段的扩散,这个阶段政策扩散更多地依赖于外部特定政策情境,如当时的国家政策和发展战略规划等。

根据各类型基地建立的时间、批次和数量,我们对学科基地产生和发展的基本状况进行汇总,并相应绘制出国家学科基地政策扩散过程的曲线图(图 2-1)。结合图表显示的扩散趋势,可以将基地政策扩散划分为三个阶段:在政策扩散的第一阶段,如图 1991 年到 1997 之间,理科基地建立初步确立了一种基地政策范式,后经文科和工科的强化,使这一政策范式逐步制度化,成为保护基础学科发展和基础学科人才培养的主要工具。第二阶段,基地政策扩散主要得益于重点研究基地和大学生文化素质教育基地的建立,如图所示,从 1997 年开始到 2000 年之间,基地增长的幅度不是很大,扩散曲线比较平缓。2000 年之后基地政策扩散进入第三阶段,这一阶段由于新增了生命科学与技术基地、集成电路人才基地和软件人才基地等几批新兴技术学科基地,基地点数量又有了一次较大幅度的增长。

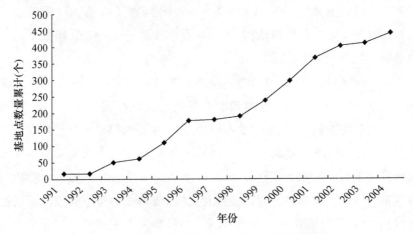

图 2-1　学科基地点数量按年份累计扩散趋势图

二、政策扩散过程的特点

(一)基地点的院校分布特征

下图 2-2 反映了基地政策在教育部所属大学中随时间(年份)的扩散状况。从图中我们可以发现,1991 年建立了第一批 15 个理科基地点,14 个属于教育部所属院校,占总所属院校的约 19%。此后 1993 年、1994 年虽然连续建立了两批,但是由于基本属于部委和地方院校,因此并未引起曲线上升。从 1995 年开始,随着文科基地的建立,一批新的教育部所属院校尤其是文科类、师范类大学的加入,引起曲线上升。另一次较大的增幅是在 1999 年,大学生文化素质教育基地和人文社会科学研究基地的建立增加了许多新院校。2000 年之后的稳定增长得益于国家集成电路人才培养基地、国家示范性软件学院、生命科学和技术人才培养基地以及后期的人文社科研究基地的建立。截至 2004 年底,拥有基地的教育部所属院校一共 57 所,占全部教育部所属院校总数 75 所的 76%。由此可以看出,基地政策对高校尤其是教育部所属高校的影响范围还是很大的。

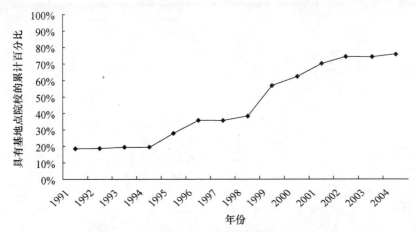

图 2-2　国家学科基地在教育部所属大学的扩散

注:图的纵轴为具有基地点的教育部所属院校占教育部所属全部院校的百分比,教育部全部所属院校总数以最近公布的 75 所为准(见教育部网站);在多个高校共建文化素质教育基地的情况中,按每个院校拥有一个基地点计算。

在基地点院校分布的均匀度方面,从下图 2-3 的基地点高校分布的洛伦兹曲线可以看出,实际分布曲线明显倾斜。这说明,基地点数量分布是很不均匀的,总体上集中在少数院校之中。根据实际计算,在 118 所拥有基地的学校当中,基地数量排名前 15 的学校的基地点数量占据全部基地总量的 53.2%[①](见表 2-2)。这也在经验上符合基地建设遵循的"择优遴选"和"重点扶持"基本原则。从这个特点来看,学科基地政策对重点高校的影响程度更为深刻。

---

① 由于在多个高校共建文化素质教育基地的情况中,按每个院校拥有一个基地点计算,因此这个比例比实际数据稍大。

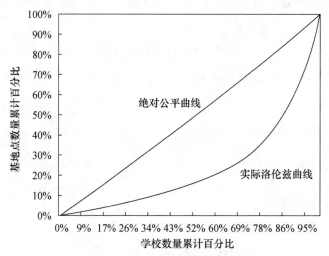

图 2-3　基地点高校分布的洛伦兹曲线

注：中间的直线代表绝对平等基地点数量分布曲线，其下方的
曲线则为基地点数量实际分布曲线；在多个高校共建文化素质教育
基地的情况中，按每个院校拥有一个基地点计算。

表 2-2　基地点数量排名前 15 的高等院校　　　单位：个

基地类型 高等院校	理科 基地	文科 基地	工科 基地	经济学 基地	研究 基地	其他 基地	总计
北京大学	8	3	0	1	13	4	29
复旦大学	4	3	0	1	8	4	20
人民大学	0	3	0	1	13	1	18
南开大学	3	3	0	1	6	3	16
南京大学	7	2	0	1	3	3	16
中山大学	3	3	0	0	6	4	16
北京师范大学	5	2	0	0	7	2	16
武汉大学	3	2	0	0	7	2	15
吉林大学	3	2	0	1	6	3	15
清华大学	2	0	3	0	3	4	12
四川大学	2	2	1	0	4	3	12
华东师范大学	3	2	0	0	6	1	12
浙江大学	1	0	3	0	3	4	11
山东大学	2	1	0	0	4	3	10

续表

基地类型 高等院校	理科 基地	文科 基地	工科 基地	经济学 基地	研究 基地	其他 基地	总计
中国科技大学	3	0	0	0	4	3	10
厦门大学	2	1	0	1	4	2	10
总计	51	29	7	8	97	46	238

注：其他基地包括文化素质教育基地、集成电路人才培养基地、软件示范学院和生命科学和技术人才培养基地；在多个高校共建文化素质教育基地的情况中，按每个院校拥有一个基地点计算。表中数据根据教育部高等教育司编，《国家理科基础科学研究和教学人才培养基地资料汇编》，武汉大学出版社，1994年版；教育部高教司编：《国家理科基础科学研究和教学人才培养基地资料汇编（二）》，北京师范大学出版社，1998年版；教育部高等教育司组编，《全国高等学校文科基地建设文集》，高等教育出版社，2003年版；教育部高等教育司编，《国家经济学基础人才培养基地资料汇编》，高等教育出版社，1999年版；及其他类型基地建立的下发文件、通知等中提供的原始数据和计算而来。

（二）跨部门（组织）的政策扩散表现

从管理权限上讲，不同类型基地分属于不同的组织或主管部门，因此，基地政策还呈现出按政策部门进行扩散的特点（见图2-4）。从时间上来看，高教司理科处建立了理科基地后，学科基地政策就在高教司内其他处室中得到扩散，首先是文科处建立了文科基地，工科处建立了工科课程基地，财经政法管理教育处建立了经济学基地等。之后，基地政策不仅在高教司内各个处室之间扩散，还进一步扩散至教育部内其他司局。在这个过程中，基地的含义和功能也发生了较大变化，由最初的单纯保护和加强基础学科研究和教学人才培养职能逐渐演化为具有发展高校科研、扶持尖端领域学科等多种功能的一项政策措施，基地政策适用的领域和范围已经大大扩展。

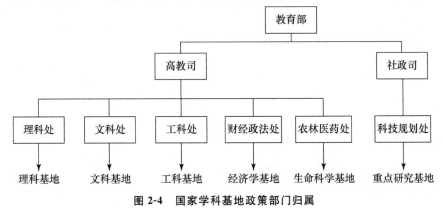

图 2-4　国家学科基地政策部门归属

第三节　政策扩散的结果

国家学科基地政策扩散过程可以看做是基地政策模式的迁移过程，即在基地的政策框架系统（由理念、目标和工具系统组成）内去制定和实施一项政策的相关概念体系，将其从一种学科领域扩散至另一种学科领域的过程，本书称之为"政策范式"的迁移过程。在这个过程中，基地政策范式（理念、目标和采用的工具系统）没有改变，但政策范式适用的学科和领域却发生了较大变化。

一、政策趋同化

在政策扩散过程中，各类基地政策在政策形态上的趋同：(1)名称相同，即都采用基地的名称；(2)政策理念的趋同，指各类型基地建设中都体现和遵循着"重点投入、重点建设、重点突破"这种基本政策理念；(3)政策工具趋同，即都采用"择优扶持"、"经费配套投入"、"监督评价"和"滚动淘汰"等实施机制。例如，在基地建立标准上，各类型基地建设都是依据"扶强保重"、"合理布局"的原则，优先选择那些教学科研水平高、在国内同类学科中能够起骨干带头作用的学科点进行建设；在经费投入上，各类型基地都要求主管部门、学校按 1：1 的比例进行配套投入；在基地评价监督方面，各基地一般都采取学校自评、教育部门中期检查和验收评估等三种基本形式，同时，实行滚动淘汰机制，对那些评估不合格，未按照要求进行配套投入的学校给予警告、除名等处罚。

二、政策扩散中的变化

各种基地政策在形态上趋同的同时，其适用的学科和专业领域、政策目标和内容也在不断变化。学科基地政策在扩散过程中的变化体现在如下几个方面：

（一）扩散的专业和学科领域变化

基地政策扩散的一个显著特点是基地政策所适用的学科和专业领域的变化。图 2-5 展示了随时间基地政策扩散的学科和问题领域变化过程。由图可知,在 1991—1997 年之间,基地政策主要是在基础学科领域内扩散,如图中"理科基地"点数量增长曲线和"文科、工科和经济学基地"点数量增长曲线所示。从 1997—2000 年间,基地开始向其他学科和问题领域扩散,典型的是人文社会科学重点研究基地和大学生文化素质教育基地的建立。图中"人文社科研究和文化素质教育基地"(人文社会科学重点研究基地和大学生文化素质教育基地)数量增长曲线代表了这两类基地点数量的增长情况。从 2000 年至今,基地范式进一步延伸至新兴技术学科领域,图中"新兴技术学科基地"增长曲线显示了软件人才基地、生命科学与技术人才基地和国家集成电路人才基地增长情况。

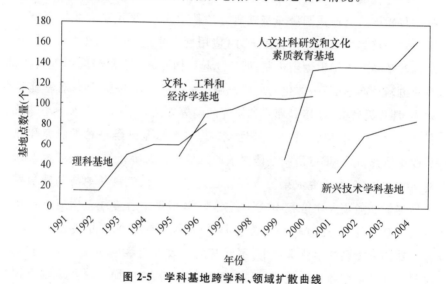

图 2-5　学科基地跨学科、领域扩散曲线

注:由于一些类型基地缺少多批建设,或者数量太少,在图上反映为一个点或者曲线位置较低,因此为了曲线显示方便,将经济学基地点数量并入文科基地;文化素质教育基地点数量并入人文社科研究基地;软件学院、生命和技术基地、集成电路人才培养基地三者的数量合并。

(二)基地政策目标的变化

从政策目标来看,文理科和工科等基地主要是针对基础学科在新环境下受到忽视的问题提出来的,因此其政策目标具有一致性,即都强调基础学科的人才保护问题。人文社科研究基地和文化素质教育基地针对的是高校整体人文社会科学研究以及大学人文素质教育存在的突出问题,因此其政策目标指向已经不再是学科保护的问题,而重在强调科研体制的创新和学生文化素质教育质量的提高,具体的学科色彩已经淡化。软件学院、集成电路和生命科学等基地属于新兴应用学科领域的基地政策,它们主要是针对如何培养新兴产业技术人才的突出问题提出的,因此其政策目标既不同于基础学科的保护,也不同于研究基地等的制度创新,而侧重扶持和发展尖端技术学科,培养新兴技术和产业化人才。如果说基础学科基地是一种"扶贫"的政策,那么这类基地则体现了一种"重点发展"的思路。

(三)基地政策内容的变化

基地政策问题和目标的差异会导致基地具体政策内容上的差异。基础学科领域的基地强调培养基础研究和教学人才(理论型人才),而新兴学科强调培养高级产业化技术人才(应用性人才),研究基地则强调科研体制改革和建立知识创新机制,即建立起机构开放、人员流动、内外联合、竞争创新、"产学研"一体化的运行机制。从政策具体内容来看,各基地在教学、课程设置、人才培养模式和研究问题等方面有不同的要求。基础学科基地对从事科学研究也有一定要求,但它侧重基础学科教学研究和课程改革研究,这与重点研究基地要求通过承担重大研究项目,组织重大课题攻关,产出重大研究成果等方面存在差异。新兴学科基地与基础学科基地尽管都强调人才培养和教学模式改革,但是前者更注重适应产业化发展的基本要求,通过与企业合作办学、国际教学交流等培养应用性人才。在同一类型的学科基地中,不同基地的政策内容也存在差异,例如,文科基地着重培养从事基础文科教学和科研的人才,而工科基地则重视通过强化基础工程理论教学来培养高质量的工程技术人才。

第三章 制度同形化与政策扩散：基地政策扩散的解释逻辑

就制度同形化的过程来看,基地政策扩散是教育行政组织在中央和上级政策的指导下积极推动政策采纳的结果,其目的在于通过出台政策获得学科发展经费和各种政策优惠,以解决学科发展的相关问题。理科基地的建立及其取得的成效为解决学科发展问题提供了良好的示范效应和合法性约束。在追求资源的诱因和政策范式的制度约束下,各处室为本学科争取生存机会而追求建立基地,组织的自主选择和同形化策略最终导致了基地政策趋同现象。在这个过程中,各学科领域面临的问题困境、资金约束和学科基地政策范式是触发基地政策扩散的关键因素。基地政策扩散的影响因素和基本原理如图 3-1 所示。本章将详细对学科基地政策扩散的背景、扩散过程与机制进行分析。

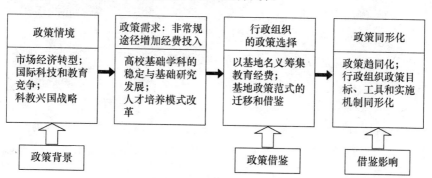

图 3-1 国家学科基地政策扩散的影响因素与动力

第一节　政策情境及其诱发的需求

伊斯顿(Easton)认为,任何经济、社会、教育等政策的形成,是透过内外环境因素的相互影响产生的。任何影响到决策部门的内外环境因素,均是政策探讨的重点。[①] 拉克(Lark)也指出,教育政策制定的原始动力,经常是受到其他政策的影响,可能是环境的改变,例如因为社会的开放,必须制定性别教育政策,企图通过政策的制定来改变社会环境,也可能是其他政策的配合措施,如因为国家科技发展的要求造成科技教育政策的调整等。[②] 基地政策的创始和扩散是我国经济社会转型期特定政策情境所诱发的一种结果,首先是市场经济转型对高校基础学科造成了巨大冲击,基础学科发展面临生源不足、办学经费紧张和师资队伍不稳等困境;其次是20世纪80年代以来国际新技术革命的发展,给高校传统的人才培养模式、科研体制等提出了挑战。在这两种新形势下,高等学校人才培养模式落后、科研体制不适应等问题进一步暴露,急需进行改革。

一、市场经济和国际新技术革命的挑战

(一) 市场经济转型

党的十一届三中全会以后,我国进入了以经济建设为中心的历史新时期,党的十四大明确提出经济改革的目标是建立社会主义市场经济体制。市场经济就是市场在资源配置中发挥基础性作用的一种经济模式,其基本特征就是竞争和分权化,政府部门将不再通过行政命令直接干预企事业单位,而是通过法律、法令、非指令性计划,以及税收、利率、产业政策等经济杠杆来规范和调节社会的各种经济活动。这意味着在市场经济体制下不再有"铁饭碗"和"大锅饭",适者生存、优胜劣汰是不以人的意志为转移的客观必然。

---

① 转引自陈文玉.政策制订过程之研究——台北省开放教育政策个案分析[D].台湾新竹师范学院国民教育研究所硕士论文,1988:43.

② Melody Lark. The Drug-Free Schools and Communities Act of 1986: Policy Formation, Causation, and Program Implementation. (ERIC Doument Reproduction Service, 1995, No. ED 389994.)

我国原有的高等教育管理体制产生于 50 年代,是一种以政府高度集中和计划管理为特征的体制。在传统教育体制下,高等教育发展计划、招生计划以及拨款计划等统一由政府确定,高校必须根据政府有关部门的计划要求来确定自己用人计划(如教师和管理人员的聘任计划)、课程设置计划和教学计划等,高校毕业生统一由国家计划分配。[①] 而在市场经济条件下,劳动力需求在很大程度上由劳动力市场来调节,用人的数量、结构和质量要符合用人单位的需要。这导致原有的高等教育运行机制在速度、规模、结构、质量效益等方面表现出各种不适应问题。在规模和速度方面,由于计划本身往往带有较大的主观成分,使高等教育发展速度与规模常常与社会经济发展的现实需求相去甚远,高等教育的毕业生的层次结构、学科结构等也常常与现实需求差距甚大。在教育质量方面,传统人才的知识结构单一,综合素质差,存在重知识、轻能力等问题,也越来越不能适应市场经济的需要。

(二) 国际新技术革命的挑战

20 世纪中期以来,以微电子技术、生物工程技术和空间技术等为主要标志的第三次科技革命,又称新科技革命的兴起,对国际政治经济和社会生活的影响远远超过了以往任何一次科技革命。它带动了传统技术的全面革命和技术革新,促使人类从工业社会进入信息社会,并开始了向知识经济的新时代的迈进。

新科技革命的迅猛发展,使新技术因素成为社会生产力中最活跃和起决定作用的因素。新科技革命的发展涉及众多的科学理论,并以此为基础形成规模宏大的技术群和产业群,促使国家的产业结构发生历史性变化。伴随着新科技革命,发达资本主义国家的产业结构进入了一个大变化和大调整时期,产业结构向服务化、高科技化和信息化转变。产业结构的调整也引起了就业结构的巨大变化,从事脑力劳动的"白领工人"人数大幅增长,高级管理人员和技术人员不断涌现,而从事体力劳动的人数急剧下降。

---

① 闵维方.社会主义市场经济条件下高等教育运行机制的基本框架[J].高等教育研究,2001,(4).

在以高新技术为核心的知识经济占主导地位的情况下,国家的综合国力和国际竞争能力越来越取决于该国的教育发展、科学技术和知识创新水平。面对世界范围内的新技术革命的挑战,各国都将科技发展放到了国家战略的重要位置上,以求在高科技领域中取得突破,从而在激烈的国际竞争中占据主动地位。尤其是进入 90 年代以来,以信息技术、生物技术、新材料等高技术为中心的新技术革命浪潮有力地冲击着全球,各国纷纷把生物技术和信息技术产业等高新技术产业列为国家发展战略的重要组成部分,加大对这部分产业的投入,并制定了有关鼓励高新技术产业发展和高新技术人才培养方面的政策。这些都对高校传统的人才培养模式提出了挑战,要求高校适应新形势改革人才培养模式和类型,以满足高新技术产业发展的需要。

二、高等教育改革中凸现的政策问题与需求

市场经济条件下社会新的人才需求和用人方式等对我国传统的高等教育模式产生了巨大冲击。在这个过程中,高校的基础学科和基础研究、人才培养模式和类型、科研体制和办学条件等,都面临着前所未有的挑战,尤其是基础学科人才培养和基础研究更面临着被忽视和削弱的危险。

基础学科和基础研究受到削弱。市场经济使高校学科发展面临诸多不适应,而其中尤其以传统基础学科遇到的困难最大。基础学科作为学科体系中的一个基础层次,它具有的重要价值是客观的,但是由于直接经济效益不明显,其作用的大小往往并不能从理论成果中直接反映出来,因此容易受到忽视。从 80 年代改革开放开始,特别是 90 年代建立市场经济体制以来,受短期效应及各种不规范因素的影响,以理科和人文社会科学为首的高校基础学科受到了前所未有的忽视和削弱,社会对基础学科及其研究持轻蔑、冷漠的态度。这些学科普遍存在投入不足、师资队伍不稳、教学条件和设备落后、毕业生就业难等突出问题。

人才培养和科研模式落后。我国传统的高校教育模式基本上是原苏联 50 年代教育模式的翻版。在计划经济体制下,我国高等教育人才培养目标定位于"专业—行业对口"，主要是培养"窄深型、处方式的专家"，带有强烈的专业性和功利导向，目标十分狭窄。进入 80 年代以来，面对社会经济迅速发展、科学技术高度分化且日益综合化的新形势，传统的人才培养目标和专业课程结构等逐渐显现出落后，学科课程设置和人才培养方式也已远远落后于时代发展的需要。市场经济的发展及国际科技教育的竞争需要培养面向经济主战场的具有原始创新、产业研发和创业能力的高水平、复合型人才，而我国传统的高等教育人才培养模式远不能满足这种要求。

与此类似，与新发展趋势的需要相比，我国高校的科研体制尤其是人文社会科学研究体制也存在各种弊端。在传统体制下，我国高校的科学研究主要通过贯彻执行行政命令来实现，科研参与的范围和层次狭窄。科学研究囿于"申报课题—开展研究—发表论文或出版著作"这样一种体内循环模式，在很大程度上脱离社会主义现代化建设的实际需要，难以为政府、企事业单位提供科学、合理、及时的智力支持。同时，科研尤其是基础研究、人文社会科学研究等面临着经费投入严重不足，中青年业务骨干流失，基础研究质量滑坡等各种问题。

高校办学条件落后、经费投入不足问题。长期以来，由于经济发展水平和财政能力所限，我国公共教育经费占 GDP 的比重与许多国家相比都是较低的，远远低于发达国家和世界平均水平。根据统计，1991—1998 年，我国公共教育经费支出占 GDP 的比重平均为 2.57％，而 1980、1990、1995 年的世界平均比重分别为 4.8％、4.8％和 5.2％，发达国家甚至更高。[①]

在高等教育经费方面，从表 3-1 和图 3-2 可以看出，在 1994 年以前，我国高校经费投入总量一直保持在一个较低的增长水平上，从 1994 年以后，特别是 1997 年以后，高校经费总量增长才进入一个迅速增长的阶段。这在一定程度上反映了 80 年代到 90 年代初期高校当时面临的教育经费窘迫的状况。尽管后来高等教育经费总量增长较快，但是由于学校数量众多以及扩招后学生数量的迅速增加，我国高校生均教育经费总体上还处于较低水平。

---

① 魏陆.从公共教育支出的国际比较谈我国教育的改革[J].理论与改革,2000(3).

表 3-1　全国普通高校投入基本情况　　　　单位：亿元

| 年份 | 总投入 | 其中： | | 2. 社会投入 | 3. 自筹经费 |
| | | 1. 政府投入 | | | |
		小计	其中：财政拨款		
1949—2002 年合计	7462.98	5028.21	4605.66	176.77	2258.00
1949—1992 年合计	1269.99	1183.24	1026.02	8.16	78.59
1993—2002 年合计	6192.99	3844.97	3579.64	168.61	2179.41
1950	0.56	0.56	0.56		
1955	4.28	4.28	4.28		
1960	13.62	13.62	13.62		
1965	7.41	7.41	7.41		
1970	2.05	2.05	2.05		
1975	10.32	10.32	8.30		
1980	34.58	32.06	26.90	0.24	2.28
1985	79.96	73.23	62.37	0.63	6.10
1986	85.99	79.02	73.09	0.66	6.10
1987	90.59	82.97	70.66	0.72	6.91
1988	100.89	92.4	78.69	0.8	7.69
1989	102.60	93.97	80.03	0.81	7.82
1990	106.33	97.39	82.94	0.84	8.11
1991	115.56	105.84	90.14	0.91	8.81
1992	131.89	120.79	102.87	1.04	10.05
1993	155.95	142.14	126.28	1.30	12.52
1994	224.85	190.14	169.27	2.51	32.21
1995	269.00	223.03	197.15	3.35	42.64
1996	326.79	262.56	229.97	4.27	59.97
1997	390.48	305.75	264.45	6.52	78.23
1998	549.34	356.75	335.07	13.02	179.56
1999	708.73	443.16	422.61	19.42	246.14
2000	913.35	531.19	504.42	21.78	360.39
2001	1166.58	632.8	606.07	35.48	498.30
2002	1487.86	757.45	724.35	60.96	669.45

说明：表中"政府投入"指国家财政性教育经费,包括各级财政拨款、教育经费附加、企业办学支出以及校办产业减免税等项。资料来源：华成刚.1949 年以来我国普通高等教育经费投入情况分析[J].教育发展研究,2003,(8).

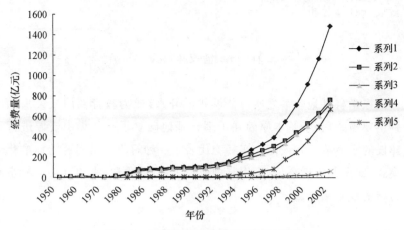

图 3-2　我国高等教育经费的增长趋势

注：曲线根据表 13 数据绘制。其中系列 1 为高校经费总投入，系列 2 为政府投入，系列 3 为政府投入中的财政投入，系列 4 为社会投入，系列 5 为高校自筹投入。

　　在高校科研经费方面，科研经费的增长态势与高校经费总量基本相同，一直到 1997 年以后，科研经费才呈现快速增长趋势。例如，1993 年高校科研经费总量只有约 25 亿，1996 年约 50 亿，而 2002 年这个数据则达到约 220 亿元。[①] 因此，90 年代中期以前，我国高校科研经费普遍存在着投入不足问题，基础学科、人文社会学科等面临的问题更为严重，科研所需经费、设备、资料等必要物质条件极为匮乏。据统计，全国高校 1992 年人文社会科学研究课题总数为 13,753 项，投入经费 3946.9 万元，投入人数为年均 21,236 人，平均每个项目的科研经费仅 2,870 元，人均科研经费只有约 1,858 元。[②]

　　因此，如何解决高等教育在经济社会转型期遇到的上述突出问题，增加基础学科经费投入，改革高校人才培养模式和科研体制，为培养新世纪高新技术产业发展所需的高级专门人才做好基础性工作，就成为新时期我国高等教育发展和改革的主要任务。客观上，需要通过相关政策手段来加以解决，基地政策范式就提供了这样一种手段。下文将对这种政策

　　① 华成刚.1949 年以来我国普通高等教育经费投入情况分析［J］.教育发展研究，2003，
(8).

　　② 田敬诚.人文、社会科学研究面临的困境及其出路［J］.科技导报.1994,(2).

手段展开具体分析。

第二节　基地政策范式确立

国家学科基地政策之所以能够扩散开来,成为教育部门政策采纳的一种主要模式,一个基本原因在于理科基地确立了一种集中资源进行重点建设的政策范式。该范式实际上代表了一种解决突出问题的标准化政策模式,即在一定理念下,运用某种政策工具(或手段)来达到某种特定政策目标的框架系统。

一、学科基地政策范式的基本要素

一种政策范式构成了分析和解释一系列现实的全面框架,它明确了一个特殊政策主题或领域的一套理念、规范含义和操作系统。彼得·霍尔认为,政策范式是政策制定者对公共问题的基本性质及其解决之道所持的信念、价值观和态度。更具体地来说,包括政策制定者所追求的宽广目标、观察公共问题的特定方式、解决公共问题的特定方法以及达到目标所使用的特定政策工具等。在这里,政策目标是指引一个具体政策领域的根本性目标,工具是指达到这些目标所使用的技术手段或政策工具。公共政策范式形成并稳定后,对外,官员共同体的大部分工作不过是按图索骥、循名责实。①

学科基地政策范式是一个由政策理念、目标、工具和手段等组成的体系,该体系包括以下要素:政策问题——基础学科人才培养和教学;政策理念——基础学科研究和人才培养的重点支持和保护机制;政策目标——保护转型期基础性学科可持续发展;政策工具——择优扶持、重点投入等。

(一)政策问题域

特定政策范式具有一定的政策问题适用域。理科基地范式作为一种政策模式,其创始的根本目的是应对基础学科发展中的突出问题。这里的政策问题主要是指从 80 年代中后期开始,由于经济体制转轨造成基础

---

① Peter A. Hall. Policy Paradigms,Social Learning,and the State: The Case of Economic Policymaking in Britain. Comparative Politics,1993,(25): 275-296.

理科教育经费短缺和基础理科人才培养被削弱的问题。

基础理科发展基本问题来源于两种基本背景：一是在市场经济条件下，基础学科的传统地位受到削弱，由于其性质而遇到的资金、人才和生源问题；二是在新时期，高校传统人才培养和学科发展模式落后，与国际水平逐渐拉大距离。因此，学科基地的基本政策问题可以界定为基础学科人才培养，具体包括：理科基础科学的生源和人才培养质量问题；基础科学教学和研究的师资问题；理科基础科学研究和教学经费投入问题；教学实验室建设和相关设备条件问题，等等。

（二）政策理念与目标域

创新往往开始于一个技术性（新技术、产品和服务）或管理性（新程序、政策和组织形式）的新理念。[①] 新理念代表了一种事物的新组合，这种新组合与目前系统中的标准操作程序和惯常反应之间可能出现断裂。一个理念之所以"新"是因为那些涉及建构和实施它的东西被认为是新的，尽管理念可能在其他地方已经建立了。[②] 理科基地作为一种新的政策范式，首先体现在它的新的政策理念上：基础学科发展的国家重点保护和支持。《关于建设国家理科基础科学研究和教学人才培养基地的意见》明确指出，国家理科基地建设贯彻"选优保重、合理布局"的基本原则，优先选择那些代表我国先进水平的、在国内具有重要影响和起骨干带头作用的学科专业点进行重点建设。该理念可以具体分解为：（1）基础学科保护和发展是国家政府部门的基本职责。这是政府公共教育职能的体现，尤其是在市场经济条件下，政府对于基础学科，应当特别予以重视和扶持。（2）通过加大经费投入和支持是一种基本途径。（3）择优扶持、重点投入。基础学科对于一个国家而言是最基础性的，培养的人才应该"少而精"。因此，应该实行"抓少"的原则。（4）"示范"和"带动"。用少数样板确立示范，有针对性地解决学科发展中的关键教学和科研的问题，带动其他院校的学科建设和教学改革。

---

① Richard Daft, and Selwyn Becker. Innovations in Organizations, New York: Elsevier, 1978.

② Nancy C. Roberts and Paula J. King. Policy Entrepreneurs: Their Activity Structure and Function in the Policy Process. Journal of Public Administration Research and Theory: J-PART 1, 1991: 149-150.

政策理念最终必须要细化为一定的政策目标,正如理科基地(全称为"理科基础科学研究和教学人才培养基地")名称中所反映的,理科基地建设要达到的基本目标主要包括理科基础科学研究和教学人才培养两个方面:(1) 人才培养目标——培养和输送优秀的理科基础科学研究和教学人才,并为相关学科输送高质量研究生生源;(2) 教学改革目标——科学的、先进的人才培养方案及其配套的教学管理办法;(3) 师资和办学条件发展目标——拥有一支学术和教学水平高、结构合理的师资队伍,拥有适应培养基础性人才需要的、完备的、先进的教学实验室和其他办学条件;(4) 教学科研目标和示范作用——为相关专业提供可供借鉴的、具有较高理论水平和推广价值的教学研究成果,在深化高等理科教学改革中发挥骨干带头作用,并成为本学科师资进修提高、交流教学经验的基地。

(三) 政策工具域

政策工具是解决政策问题的手段。为了实现上述建设目标,理科基地政策规定了基地的建设标准、资格审批、经费投入、评估验收等制度,加强对基地建设的管理。基地政策范式的政策工具包括:(1) 选点评审机制。基地建立必须具备相关的准入条件,《关于建设国家理科基础科学研究和教学人才培养基地的意见》对基地选点原则、申报资格与程序、评选办法等都作了具体规定。(2) 资源投入机制。按照国家政策,理科基地建设由国家教委和其他有关学校主管部门共同资助专项经费,学校进行配套投入。基地建设经费要单独建账,经费的使用要有预算、决算和审计。各有关高校要确保"基地"建设配套经费的落实。(3) 评价监督机制。主要包括定期自查、中期评估和验收评估等机制。《关于建设理科基础科学研究和人才培养基地的意见》规定:各校要根据评估指标体系、"基地"建设目标和建设改革计划,定期组织自查,原国家教委将在"基地"点建设启动 2～3 年后进行一次中期评估,5 年左右进行一次验收评估。(4) 滚动淘汰机制。《关于进一步加强"国家基础科学人才培养基地"和"国家基础课程教学基地"建设的若干意见》(教高[1998]2 号)提出,对正式挂牌的"基地"点,国家教委将每隔 4～5 年评估一次,实行滚动淘汰。凡各项建设工作优秀、教育质量高、教学改革成绩突出者,将给予表彰和优先支持;对于评估不合格的"基地"专业点,将限期改进,连续两次不合格的"基地"专业点,将取消其"基地"专业点资格。

二、学科基地政策范式的特点

理科基地的建立,确立了一种解决特殊环境下学科发展和保护的基本范式,即通过基地的选点投入、评价监督和淘汰机制等手段加强基础学科保护和实现相关发展目标。与传统的教育政策或管理模式相比,基地政策范式更类似于其他部门或领域内的项目工程制,但这种模式也具有许多新特点。

首先,基地政策具有浓厚的工程项目制色彩。20 世纪 80 年代以来,我国中央政府和各部委开展了大量的政府建设工程项目。按照 1996 年 6 月国家计委颁布的《国家重点建设项目管理办法》,政府重点建设项目管理模式具有以下显著特点:(1) 法人责任制。建设项目法人负责国家重点项目的筹划、建设、经营等。(2) 公开招标及合同制。由建设项目法人公开进行招标,并与中标单位签订建设合同。(3) 项目建设监督和验收。由建设项目法人及时组织工程建设初步验收和竣工验收,建设项目未达到规定要求,建设方应当承当相应的违约责任。按照《办法》,上述模式不仅适用于基础设施和产业的工程项目建设中,也适用于高科技、社会发展等其他骨干项目。[①] 在科技和教育领域,运用这种建设思路和做法的项目也开始大量出现,如"863 计划"、"211 工程"、"千百万人才工程"等。理科基地政策范式在理念、目标和手段等方面与上述工程项目是一脉相承的。

其次,基地政策采用竞争性招标机制。学科基地建设的基本程序是,首先由政府提出建设目标和方案,然后各高校组织力量进行申报,经过专家组严格审核筛选后,只有少数高校获得"基地"建设资格,接受政府的资助。政府的资助经费往往是伴随一定条件,如果受资助学校在规定的时间内没有完成政府设定的目标,则政府可以通过相应的措施(如减少资助经费)来惩罚高校,甚至剔除不合格学校。通过实行这种竞争性招标的做法,政府相当于在高等教育内部创建了一种"内部市场",促使高校为获取资源而展开竞争,这在一定程度上调动了高校的积极性,有利于实现教育

---

① 国家计委. 国家重点建设项目管理办法. 计建设[1996]405 号.

资源的优化配置。

再次,学科基地建设采用经费投入"配套"模式,这与以往的教育投入和相关建设项目如国家重点实验室是不同的。学科基地政策规定,基地建设采取政府与高等学校合作共建的模式,主管部门的投入和学校的配套资金是基地建立的必要条件。《关于申报国家经济学基础人才培养基地建设的通知》明确规定:"基地专业点的建设经费由其上级主管部门拨专款投入,每年 15~20 万元,连续投入 5 年,学校应按一定比例配套投入,主管部门的投入承诺作为评审条件之一。"这在高等教育经费紧张的情况下,对于调动主管部门办学积极性和增加教育经费渠道,具有重要意义。

最后,从教育管理模式来看,基地政策范式蕴涵了一种"合同"管理思想。在传统教育管理模式下,政府与高校之间属于管理与被管理、命令与服从的关系。而基地建设则体现了学校和政府之间的一种平等合作关系,即不是依靠自上而下的强制推行方式,而是由政府牵头,通过高校竞标机制,实现学校和政府双向选择,优胜劣汰(见表 3-2)。

表 3-2　学科基地政策模式

委托人	代理人	招标/投标	赛局参与者
政府	教育部	竞赛	高校

在这个模式中,作为委托人,政府设定了学科基地建设的基本政策(基地建设标准、资格审批、经费投入、建设周期等)。作为赛局参与者,高校像一般的市场企业一样,需要与其他高校竞争政府的基地建设项目。该模式的优点就在于它体现了自由原则和目标取向,蕴涵着一种合同管理原则,双方实行一种自愿性合作并按照合约关系履行相应责任和义务。

第三节　基地政策范式的制度化

制度化是指社会程序、义务或现实在社会思想和行动中占据类似规则的地位的这样一种过程。[①]"制度化"概念对应于这样一种客观现象：许多"社会事实"（如语言、习俗、货币、习惯法等）只有凭借社会成员的一致认同，才会产生和延续。这些"社会事实"的存在有赖于社会的共识，独立于个体的好恶之外，且对个体行为具有规范影响。[②]学科基地政策范式确立后，也逐步经历了一个制度化的过程。在本文中，基地政策范式的制度化主要指基地政策逐渐受到高教界、科技界和社会的广泛认同，成为加强和保护学科发展的基本手段。

基地政策范式的制度化一方面通过基地自身的绩效加以强化，另一方面，官方、政治精英和社会的认可和接受，使得学科基地成为一种"广为接受的社会事实"，这赋予了基地政策范式以认知和社会政治合法性。

一、理科基地的政策效果

理科基地建立以来，主管部门在经费上加大了对理科的投入。除经费投入外，各基地还享有主管部门和所在学校在招生、教学、科研、人事和经费等方面一系列的特殊政策与优惠。例如，基地点拥有独立实验室、教学设备和图书资料室，在招生、引进教师和选派教师出国留学等方面享有一定的优先权等。在基地建设过程中，各基地点在教学改革、人才培养模式改革等方面进行了积极探索。相关高校也十分重视基地的建设工作，成立了以主管校长为组长的基地建设领导小组，负责对基地建设的总体规划和指导，并制定了相应的配套措施。在各方面的共同努力下，国家基地建设取得了可喜成果，对其他学科起到了示范和辐射作用。

1993 年 6 月 8 日《中国教育报》刊登了《投资效益显著 教学改革深入——理科基础科学人才培养见成效》和《迎接 21 世纪新技术改革挑战——又一批理科人才培养基地初步确定》两篇专题文章，对理科基地建

---

① John. W. Meyer and Brain Rowan. Institutionalized Organizations：Formal Structure as Myth and Ceremony[J]. American Journal of Sociology，1977，83(2)：341.

② 迈耶和罗文对"制度化"的认识吸收了伯杰和卢克曼的观点。伯杰和卢克曼（1967）认为，由于互动的个体建立了支撑集体行动的共同框架和共同认知，而且只有在这种情况下，社会生活才成为可能。行为的重复过程，以及被自我和他人赋予相似意义的过程，就是社会现实被建构的过程。迈耶和罗文将这个过程定义为"制度化"。参见 John. W Meyer and Brain Rowan. Institutionalized Organizations：Formal Structure as Myth and Ceremony[J]. American Journal of Sociology，1977，83(2)：341.

设取得的成绩进行了报道。文章指出,"我国高校理科基础科学研究和教学人才培养基地经过两年的工作已经初具规模,基地建设启动良好,投资效益显著,显示出为国家培养优秀基础科学人才的良好趋势,带动了基础学科教学改革的深入发展。最近国家教委负责人充分肯定了第一批理科基础科学研究和教学人才培养基地的工作成绩,并表示,今年国家教委将给予第一批基地500万元补助性投资,进一步改善基地的办学条件。"①

根据教育部的调研统计,第一、二批理科基地建立以来,经过几年的专项经费投入和建设,理科基地建设的成效显著,在办学条件、招生、教学质量、教师待遇和积极性等的改善和提高方面都取得显著效果②(见下框)。

理科基地建设成效显著

基地办学条件和环境显著改善。从对第一批基地验收和二、三批理科基地的中期检查情况看,几年来国家共投入经费33694万元,各级教育主管部门专项投资14226万元,高等学校共投入经费15027万元,院系投资4842万元。大部分基地利用国家拨款和学校配套资金,建立了多媒体教室、专业资料室,购置了先进的教学设备和最新图书资料,建成了现代化的教学资源库和网络数据资源库等。基地建设经费的投入使基地办学条件得到了较好改善,为培养高质量人才建立了良好的教学环境。

教学改革成果显著,教学质量不断提高。根据对第一、二、三批基地点的不完全统计,在教学科研方面,基地教师承担的教学研究项目504项,获得教学成果奖521项;承担国家级和省部级科研项目4463项,科研经费共93330万元,年均21.96万元,获得科研成果奖共1353项;出版教材818部,在国内外重要学术期刊(会议)上发表论文共49674篇,其中教学研究论文1915篇。教学与科研成果斐然,为我国基础科学人才培养和研究工作作出了贡献。

---

① 鲍道苏.投资效益显著 教学改革深入——理科基础学科人才培养见成[N].中国教育报,1993-06-08(1).

② 国家教委.国家理科基础科学研究与教学人才培育基地建设与改革情况工作总结(第二稿),高教司存档。

师资队伍建设取得了明显成效，具有博士学位教师的比例不断提高，结构日趋合理。在师资队伍建设方面，为理科基地专业点授课的教师共计 6224 人，其中博士生导师 1138 人，硕士生导师 2753 人，教授 1920 人，副教授 2258 人，讲师 1250 人。为基地专业点讲授基础课教师共 1413 人，其中正高职称教师 566 人，副高职称教师 707 人，讲授专业课教师 1580 人，其中正高职称教师 669 人，副高职称教师 751 人。师资队伍结构趋于合理，学历层次有较大提高。师资队伍建设呈现了良好的发展态势，教书育人成效显著。

生源质量明显改善，人才培养特色初步形成。通过采取加大宣传力度、提高奖学金比例、增加免试保送生名额、提前单独录取等措施，各基地吸引了大批优秀中学毕业生到基地学习，基地点的生源质量逐年提高，一批基地点的第一志愿比例大大提高。基地毕业生升入研究生的比例也相应提高。各基地还通过实施本科生导师制、鼓励基地学生介入科研活动、建立实习制度、加强基地学生的社会实践环节等措施，培养学生的科研创新能力和社会实践技能，初步形成了有特色的人才培养模式。

理科基地取得的这些效果，对高等学校其他学科的教育教学改革起到了较好的辐射和示范效应，很多学校院系开始按照理科基地的教育教学改革措施改革本学科专业的人才培养模式、科研方法等，例如教授为本科生授课制度、本科生科研导师制、提前录取制度、"本-硕-博连读"制度、中期分流培养、淘汰制、选拔制等。这些做法逐渐在实践中获得越来越多学科和专业教师的认同和使用。

二、基地政策范式的制度化过程

理科基地建设取得的效果也引起了社会各界的广泛关注，高校教师、教育管理部门人员和学术精英从各个方面高度评价理科基地建设。同时，基地建设还得到政府部门的关注和政治精英（人大、政协和党的领导人等）人物的高度重视。

学术精英首先对基地政策给予了积极评价。许多知名学者和教授普遍认为学科基地建设是继"国家重点实验室"和"国家重点学科"之后,在本科教学和人才培养方面又一重大举措,对 21 世纪我国优秀基础科学人才的脱颖而出和高等教育的改革将产生重要影响。他们认为,基地的建立是一项很有战略眼光的举措,必将对我国基础科学的发展乃至各个领域创新人才的培养产生深远的影响。例如,著名生物学家谈家桢院士认为,"国家基础科学人才培养基地建设很有必要,很有成绩,至为高兴",复旦大学首席教授倪光炯先生把它形容为"久旱逢甘霖"。1999 年 11 月,世界著名科学家陈省身教授在与教育部派到南开大学的基地评估专家组座谈后,对基地建设一事也十分欣赏。在 1999 年 12 月 3 日被江泽民主席接见时,陈省身专门向江主席汇报,认为基地的建立非常有必要,较少的投入却对高质量基础科学人才产生了很大的推动作用,希望继续下去。对此,江泽民主席给予了充分肯定,并责成有关部门具体落实。

2000 年 3 月,全国人大九届三次会议期间,吴阶平、周光召、丁石孙、成思危、许嘉璐、蒋正华副委员长和其他 52 位人大代表共同向大会提交了一份《关于继续实施"国家基础科学人才培养基金"的提案》(以下简称《提案》)。《提案》指出,基地建设扭转了大学本科基础科学人才培养工作的困难局面,极大地调动了广大师生的积极性;出现了名教授上基础课的可喜局面;一批具有创新精神的优秀学生脱颖而出;教学环境和办学条件显著改善;对整个高等教育的改革起到了很好的示范、辐射作用。实践证明,目前正在实施的"九五"期间设立的基金,十分必要,效益很好,不仅不会半途而废,而且投入会有所增加。建议把"国家基础科学人才培养基金"作为国家的一项专项基金长期设立,在十五期间增加为 5 亿元人民币。[①]

学术精英的认同大大提升了社会对理科基地的认同和影响力,同时他们的特殊身份(许多人本身是人大代表、政协委员以及政府各部委领导人)也促进了政府对基地范式的认可和支持,这在一定程度上赋予基地政策范式以社会政治合法性。

教育和相关部门领导重视基地建设的重要性和意义。1996 年,在

---

① 吴阶平、周光召等.关于继续实施"国家基础科学人才培养基金"的提案[R].全国人大九届三次会议第 0390 号建议,2000.

"理科基地"第四批选点论证会上,教育部主管领导周远清同志讲话指出:基础科学研究的能力和水平是衡量一个国家综合国力的重要标志之一。建立"理科基地"的措施,对于保护和加强基础人才的培养起到了重要的作用,对其他学科教学改革也有一定的辐射和带动作用。[①] 2000 年,在国家基础科学人才培养基金工作会议上,国家自然科学基金委副主任王乃彦讲话指出:"'国家基础科学人才培养基金'的设立是贯彻落实'科教兴国'战略方针的重要举措","基地承担了发展我国基础科学人才培养的战略重任,基地培养的人才将是我国高层次基础研究与教学人才的重要来源"。国家基础科学人才培养基金已成为联系科学和教育的纽带,基金的实施促进了基础科学的人才培养,在源头上推动了基础研究的发展。[②]教育部长陈至立认为,在当前高等教育主体面向经济建设主战场,主动适应社会主义市场经济需要的情况下,建设一批高水平"国家理科基地",保护和加强"少而精、高层次"基础人才的培养,为 21 世纪的基础研究和教学工作准备人才,具有重要的战略意义。陈还表示,教育部将把"国家理科基地"的建设和改革作为高教改革的一项重要举措继续下去。[③]

在教育政策活动中,政府及其相关行政机构是唯一合法的公共教育决策中心。教育部领导多次在不同的场合谈及基地建设的重要意义,这使基地范式获得了教育部门内部的认可和支持,为学科基地在教育系统中的扩散奠定了基础。

高校和社会的积极回应。理科基地的建立及其取得的成果,在整个高等教育界引起了强烈反响。一些设有基地点的高校学者也纷纷撰文介绍基地建设成果,对基地建设给予大力宣扬和支持。例如,南京大学邵进认为"理科基地"建设初步实现了预期提出的"四出"要求即出思想、出成果、出经验、出人才,其成果已经辐射到高校人才培养的各个方面。[④] 广

---

① 周远清. 在"理科基地"第四批选点论证会上的讲话. 见：教育部高教司. 国家理科基础科学研究和教学人才培养基地资料汇编(二)[G]. 北京：北京师范大学出版社,1998：3-5.

② 王乃彦. 国家基础科学人才培养基金工作报告[OL]. http://www.dsrt.whu.edu.cn/dongtai/kejiluntan/lunt030101.htm.

③ 陈至立. 建好"国家理科基地",加强基础科学人才培养[J]. 中国高等教育,2000,(17).

④ 邵进. 加强理科基地建设努力培养高素质创新人才——南京大学"理科"基地建设与创新人才培养思路与举措[J]. 高等理科教育,2000,(6).

西大学席鸿健认为,建设"理科基地"是发展国家科学技术和教育事业,迎接 21 世纪新技术革命挑战的重大举措;也是从我国现阶段的国情出发,理科教育主动适应市场经济体制,培养少而精、高层次理科人才的重要措施。它解决了加强基础与重视应用的关系,处理好当前与长远的关系,以及为经济建设服务和加强综合国力的关系。[1]

此外,国家基础科学人才培养基地建设还引起了全社会的广泛关心与支持,许多企事业单位和管理部门开始注重人才的基本素质和能力,理科基地培养的人才基础宽厚、扎实,得到了社会各界的认可,理科专业学生进出口狭窄的情况有了一定的缓解,如四川大学数学基地的毕业生需求量已攀升至全校的前列。[2]

三、制度化规则与共识的形成

"在现代社会中,某种行业的各个组织的关系背景基本都一样。在这些条件下,一种尤其有效的实践、职业特殊性或者协调原则可以编码于神话式的仪式中。"[3]基地政策范式为人们确立了建立学科基地的基本程序、规则或规范。经过制度化过程,这些基本规则逐渐为制度环境中越来越多的人所接受和认可。随着基地政策效果的显现和政策扩散过程,教育组织内部在基地基本理念、运行机制等方面也逐渐形成了一些共识。

首先,基地被视为解决教育发展中突出问题的一种有效手段。理科基地的初衷就是保护理科基础学科的教学和研究。在基地建立过程中,高校学者、教育部门管理人员和科技界越来越认识到基地作为一种有效手段在保护基础学科、稳定高校基础学科师资和教学队伍、培养"少而精"的基础学科人才中发挥的重要作用。基地建设改善了高校基础学科教学条件,使很多高校的基础学科的教学科研在短期内成功迈上一个新台阶。

其次,基地也逐渐被看成一种"重点投入、重点建设,取得突破性进展"

---

① 席鸿健. 关于理科基础学科试验专业点建设的认识与实践[J]. 广西大学学报(哲学社会科学版),1997,(6).

② 王乃彦. 国家基础科学人才培养基金工作报告[OL][2002-2-6]. http://www. nsfc. gov. cn/nsfc/desktop/jjyw. aspx@infoid=2803. htm.

③ John. W. Meyerand Brain Rowan. Institutionalized organizations:Formal Structure as Myth and Ceremony. American Journal of Sociology,1977,(83):340-363.

的机制。教育行政组织认识到，通过将有限的教育资源投向特定领域，基地还是一种解决教育领域各种重点、难点问题，取得改革突破的重要手段。参与了理科和工科等基地建设的某教育部门管理人员在访谈中一再强调，基地是一种重点投入、重点建设的思路和机制。他指出："基地就是一种机制，一种重点突破、重点投资建设、率先取得突破性成果的机制，这个很重要，教育改革必须要有一种机制。……通过基地搭建一个平台，采取政策支持、经费投入、定期交流、评估和验收等办法，解决教育改革中长期存在的一些困扰问题和改革中的重点和难点问题，这种管理思路和理念，很重要。"（受访者2）

再次，最重要的是，基地政策范式还逐渐被视为一种获取教育经费和资源支持的重要手段。参与基地建设规划的某高校教师S在访谈中强调，基地是一种重要的教育资源获取方式，基地具有这种功能主要在于它提出了一个概念，这个概念能清楚地向上级和他人展示政策问题、目标及相关政策手段、方法的适用性，从而提高政策被采纳的概率。S指出："90年代以来，我国的各种计划、工程、项目等很多。这可能是中国管理中要'编故事'，只有你编出了一个像样的故事，才可能获得支持，获得经费。通俗地讲，就是做事情要有个'由头'，只有用工程、基地等这种具有高度概括性的东西，才能够引起国家的重视，或者社会的募捐。比如希望工程。"（受访者10）一名教育部工作人员也指出："教育部用于教育教学改革的经费还是很不足的，在获取教学改革经费方面还是非常被动的。基地是在有限经费前提下不得已的做法，它是教育部门在经费约束下对软课题进行保护和改革一种方式。"（受访者1）

最后，随着基地政策在各个学科的扩散，它还逐渐被视为教育部门处理类似问题的一种"惯例"和"习俗"，成为一种内化于教育部门决策领域的制度规则或文化。访谈中，教育部很多工作人员都认为，基地建设是90年代以来教育部门集中力量办大事的一种手段，是在实践探索中流传下来的为各部门所认同的一种约定俗成的做法和"惯例"。教育部某工作人员谈到建立生命科学与技术人才基地时强调："称基地基本上是约定俗成的，这些年来，教育部集中力量办事情有两种主要方式：一是建园区；二就是建基地。这基本上是为各部门所认同和遵守的，是一种约定俗成的形式，是一直传下来的。这

两种方式的核心都在于建立特区,形成办学特色。"(受访者9)

第四节 政策借鉴与范式解读:制度同形化的具体运作

在新制度主义理论看来,组织与环境之间发生关联的重要机制就是合法性机制。基地政策扩散的实质是理科基地的建立所确立的政策范式,对其他学科和行政处室形成的一种"合法性约束"。由上可知,在基地建立过程中,高等教育界、行政组织及个人不仅将基地视为一种解决基础学科发展中所面临问题的手段,而且还将其看作是一种重要的资源获取和投入机制,后来,基地进一步被内化为一种组织"惯例"或部门决策文化。以这种方式,基地政策范式通过行为者的认知被纳入制度化组织结构的理解和含义之中,这种制度化共识会成为组织进行决策的制度背景因素,影响其他组织的后续政策选择。基地之所以具有这种功能,是因为它为其他学科提供了重要的政策借鉴。

一、基地政策范式的借鉴

制度约束体现为人们对某项规则的一种认同和价值判断。伯格等努力区分技术认知风格和管理认知风格,他们认为技术意识承认"手段和目标的分离",而官员意识假设手段和目标具有不可分离性,"在官员意识中,手段和目标近乎同等重要。它不仅仅是一个让某人获得而且是通过正当手段让他获得通行证的问题……正当手段和程序被赋予了一种积极的道德价值,在许多情况下,即使假设合法性目标是通过非合法性手段来达成,对官员机构造成的损失远远超过这种行动带来的收益"。[①] 理科基地获得成功的关键在于它具有政策目标和手段的合法性。政策目标合法性在于理科基地始终强调基础理科在国家发展和科技竞争中的基础性地位和在新时期遇到的突出问题。为了达成这一目标,基地政策在进行资源重点投入时,还建立了配套的基地监督评价、滚动淘汰等机制。而理科

---

① W. Richard Scott. The Organization of Environments: Network, Cultural, and Historical Elements. In John W. Meyer and W. Richard Scott. Organizational Environments—Ritual and Rationality (Updated Edition). Sage Publications, 1992: 155-175.

基地取得的成效用事实向大家证明了基地这种"重点投入、重点建设、重点突破"手段体系在解决上述学科问题上的有效性。这样，政策就很容易得到上级的批准。通过与基地政策范式保持同形，后续组织可以提高政策合法性和促使政策被采纳。基地政策范式成为各学科管理者眼中一种有效的政策工具。

其一，组织之所以吸收基地这种认知信念系统，因为这样做可使自己被其他组织理解，增强政策出台的合法性。正如访谈中某教育管理人员所指出的，"基地并不是某个学科的专利，基地主要是作为一种工作思路，一种做法，一种对于解决学科发展问题很有效的做法。基地是我们行政管理中比较有效的一种做法，其实就是项目制，它的优点是可以集中有限资源进行重点建设，同时还有评估机制等作保障。"（受访者8）基地是针对市场经济条件下基础学科的保护提出的，基地其实就是一种学科保护和发展的重要手段，适用于各基础学科的发展。正如另一位受访者指出的，"基地是20世纪90年代末，市场经济给高等学校基础学科人才培养造成巨大冲击，针对高等学校和社会发展中面临的理科人才青黄不接、理科人才断层严重等现象提出的。当时提出保护理科一个重要的举措就是建立基地。随后，在市场经济发展中，人文社科的问题也出现了。从长远来看，人文社会科学也需要支持和保护，因此也需要建立基地。"（受访者3）理科基地的政策效果用事实证明了基地政策范式在解决学科发展问题上的有效性。后续组织按照理科基地确立的政策范式进行运作，很容易被环境中其他组织所理解，从而增强自身政策的合法性。

其二，组织之所以吸收认知信念系统，还因为通过这样的方式，可以扩大组织资源获取和生存的能力。如前所述，"资金短缺"成为许多学科包括基础学科、基础性研究和新兴学科的普遍问题，而当理科依靠建立基地的方式成功地设立了理科基金，获得大量的教育经费后，建立基地就成为一种缓解学科经费短缺，解决学科发展突出问题的有效方法。正如一位受访者谈到的，"其实，各个学科都存在经费短缺和学科发展的问题。理科最开始建基地的时候，其他学科还没有反应过来。理科获得了经费以后，其他各学科也相继建立了基地。我记得理科是第二批基地点建立以后申请到了基金。有了经费以后，建立其他基地的可能性也就增加了。"(受访者 8)如表 3-3 所示,各学科一旦建立基地,便可以获得各种经费来源。这些来源包括:(1)国家建立的专门基金。如理科依靠基础学科基金先后获得几亿元的投入;(2)教育部的基地专项拨款。文科、工科、经济学等学科基地的建设经费主要来自教育部提供的专项拨款;(3)学校主管部门、高校的配套资金。按照基地建设要求,主管部门与高校一般按照 1∶1 对等配套投入;(4)其他各种无形资源和政策优惠。主要包括学科基地的无形品牌、课题申请的便利性、招生和毕业分配优惠政策(提前录取、免试研究生推荐)等;(5)新兴学科基地主要依靠办学收入、融合其他重大建设项目经费、与企事业单位合作和社会捐资等多种方式筹措资金。一位教育管理人员形象地将基地政策的上述功能比喻为"四两拨千斤"。

表 3-3　基地点经费来源及数额(每个基地点/每年)

基地名称	主管部门投入	高校配套
理科基地	30 万元	30 万元及以上
文科基地	20 万元	20 万元及以上
工科基地	30 万元	30 万元及以上
经济学基地	15 万~20 万元	15 万~20 万元及以上
重点研究基地	30 万元	30 万元及以上
软件学院	经批准的示范性软件学院,原则上允许其按办学成本制订学费标准,报当地物价部门审批	
生命科学与技术基地	"基地"办学成本高,要通过多种方式筹措资金。学校要进行重点投入,保证"基地"基本条件建设。要建立有效机制广泛与企业和事业单位合作,疏通社会捐赠渠道,善于利用国家和地方重点重大建设项目为"基地"发展搭建平台。建立初期,教育部给每个基地每年投入 30 万元,学校配套 30 万元	
集成电路基地	积极推动产学研结合的办学模式,多途径筹集经费,吸引社会资金投入	

资料来源:根据各基地建设文件及访谈资料汇编。主要文件包括:国家教委《关于建设理科基础科学研究和人才培养基地的意见》,教高[1992]4 号;国家教委《关于建设国家文科基础学科人才培养和科学研究基地的意见》,教高[1994]9 号;国家教委《关于建设国家工科基础课程教学基地的通知》,教高司[1996]113 号;国家教委《关于申报国家经济学基础人才培养基地的通知》,教高司[1999]43 号;教育部、国家计委《关于批准有关高等学校试办示范性软件学院的通知》,教高[2001]6 号;教育部、国家计委《关于批准有关高校建立"国家生命科学与技术人才培养基地"的通知》,教高[2002]9 号等。

其三,文科、工科和经济学等各科类将这种范式规则内化到自己的信念系统中，沿用已有的基地政策范式，组织在决策时所依据的是一种渐进主义的逻辑，保持了政策制定的连贯性和延续性，可以避免决策中的冲突，节约决策成本。正如在访谈中一位教育部门管理人员所指出的，"基地已经有了，如果你变成一个什么别的名称，别出心裁，出一个新玩意儿，又要重新论证，又要费很多口舌，而且结果也不一定得到认同。"（受访者3）

尽管政治和权力是最终的决定因素，但组织采纳的政策模型的出现对教育政策制定仍然具有重要的影响，它塑造了政治议程和强化了改革建议获得采纳的机会。基地政策范式作为政策共同体的信念，具有世界观和方法论的作用，同时它为人们提供解决问题的具体方式。当官员共同体运用特定的政策范式来观察政府与社会的互动时，就决定了什么样的政策问题能够纳入视野、进入议程，什么样的政策工具应该采用等，并因此而影响政策范围内的各种目标行为体。[1] 正是在上述政策背景和考虑下，基层教育行政组织审时度势，努力出台有关人才培养、课程教学和科学研究等基地政策。

二、制度同形化与政策扩散过程

在制度环境和理科基地政策范式的"合法化"约束下，其他学科是如何借鉴和采纳基地政策？并由此导致基地政策在教育系统内部扩散开的？政策扩散的基本特点在于它是基于先前政策创新基础上的政策采纳和创新，约瑟南（Jonathan）认为，政策扩散包括议程设置（agenda setting）、信息传输（information generation）、用户化（customization）和颁布（enactment）四个显著过程。[2] 国家学科基地政策的扩散也经历了这样几

---

① Peter A. Hall. Policy Paradigms, Social Learning, and the State: The Case of Economic Policymaking in Britain. Comparative Politics, 1993, (25): 275-296.

② 约瑟南研究发现，在政策扩散的议程设置上，联邦经费资助导致各州政治议程重叠性很高，州官员几乎同时考虑同一个项目。在信息传输阶段，职业协会和全国性组织发挥着重要作用，它们为全国各州的新项目提供了可比较信息。在扩散的用户化和颁布阶段，州内主体在政策采纳中起主导作用，其影响超过了全国性主体。最具影响力的是那些在立法或行政部门中制度性地拥有关键职位的主体。政策创新的颁布通常能够追溯到诸如州长和立法领导等关键个人的活跃支持。根据州内团体的力量、战略和优先权的差异，创新项目通常采取一系列的形式。Karch, Andrew Jonathan. Democratic laboratories: The politics of innovation in the American states. PhD dissertation, Harvard University, 2003.

个阶段。这里重点对基地政策扩散中的信息输入、议程设置和"本地化"过程(本文称之为政策"范式"解读)进行分析。

(一)信息输入

1996年国务院批准设立理科基金,九五期间国家财政每年拨款6000万元,5年累计3亿元用于理科基地建设。理科"基金"批准实施后,在已有三批基地点的基础上,1996年国家教委又进行了第四批基地的申报论证工作,新批准设立了22个理科基地点,这批基地的学科在原有理科专业基础上扩展到基础农学、基础医学。至此,国家基础科学人才培养基金的资助范围涵盖83个理科基地点。作为一种有效信息源,理科基地的政策效果及基础科学人才培养基金的建立,引起其他基础类学科的关注和重视。"高教司各个处室都在关注,每个处室管理改革的理念、机制和做法及取得的成效,我们其他处室都在关注。高教司司务会议提供了一个交流的平台,在司务会议上,各处一般会介绍各自的改革做法。"(受访者1)

对于这些学科而言,它们与基础理科面临着相似的问题,理科基地的建立为它们提供了重要的启示和借鉴:即通过建立"基地"的方式来保护基础学科。理科基地取得的效果以及理科基金的建立,使它们逐渐认识到基地是在资源条件限制的情况下,激发高校办学、解决教育改革发展中重点难点问题的一种重要手段。一位了解基地建设背景和发展过程的教育管理部门人员在访谈中是这样说的:

"各个学科都有自己的问题和困难,都需要经费支持。这里有两个方面需要注意,一是建立基地的思路很好,用极少的投入产生极大的效应,保护了基础学科,而不是像传统做法那样将钱平均下去。二是基地产生了很大的辐射和示范作用。很多基地的教改成果不仅促进了本基地点和本校的教育教学改革,而且对其他非基地点也产生了辐射作用,其他非基地点也可以享受到基地教改的成果,比如说基地点编写的优秀教材各个学科都受益,教学改革的思想理念和其他都可以共享。因此可以说,基地建设对整个高等教育战线都产生了很大影响。后面的文科基地、工科基地、经济学基地和文化素质教育基地等等,都建立起来了。这是用很少的钱,产生了很大作用。"(受访者8)

在理科基地出台过程中,管辖这些学科的处室几乎同时就开始考虑基地政策项目,试图在本学科范围内寻找和界定可以运用这种机制的政策问题。曾参与工科基地建立的某教育管理人员在访谈中指出："应该说我们一直都在关注理科处建基地的事情,同时也在学习它的这种理念和机制,看看能否在工科教育方面有需要重点建设和重点突破的领域和问题。既然理科可以建基地,工科也同样可以建(基地)。在理科争取到国家专项拨款(基金)后,我们马上就行动起来,进行了具体的规划和设计。"(受访者2)

著名学者张岂之在《全国高等学校文科基地建设文集》的前言中对文科基地的建立有这样一段回忆:"1994年前后,国家教委高等教育司的管理人员和大学基础文科的教师们为当时基础文科因缺少应有的物质和精神支持而感到不安,觉得这种情况如果继续下去,大学文、史、哲等基础文科的教学和研究将会萎缩,从而给我国高等教育带来不可弥补的损失。基础文科能否同自然科学一样建设学科基地? 大家很自然地得出相同的结论:应当而且必须!"事实上,早在1987年国家教委高教二司对高等理科教育展开调研的同时,国家教委高教一司也组织了力量,集中对高校文科教育的现状和改革情况进行了调查研究,对相关问题进行"诊断"并提出改进措施。[1]

(二)教育行政组织的议程设置

受保护学科和获取经费支持的内在激励,理科基地确立的基本做法就很快成为其他处室关注和模仿的对象。1994年理科基地申请国家专项基金前后,文科、工科等基础学科就分别提出了建立本学科领域人才培养基地的要求。由于前期调研充分、论证有力,各处室组织申报比较容易就获得了通过。"仅仅用了一个月的时间,申请建立基地并组织各高校申报项目的工作就完成了。"(受访者1)如表3-4所示,文科、工科和经济学等各类型基地政策理念产生、议程设置时间具有很大的趋同性,基础学科的基地政策理念基本上都是在理科基地建立过程中产生的。

---

① 普通高等教育深化本科教育教学改革[A].中国教育年鉴[M].北京:人民教育出版社,1988:137-143.

表 3-4　各基地建立过程中政策理念形成、议程设置和政策批准的时间表

时间 基地	理念形成时间	议程设置时间	批准时间
理科基地	1990 年	1991 年	1991 年
理科基金	1990 年	1993 年	1995 年
文科基地	1994 年	1994 年	1994 年
工科基地	1994 年	1994 年	1995 年
经济学基地	1995 年	1996 年	1998 年
重点研究基地	1995 年前后	1996 年	1999 年
文化素质教育基地	——		1999 年
软件人才基地	2000 年前后	2000 年	2001 年
生命科学基地	2001 年前后	2001 年	2002 年
集成电路基地	——		2003 年

资料来源：根据访谈资料和各基地建立政策文本自行汇制。其中，政策理念形成时间为各学科意图建立基地的时间，主要根据访谈获知；政策议程设置时间为各学科提出建立基地的时间；政策批准时间为教育部正式发文建立基地的时间。

与文史哲等基础文科教学和人才培养在市场经济体制下所面临的困境一样，1992 年前后，我国高校人文社会科学研究也遭遇到市场经济的冲击，面临科研经费投入严重不足、物质条件缺乏、中青年业务骨干流失、基础学科和基础研究有滑坡危险等问题。针对这些问题，1994 年国家教委专门发布了《关于加强和改进高等学校人文社会科学研究工作若干意见》，提出要建立人文社会科学研究的基金，制定高校人文社会科学科研规划、博士点基金和青年基金课题规划等，以加强高校人文社会科学研究工作。

在理科、文科和工科等基础学科建立学科基地后不久，1996 年 11 月 21 日，国家教委即正式下发了《全国普通高等学校人文社会科学研究"九五"规划要点》，其中明确提出了建立人文社会科学重点研究基地的政策建议，并将其列为"九五"期间的重点建设项目。该文件指出，"按照合理布局、优化结构、突出重点的要求，通过评审确定和建设一批具有国内领先水平和高校特色的国家研究基地，在五年内，争取使 100 个重点学科、重点领域和重点科研机构的科学研究整体水平在全国学术界处于领先地位。"①这表明建立人文社会科学重点研究基地的政策建议已经被列入教育部门的政策议程。稍后，高新技术学科领域的基地政策也提上了议事日程。

（三）基地政策范式解读与"本地化"过程

理科基地政策范式构成了其他处室在解决相似政策问题时进行政策选择的基本约束。然而，其他组织在制订后续政策时如果照搬理科基地政策范式，通常会面临基地政策与特定情境或问题之间有冲突和不连贯的问题，即出现政策的"适用性"问题。按照迈耶和罗文的理论逻辑，如果一个行政组织的范式要与先前的政策范式保持同形，就会面临两个非常普遍的问题：（1）如果完全照搬先前的政策范式，就不能适应当前的政策情境，难以满足组织对政策效率的要求；（2）由于这些仪式化规则被出自环境的不同部分的神话所传递，因此规则可能会彼此冲突。② 由于各个学科（处室）的目标、任务和功能不尽相同，所面临的环境和政策问题也不同，因此，在借鉴理科基地做法的过程中必须对政策范式进行改造或扩容，以实现政策的"本地化"过程。本书称之为政策范式的"解读"，即行动者在一定的政策情境下对基地政策范式所确立的规则的遵从和转换。主要有以下几种范式解读策略：

政策类型的解读。理科基地政策是一种基础学科保护和发展的政策类型，但是对于"基础"概念可以有多种理解，例如理论性、全局性、根本性、重要性等。因此，基础学科容易与下列相似概念相混淆：基础性应用学科、重点学科、关键性新兴学科、关系主流意识形态的学科等，它们都强调要在高校或国家发展中占据基础性地位和发挥重要作用。具体地，对基础学科可以进行以下解读：一是传统基础学科，如数学、物理等基础理科，文史哲等基础文科；二是基础应用学科，如基础工科、理论经济学等；三是优势学科和重点学科，此类学科对国家发展具有重要影响和意义。

---

① 关于印发《全国普通高等学校人文社会科学研究"九五"规划要点的通知》，教社科[1996]10号。

② John. W. Meyer and Brain Rowan. Institutionalized organizations：Formal Structure as Myth and Ceremony. American Journal of Sociology,1977(83)：340-363.

人文社会科学重点研究基地学科选点即确定为高等学校中的优势学科和重点学科范围;四是具有战略意义的尖端学科,即新兴技术学科。对"基础"的不同理解为基地政策范式解读提供了潜在的可能性,从而促进基地政策范式在不同学科或问题领域"迁移"(见图3-3)。

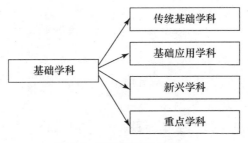

图3-3 "基础"内涵的解读

"学科"概念也有解读空间。在实际中,学科体现为具体某学科的教学、研究、师资发展等具体问题。因此,学科可以分解为"学科教学"、"学科研究"和"师资建设",而教学可以进一步细化为"人才培养"、"课程"等内容。同时,教学和研究也可以逐渐脱离某种具体学科的含义,泛指整体意义上的学校教育和科研。例如,大学生文化素质教育基地就是针对高校教育中人文素质教育缺失这一普遍问题而设置的一种基地。"学科"概念内涵的多样性为非学科性基地的建立提供了基础。在政策扩散的中后期,人们正是通过对学科内涵进行了延伸和发展,将基地政策范式策略性地运用于高校科研体制改革和文化素质教育等领域(见图3-4)。

图3-4 "学科"内涵的解读与基地政策范式的关系

工具与目的关系的解读。基地政策范式之所以能够被解读,还在于政策工具与目标关系的不确定性。例如,理科基地所确立的政策工具包括经费配套、年度评价和滚动淘汰等,政策目标包括保护基础学科的生源、培养基础科研和教学人才、发展基础学科的师资力量等,构成了一个政策工具和目标体系。其中，任何一个政策工具和目标之间的关系都不是一一对应的，不同政策工具与其政策绩效之间的关系至今也没有经过严格的验证。同时，教育产出包括教育教学质量、人才培养质量和科学研究贡献等均缺乏明确的绩效标准，无法进行有效评价。政策工具与目标之间的关系越不确定，政策问题、目标的界定和工具选择的弹性也越大，组织进行政策解读和模仿的空间也就越大，因为组织可以将外部惯例和内部实质性结构进行松散结合或分离（decoupling）。这样，基地政策很有可能成为达到一种目的的手段，即获取资源的一种正当说法而已。下图3-5是学科基地政策目的—手段链的逻辑解读：

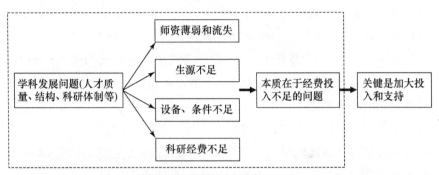

图 3-6 学科基地的目的与手段关系链逻辑解读

所谓的同形化就是组织在已有政策范式约束下，结合组织所处特定的政策情境及其需求，对政策范式进行解读，融入新的制度（学科）背景，与制度（学科）环境取得一致的过程。在学科基地政策扩散过程中，组织是通过对已有政策范式所确立的规则的遵从和适当转换来完成这一过程的，遵从制度环境中已有的规则会为组织政策合法化与资源获取提供依据，而对规则的适当转换则是组织适应新的制度环境要求的必然选择，也是组织与新的制度环境保持一致、取得环境支持和认可的一种合法化的手段。

三、学科基地政策扩散的内涵与实质

制度同形性有利于促进组织的政策出台能力和成功性。理科基地的示范效应引起了政治精英和政策权威部门高度"认可"，这赋予了基地政

策范式以社会政治合法性。尤其是当学科基地政策得到教育政策部门的"认可"和"接受",作为教育行政司局部门的一种基本制度惯例时,基地政策范式就逐渐成为约束组织相关政策行为的合法性力量,影响着后续基地政策的采纳。

学科基地政策扩散的实质,就是行政组织在一定的制度背景下,基于资源获取和合法性获得而进行的有意识政策选择的结果。组织基于资源获取的内在激励会进行能动的政策选择,但是这种选择受到既存基地政策范式的合法性约束。理科基地取得的政策效果,使基地政策范式获得了决策部门、高校和社会的高度认可和评价,并通过行为者的认知被纳入制度化组织结构的理解之中,从而成为一种具有合法"强制力"、可供模仿和借鉴的政策模式,在社会系统内逐渐扩散开来。后续组织之所以吸纳基地政策范式,是因为这样做,一方面可以解决组织所面临的问题困境;另一方面也可以获得组织需要的资源,提升组织的生存能力。这是环境对组织的影响机制。

随着基地政策范式获得环境中越来越多的认可,它逐渐通过行为者的认知被纳入到制度化组织的程序和政策的理解之中,构成了后续组织决策的制度背景。其他组织纷纷按照这种制度规则进行决策,从而使这一范式和制度规则得以广泛传播,而国家和社会层次的宏观政策背景往往会成为这些行政组织进行政策采纳的"契机",这种政策情境的出现会触发政策需求的产生,也会导致一系列的组织能动行为。从这个意义上来讲,学科基地政策扩散可以被视为组织对制度环境作出的一种行为选择结果。下一章将以案例的形式来具体描述和分析制度环境对组织的影响和组织的制度同形化机制。

第四章 学科基地政策扩散的模式分析

在组织社会学理论中,制度是一种为大家所认同的信仰体系、规则、角色,制度神话在组织中发挥强有力的作用,组织不得不仪式化地采用它们,从而变得与制度环境同形。组织对制度环境的遵从,提高了其成功和生存的可能性。制度同形化研究揭示了组织采纳已有的结构或一项政策的不同机制。学科基地政策过程中,政策同形化的不同机制导致了不同的基地政策扩散形式。本章以基地政策范式在基础学科领域、研究和应用学科领域以及高新技术学科领域的扩散为例,集中探讨基地政策扩散的不同模式。

第一节 直接模仿型扩散:基础学科基地案例

在政策扩散研究中,许多学者曾经强调相邻地理位置对扩散的影响,他们发现政府在政策制定过程中存在着"地区咨询路线"或者"模仿邻居"现象。里彻(Leichter)认为,在某种意义上,我们应该注意到大多数政策扩散的发生最终源于快速和便捷性的政策需要。扩散是一种政治路线,是制定政策的一种"抄近路"或便捷方式。邻居之间分享公共政策和政治实践的主要原因是彼此之间条件和问题的相似性以及相信"按照邻近政府的做法调整自己方案"的合理性。①

理科基地建立后,学科基地政策首先在基础学科领域内扩散开。从环境与组织的关系来看,基地政策在基础学科领域的扩散是一种基于相似背景下的直接模仿行为,体现了政策扩散中的沿相似"政治路线"采取

---

① Howard M. Leichter. The Patterns and Origins of Policy Diffusion: The Case of the Commonwealth. Comparative Politics,1983(15): 223-233.

行动或"走捷径"的做法。这一时期,政策扩散主要是一种相似领域的制度模仿,基地政策范式还未进行充分解读,严格忠实原有理科范式的程度较高。在理科基地范式背景下,组织将该范式的合法性理性要素最大化地包容到本组织的政策中,以实现政策合法性最大化,这可以增加政策获准和被认同的概率。

一、模仿的前提:市场经济条件下基础学科领域问题的相似性

一个主体(国家)的大胆政策创新常常会吸引那些具有相同背景(政治结构、文化传统和历史背景)并且经历类似问题困扰的其他主体的注意力。[①] 当一个组织有意识地模仿它所相信的在公众眼中代表一种更高层次的成功与成就的另一个组织时,模仿同形性就发生了。在市场经济条件下,文理等基础学科面临着同样的问题和发展困境。一方面,一些与经济贴得比较紧的专业如财经、外语等迅速热起来;另一方面,一些传统文科专业如文、史、哲等却由于不能像应用学科一样进行"创收"而从"显学"位置上急剧地黯淡下去。20 世纪 90 年代初的几年,人文学科专业招生严重不足,生源素质较差,尤以历史、哲学为甚,几乎招不到第一志愿的考生。这种情况下,有些学校不得不压缩基础文科招生规模,甚至改办应用文科专业,文史哲等专业遇到了前所未有的挑战。

不仅是基础理科和文科专业,高校中偏向基础和理论类的学科专业都受到了市场不同程度的冲击,都面临着学科生存和发展的问题与困难。以理论经济学为例,某高校经济学基地的一名教授指出,改革开放以来,高校经济学教育在走向实用、强调与社会经济接轨的同时,理论经济学也越来越受到忽视。他指出:"人们不太重视经济学理论教育的作用。虽然经济学被视为显学,但高校理论经济学尤其是马克思主义经济学的地位受到了很大削弱。在经费方面,当时国家的创收政策允许高校可以适当创收,但不同的学科情况不同,马克思主义理论经济学基本上创收不到。在招生方面,由于社会对理论经济学不重视,第一志愿报考的学生人

---

① Kurt Weyland. Learning from Foreign Models in Latin American Policy Reform. Washington,D. C. : Woodrow Wilson Centre Press,2004:11-12.

数越来越少,许多高校的理论经济学专业都面临着生源不足的问题。在毕业生分配方面,一直以来,我国高校经济学教育承担着培养经济学理论教学人才、基础理论研究人才和马克思主义经济学教育宣传人才的任务,八九十年代以来,随着政府宣传部门和高校理论教学与研究工作对这方面人才需求的饱和,高校理论经济学人才也面临着分配难的问题。"(受访者11)教育部经济学基地建设的主要负责人Y在访谈中也指出:"92年之后,我国市场经济发展很快,市场经济对基础学科的冲击非常大,理论经济学也不能幸免。一是面临'经商潮',学生不愿学理论性学科,不愿报考理论经济学、文史哲等专业;二是从意识形态角度来看,报纸杂志等都不登载马克思主义经济学文章;三是高校教师下海,转行搞经贸,学科队伍不稳定;四是社会上对高校基础理论教学,包括理论经济学的教学等不够重视。"(受访者3)

理科、文科和理论经济学等基础学科面临的境况反映了市场经济建立初期,高校中偏向基础和理论类的学科专业普遍受到市场经济的冲击,面临学科生源减少、办学经费缺乏、师资队伍不稳、后备力量不足、毕业生就业困难等共性问题。对于这些学科而言,理科基地的建立为它们提供了重要的启示和借鉴:即通过建立"基地"的方式来获取经费支持,保护基础学科。

二、高等教育教学改革共同政策议程的推动

文理等基础学科在市场经济条件下受到的冲击以及这些学科面临问题的相似性为其基地政策采纳提供了必要的前提,然而,能否采纳政策还要视政策环境等其他外部因素。教育行政组织下一步要做的就是寻找合适的背景和时机,提出本领域面临的政策问题,进行政策规划活动。20世纪90年代以来的高等教育教学改革背景为这些学科的基地政策采纳推动了政策议程。

在当时,针对高校基础学科教育教学受到市场经济的巨大冲击和教学工作一度出现的"滑坡"问题,国家教育部门采取了两大措施:一是加强正确舆论导向,利用各种宣传工具,揭示市场经济与学校教学工作的关系,强调高校教育教学工作和教学质量的重要性。二是利用行政手段加

强对教学工作的宏观管理力度和政策导向。①

　　1993 年到 1997 年,国家教委高教司司长周远清连续公开谈话,强调高校教学工作的重要性,呼吁全社会关心和重视高等教育教学改革。1993 年 7 月,周远清接受《中国高等教育》特别采访,发表了《突出教学主旋律,推动质量上台阶》的长篇访谈录。在这篇访谈中,周远清首次公开提出了高校教学工作存在"四个投入不足"、教学工作有滑坡危险等问题。他明确提出:在高等学校,教学工作是主旋律,提高教学质量是永恒主题,教学改革是核心的改革。1995 年 1 月,周远清又在该刊发表《教学在升温,教学要再加温》的访谈录。在继续强调"主旋律"、"永恒主题"、"核心"的同时,还特意加了一句"本科教育是基础",他说:"在有研究生教育、成人教育、自学考试的学校,必须把本科教育作为基础,本科教育搞不好,研究生的生源、师资水平也会受到很大制约。"②1996 年 7 月,周远清又发表另一篇引起广泛影响的访谈录——《跨世纪的课题:改革教育思想教育观念》。这次访谈提出要在"体制改革是关键,教学改革是核心"的后面,再续加一句"教育思想观念改革是先导",从而使上述教学改革思路进一步完善。③

　　周远清的谈话引起了广泛共鸣。以此为开端,在高等教育界掀起了一场持久的关于教育教学改革的思想大讨论。讨论围绕着本科教育教学领域的思想观念、人才培养类型与模式、提高本科教学工作质量等问题展开。在基础文科方面,有关学者认为高校文科教育在市场经济条件下占有十分重要的地位,而市场对这方面人才的需求量却有限,如果仅以市场价值取向来决定这些专业的兴衰存亡,在文科教育上就会犯方向性、历史性的错误。④ 作为救急措施之一,就是要对高等学校的

---

　　① 陈浩.人才培养:质量意识要升温——教育部副部长周远清访谈录[A].载教育部高等教育司.深化教学改革 培养适应 21 世纪需要的高质量人才——第一次全国普通高等学校教学工作会议文件和资料汇编[C].北京:高等教育出版社,1998:667-685.

　　② 同上.

　　③ 重要的访谈还包括:1995 年 7 月,在《中国教育报》继续发表专访"有计划高起点地推进高等教育教学内容和课程体系改革"。1996 年 1 月,周远清再一次在该刊发表了"把一个什么样的高等教育带入 21 世纪"的访谈录。

　　④ 袁振宇,石亚军.调整专业设置 优化课程结构[N].中国教育报,1993-09-02(3).

人文学科专业实行必要的保护。国家教育行政部门应根据有关原则，确定若干个专业点作为重点保护专业点，给予这些专业点经费上的支持和政策上的倾斜（学者的讨论和呼吁详见表 4-1）。① 1993 年 8 月，《全国第二届重点大学中文系主任教学研讨会》在昆明举行，与会学者集体呼吁政府主管部门实行政策倾斜，保护基础学科，增加经费投入，改善办学条件，尽快着手分期分批建立国家级文科基础学科人才培养基地以保护文史哲等基础学科。②

表 4-1　《中国教育报》载"何大杯"人文社会科学改革与发展征文情况

作者	标题	主要内容	来源
李进才、陶梅生	培养文史哲基础理论人才的一些思考	在加强文科应用性人才培养的同时，文史哲等基础学科如何受到重视和保护，从而培养出国家所需要的基础理论人才，已是当前在这方面所要考虑的严重问题。建立文史哲基础理论人才综合培养基地，进行一点大胆改革尝试已是势在必行	1993 年 7 月 1 日第三版
杨志坚	人文科学的危机和对策	高等学校中的人文学科专业也正处在严重的危机之中，教师流失严重，队伍青黄不接；生源不足，质量下降；经费严重不足；创收难。作为救急措施之一，就是要对高等学校的人文科学专业实行必要的保护	1993 年 7 月 15 日第三版
邹诗鹏	造就面向二十一世纪的人文学者	着力培养一批面向 21 世纪的人文学者已成了当务之急。首先要解决导致人文学科后劲不足的原因，人文学科必须依赖于政府的有效给养	1993 年 8 月 24 日第四版
袁振宇、石亚军	调整专业设置，优化课程结构	一些基础学科专业，在高校文科教育中占有十分重要的地位，而市场对这方面人才的需求量却有限，如果仅以市场价值取向来决定这些专业的兴衰存亡，我们在文科教育上就会犯方向性、历史性的错误……在调整和优化专业设置时，既要解放思想，勇于开拓，又要实事求是，保持冷静	1993 年 9 月 2 日第三版

---

① 杨志坚.人文科学的危机和对策[N].中国教育报,1993-07-15(3).
② 全国第二届重点大学中文系主任教学研讨会[N].中国教育报,1993-08-12(4).

作者	标题	主要内容	来源
方延明	开创高校人文社会科学的新局面	深化高校人文社会科学改革,是当前高等教育一个重要而迫切的任务。在我国,高校文科与理科相比较,文科普遍存在腿短、腿细的倾向。面对市场经济,文科教学、科研、社会服务等,似乎一直未能摆脱乏力、疲软的困境。人文社会科学改革必须抓住机遇、破除旧观念	1993 年 9 月 23 日第三版
龚廷泰	创造人文社科研究的最佳环境	应该通过更新观念,优化机制,调整相关政策,配置最佳资源,使我国人文社会科学在"世纪之交"的历史转变过程中大放异彩。要下大力气,扭转文科科研经费紧缺、条件简陋、手段落后等局面	1993 年 11 月 4 日第三版
张家顺	稳定文科教师队伍	社会变革的冲击波,给高等学校的学科专业建设带来了巨大的震撼。要正确处理好基础学科、传统学科与应用学科、新学科的关系,对基础学科、传统学科要鼓励它们形成自己的特色	1993 年 12 月 2 日第三版
《中国教育报》特邀评论员	认清形势、理顺思路——开创高校人文社会科学工作新局面	在强调大力发展应用学科的同时,绝不意味着可以忽视基础学科。基础学科是一个国家学术发展的基石,承担着为精神文明服务和提高全民族科学文化素质和道德修养的任务。根据社会经济的实际状况,基础学科必须走"少而精"的发展道路,国家将择优予以扶持,以培养高层次人才为主	1994 年 1 月 6 日第三版

在 1993、1994 年两届人大和政协会议上,高校基础学科的师资、经费和教学问题也成为两会代表提案的中心议题。委员们指出,高校基础学科在市场经济条件下不同程度地受到忽视:学科教学设备、实验室条件不能及时更新;毕业生受人冷落;教师收入微薄,申请科研经费困难;基础学科在社会上也得不到应有的重视等。他们呼吁,国家应该对基础学科给予应有的重视,在政策上给予特殊扶持,包括增拨基础学科教学经费,改进实验室条件,改善科学研究条件,补贴基础学科教师和其他学科教师实际收入差距,对社会科学方面的学科实行保护等(详见表 4-2)。

表 4-2　《中国教育报》载 1993 年"两会"期间人大、政协委员发言标题及内容摘编

标题	主要内容摘录	来源
《加快教育的改革与发展——八届全国政协委员发言摘编》之"稳定高校基础学科师资队伍刻不容缓"	当前高校基础学科建设受到忽视,基础学科教学设备、实验室条件不能及时更新,基础学科毕业生受人冷落等。建议国家给基础学科特殊扶持,包括增拨基础学科教学经费,改进实验室条件,改善科学研究条件,补贴基础学科教师以缩小与其他学科教师实际收入差距,也可采取特殊津贴办法解决	1993 年 3 月 24 日第二版
《加快教育改革与发展——八届全国人大代表发言摘编》之"建议增加教育投入"*	当前高等学校一个突出矛盾是教育经费少,有相当大一部分要靠自己创收解决……希望国家尽快解决知识分子收入偏低问题,起码使他们能够安居……吁请政府拿出切实措施	1993 年 3 月 25 日第二版
《如何开创教育工作新局面——八届全国政协委员发言摘登》之"在建立市场经济情况下注意高等教育中出现的问题"	有些基础学科,如历史、哲学、数学等,受专业内容所限,不能直接适应市场经济,致使有的学生感到学无所用,产生厌学情绪……一些中青年教师入不敷出……这种情况所产生的严重后果十年后将会突出。如果今后没有研究历史、研究哲学的人才,那将会是什么样的情形? 希望国家尽快采取措施,对社会科学方面的学科,实行保护政策	1993 年 3 月 26 日第二版
《如何开创教育工作新局面——八届全国人大代表发言摘登》之"教育界不宜提倡'下海'"	市场经济对教育事业冲击很大,教育的战略地位能否落在实处,使人担忧,其根据一是多年来对教育舍不得投入,教育经费很紧张;二是教师待遇偏低,甚至有些地区连教师的工资都发不出来,队伍不稳,师资外流	1993 年 3 月 31 日第二版
《八届全国人大代表一次会议部分代表呼吁:增加投入加强基础学科建设》		1993 年 4 月 15 日第三版

　　教育思想大讨论的作用,在于它突出了"基础学科"的重要性,并在教育管理者、学者、人大和政协委员等相关人员中形成了广泛共识,使高校基础学科人才培养的重要性获得更大范围的认同,进一步统一了思想认

识,这为后来文科等基础学科基地政策建议的提出扫清了认识上的障碍。同时,教育思想大讨论涉及的主题范围广阔,包容性很强,有些主题直接涉及建立基地以保护基础学科的发展问题,这为教育部门提出各类型基地政策提供了有利条件。这一时期以来,国家教委以高等教育思想转变为主题,以教学改革为重点,采取了若干重要的教学改革的措施。主要包括:1994 年制定了《高等教育面向 21 世纪教学内容和课程体系改革计划》;1994 年提出了本科教学工作评价试点;1995 年提出加强大学生文化素质教育的决定,并组织了 52 所大学开展试点工作;1996 年启动了"面向 21 世纪的中国高等教育"专题研究等。"工科基地"政策建议就是作为大讨论的结果之一《高等教育面向 21 世纪教学内容和课程体系建设》的一个组成部分而提出的。教育部某教育管理人员在访谈中就指出:"当时教改环境很好,首先是在 1994 年,周远清酝酿了一场全国性的教育思想大讨论,提出教育改革思想是先导、教学改革是核心的思想,提出建立"面向 21 世纪教学内容和课程体系";第二就是这次教改是全方位的,掀起了新中国成立以来少有的各种教育教学改革工程,工科课程基地后来成为其中的一个组成部分。"(受访者 1)

三、模仿同形化的发生:教育行政组织的政策问题界定

伴随政策思想的传播和输入,各学科是如何将理科基地的模式与自己本学科领域的问题联系起来,进行问题界定,形成政策方案并使之"本土化"以适应本部门的政策需要的?

基础文科方面,政策制定者首先将眼光投向文史哲这类基础学科,强调它们在市场经济条件下遇到的危机。其政策倡导者的基本理念是:文史哲是一个国家和民族的灵魂,是一个国家民族精神的象征,承担着人类文明和中华民族悠久文化传统的传承任务,从国家的长远发展来说,必须对这些学科进行保护。具体方式就是建立"少而精"的文科基地,实施重点投入和建设。这一思想集中体现在《关于建设国家文科基础科学人才培养和研究基地的意见》(教高[1994]9 号文)中。例如该《意见》明确提出:

"中国语言文学、历史学、哲学等文科基础学科是高等教育的基础,承

担着为社会主义物质文明和精神文明建设培养人才的任务。对于弘扬中华民族优秀文化传统,提高整个中华民族素质,建立社会主义市场经济体制,建设有中国特色的社会主义,起着非常重要的作用。但当前文科基础学科的教学和科研中,面临不少新问题,已经严重影响了文科基础学科理论人才的培养和科学研究工作。为改变这种状况,面向 21 世纪,提高文科基础学科理论人才培养水平和科学研究水平,应设立文科基础学科人才培养和科学研究基地。"

参与文科基地建立的某教育管理人员 Y 在访谈中也指出:1992 年邓小平同志讲话以后,中国的经济发展速度很快,当时高校出现了面向市场的改革。在这个背景下,人文学科的问题更加突出、尖锐。"如果不采取措施,那么在经济起飞以后,在 20 年以后,我们国家和民族的精神文明就会有问题,支撑经济腾飞的精神力量就会欠缺。"(受访者 3)因此,教育部门站在国家的长远发展和民族利益立场上,提出了建文科基地的政策建议,对这些关系国家发展和民族精神文明传承的人文学科实施保护。"当时我们提出建文科基地,主要强调的是要设人文学科基地点,也就是文史哲这些基础性专业,不设社会科学的点,我们强调的是'少而精'。"(受访者 3)

工科处和财经政法管理教育处等处室也纷纷将目光转向本领域的"基础性"问题。原工科处某教育管理人员在访谈中指出,工科基地建立将"工科基础课程"定位为工科教育的"基础",强调通过建设"少而精"的工科基础课程教学基地,为国家经济发展和科技进步培养大量高质量的工程技术基础性人才。

"工科基地当时建立的时候,正是 90 年代教育思想大讨论的时候,当时教育部很重视高等教育本科教学工作和教学质量,提出了'高等本科教育是基础'等口号,应该说那个时候教学改革的热潮已经起来了,需要的是怎么围绕教改这个主题做文章。我们对高等工科教育进行定位,其中的一个基本定位就是工程教育的基础性。我们认为,在重视科技发展和科学技术综合化的趋势下,中国经济快速发展需要大量的高水平的工程基础人才,国家工程教育人才培养的关键就在于要抓住工程基础课程的'牛鼻子',以此为突破口。由此,我们从高水平人才培养的战略出发,提

85

出建立'少而精'的工科课程基地。"(受访者2)

同理,经济学也形成了相似的问题和政策定位。与理科、文科等基础学科相比,经济学的特别之处在于它"似乎"更倾向于应用性,与社会经济联系更为密切,因此如何界定政策问题对经济学能否同时搭上基础学科保护的"便车",实现政策的顺利出台具有重要意义。政策制定部门的切入点是"理论经济学",通过强调理论经济学处于经济学及其他学科的基础位置出发,强调理论经济学也要重点支持和保护。例如,教育部《关于申报国家经济学基础人才培养基地的通知》(教高司[1998]43号)文件明确指出:

> "经济学是经济、管理类学科专业人才培养的基础,加强经济学基础人才的培养,对于建设有中国特色的社会主义现代化,发展马克思主义经济学理论,迎接21世纪的挑战将有着十分重要的意义。为更好地适应社会主义市场经济建设对经济学基础人才的需要,提高经济、管理类相关学科专业的教学和人才培养水平,我部将从一批教学条件好,师资力量强,科研水平高,改革思路清晰,具有配套的理论经济学硕士、博士点的重点学校中,择优建立一批国家经济基础人才培养基地。"

在国家学科基地政策过程中,主管各学科发展的教育行政部门主要是通过模仿和"复制"理科基地的政策理念,突出"基础性"这个基本概念来进行政策问题界定的。如上所述,文科瞄准了文史哲等基础性学科,突出其在市场经济条件下面临的危机和问题;工科则将目光指向基础工科的课程建设,强调基础工程教学在培养高素质的工程技术人才中的基础性作用;经济学提出了市场经济条件下理论经济学的基础地位的保护问题。

实践证明,理科的倡议与主流的社会价值观念是相吻合的,直接引起了社会和高层的重视,促进了政策议程和政策被采纳。因此,理科这种界定问题的方法也引起了其他学科的直接模仿。从文科、工科和经济学等学科的政策定位和政策问题界定可以看出,为了获得最大程度的合法性,这些学科直接模仿理科基地的相应做法,即将问题界定在基础学科人才培养和教学方面,并且都采用了与理科基地相似的逻辑进行论证。这种政策模仿的结果就是各学科基地政策在目标设定、政策工具选择、政策实施的程序原则等方面都体现出高度一致性(如表4-3所示)。

表 4-3　理科、文科、工科和经济学基地比较

	所属部门	政策类型	问题域	政策理念	目标域	政策工具
理科基地	高教司理科处	基础理科教学和人才培养（学科教育）	转型期高等理科教育面临的冲击问题：高等理科教育的发展规模、结构问题；教育培养目标和人才知识、结构问题；经费不足和师资欠缺问题	高等理科教育的国家重点投入、支持和改革	培养高层次理科基础科学研究和教学人才；课程和教学改革；师资和办学条件建设；制度建设等	择优扶持；经费配套机制；监督评价机制；滚动淘汰机制
文科基地	高教司文科处	基础文科教学和人才培养（学科教育）	转型期文科基础学科的教学和科研面临的冲击问题：生源不足，经费短缺，师资队伍不稳等	高等文科教育的国家重点投入、支持和改革	培养少而精的高水平文科基础学科教学和科学研究人才；人才培养和教学改革；制度建设等	扶强保重；经费配套机制；评估验收机制；滚动淘汰机制
工科基地	高教司工科处	基础工科课程教学（学科教育）	基础工科课程和人才培养受到削弱，缺乏高质量工程技术人才等问题	高等工科教育的国家重点投入、支持和改革	培养高质量的工程科学技术人才；课程和教学改革；师资和办学条件建设；制度建设等	择优扶持；经费配套机制；监督评价机制；滚动淘汰机制
经济学基地	高教司财经政法处	经济学基础人才培养（学科教育）	转型期基础经济学学科和人才培养受到削弱、学生不愿报考、师资队伍不稳等问题	基础经济学人才培养的国家重点投入、支持和改革	培养高素质的经济学基础理论人才和经济建设人才；课程和教学改革；师资和办学条件建设等	择优扶持；经费配套机制；监督评价机制；滚动淘汰机制

注：上表内容根据以下文件内容整理：《关于建设理科基础科学研究和人才培养基地的意见》（教高[1992]4号）、《关于申报国家文科基础学科人才培养和科学研究基地本科学科点的通知》（教高[1994]9号文）及其附件《关于建设国家文科基础学科人才培养和科学研究基地的意见》、《关于建设国家工科基础课程教学基地的通知》（教高司[1996]113号）和《关于申报国家经济学基础人才培养基地的通知》（教高司[1998]43号）。

四、模仿同形化效应与基地政策扩散

对同一"组织域"中组织之间的制度同构性，迪马奇奥和鲍威尔认为

模仿的一个重要原因就是对付环境的不确定性。当环境不知道怎样做才是最佳方案时,通过模仿那些已经成功的企业的做法,可以减少不确定性。也就是说,不确定性诱导了模仿行为。迪马奇奥和鲍威尔指出,模仿的趋同机制有两种:一种是竞争性模仿,另外一种是制度性模仿。所谓竞争性模仿是指一个领域中的组织模仿自己的竞争对手,是在竞争压力下产生的模仿。市场上经常可以看到这种竞争模仿的例子。制度化模仿则接近于迈耶和罗文提出的观点,即因为有一个合法化的机制,大家都承认社会中的某些组织形式或做法是好的,合情合理的。①

文科、工科和经济学基地的扩散在很大程度上是属于一种制度模仿同形化。这种制度模仿来源于文科、工科、经济学和理科面临问题的高度相似性以及理科基地确立的政策范式形成的"合法性"约束。理科基地的绩效,尤其是基金申请的成功,产生了巨大的示范效应,这大大提高了部门领导、处室组织及个人对理科基地范式的认同程度,赋予了这项政策一种"认知"合法性。我们可以从两个方面来分析这种合法性。

一方面,组织域内其他组织对这种做法的认同。这种认同在很大程度上源自教育行政组织对不确定性的反应和降低决策成本的策略,在这点上,理科基地为其他基础学科提供的最重要的经验在于如何确立政策目标的合法性。理科基地是通过强调基础理科在国家发展和国际竞争中的基础性地位和作用,以及基础理科在新时期遇到的突出问题来解释政策目标的合法性。学科性质和政策问题的高度相似性为这种经验的直接借鉴提供了条件。由于各学科是在同一范畴内进行的决策,模仿相似问题领域的政策,可以按照已经确立的原则进行类比和论证。从前面的案例背景可知,文科、经济学和工科等就是通过类比来界定自己的政策领域、问题和目标,努力抓住"基础学科"来做文章。如文科强调其在社会主义精神文明建设和民族文化发展中的基础性地位,工科围绕基础课程教学在培养高质量工程技术人才中的基础性地位,而经济学则强调理论经济学在其他经济学分支中的基础性地位。同时,这些学科都强调市场经济对高等学校各个基础学科领域的教育和教学造成了极大冲击,并明确

---

① Walter W. Powell and Paul J. DiMaggio. The New Institutionalism in Organizational Analysis. The University of Chicago Press,1991:63-80.

指出造成这些问题的根本原因在于基础学科教育经费短缺与"创收难"的问题。而对于这些基础学科发展问题,理科基地的建设实践已经证明基地范式是解决这类问题的良好模式或机制。这样,基地政策目标和手段之间关系的合理性被进一步说明和合法化,建立基地来达到政策目标也就顺理成章。

另一方面,这种认知合法性包括组织域官员"统治"权威对这种范式的认同。统治权威是权力中心和制度供给主体,制度或政策采纳在很大程度上决定于这项制度或政策在多大程度上符合统治权威的目标和偏好。[①] 由于基地政策的出台都要经过高教司部门领导的支持或同意,因此这里存在一个政策批准问题。理科基地的建立及其取得的成效已经向上级证明了基地范式作为一种解决学科突出问题以及使用教育经费的有效方式,因此在统治权威那里形成了一种认知"定势"。文科、工科、经济学要解决与理科高度相似的问题,就要遵循理科基地在统治权威心目中确立起来的"政策偏好"或"合法性模式"。因此在这里,文科、工科和经济学处室就面临着界定政策问题和目标,以及选择政策工具的"合法性"约束。为了提高后续政策合法性,各处室代理人会尽量模仿基地政策范式,保持与基地政策范式的一致性,这样更容易获得上级认同。实际访谈也揭示了这一点,参与工科基地建立的原工科处某教育管理人员 W 提到按照理科基地的做法进行决策是一种保证政策延续性和有效决策的办法。参与文科和经济学基地建立的某教育管理人员 Y 在访谈中也指出:"因为从政策的角度来讲,同一种类型的,你不能用不同的名称,应该大致差不多,就有类比,在经费、政策理解上等各个方面都有它的连贯性,也便于把这件事情办成。"在这种情况下,类比和范畴建构的重要性在于,"使任何问题从一个案例进到另一个案例的唯一途径就是将两个问题置于同一范畴之中。例如,人们之所以很容易从一个安全问题转移到下一个安全问题,就是因为它们被界定为都属于'安全'的范畴。一个领域的成功有

①　杨瑞龙.论我国制度变迁方式与制度选择目标的冲突及其协调[J].经济研究.1994(5).

助于相邻领域的成功"。① 文、理、工等基础学科基地建立都是在"基础学科"这个范畴里进行的,因此容易实现政策扩散目标。

后续各个基地建立的决策过程,都是采用与理科基地相似的逻辑进行论证的:如都强调基础性,强调市场经济对这些学科的冲击。各基地政策在目标设定、政策工具选择、政策实施的程序原则等方面都体现出内在一致性。

总之,文科、工科和经济学等后续基地的建立,反映了"组织域"中特定组织(理科处)对其他组织的影响和同构。这种同构体现在"迫使"其他组织采用本组织已经确立起来的原则和政策工具,按照相同的逻辑采纳相同的政策程序,导致基地政策在"组织域"内的扩散。这种影响的发生并不是一个被动的过程,而是由"组织域"内其他组织的"主动"模仿过程产生的,在没有其他障碍的情况下,"组织域"内越来越多的组织采纳了学科基地政策,使得这一政策范式在"组织域"内多个组织之间扩散开来,这体现了一种"组织域"内的模仿同形化效应。

而问题的相似性、议程的重叠(时机的有限性)进一步加速了模仿行为的发生,即规则的遵从和沿用。因此,基地政策的早期扩散主要是一种相似领域的模仿:在理科基地范式背景下,组织将该范式的合法性理性要素最大地包容到本组织的政策中,以实现政策合法性最大化,这可以增加政策获准和被认同的概率。

第二节　学习型扩散:人文社会科学研究基地案例

国家学科基地政策扩散过程中,制度化模仿的一个特殊例子是人文

---

① 金登殊途同归地揭示了这种制度惯性。他指出一种新原则一旦确立后,就形成了惯性,并且很难使政策制定系统偏离它的新方向。这是因为人们逐渐适应一种新的处事方式,并且把新政策嵌入到其规范的操作程序之中。例如,放松航空管制的政策建议一通过,政府就彻底转向了其他放松管制的政策建议,并且在很短的时间内又通过了几个这样的政策建议。第一个汽车安全立法的通过也引导了一系列安全立法的出台,从儿童易燃服装安全法到煤矿安全法和其他领域的安全法,在职业安全法和健康法通过时达到顶点。这些外溢之所以会发生,是因为政治家意识到了在一个类似的领域里重复一个成功的方案会带来回报,因为获胜的联盟可以被转移,因为倡议者可以根据成功的先例进行论证。参见:约翰·W. 金登.议程、备选方案与公共政策[M].丁煌,方兴,译.北京:中国人民大学出版社.2004:240,256.

社会科学重点研究基地的建立。相比基础学科领域的基地政策,人文社会科学研究基地主要是针对高等学校中科研体制落后等问题而设立的,其政策目标不同于政策扩散早期的基础学科的保护问题,因而不能完全用直接的模仿同形来解释,而更多体现出模仿过程中的一种主动学习效应。

一、早期的政策调研和规划

与文史哲等基础文科教学和人才培养在市场经济体制下所面临的困境一样,1992 年前后,我国高校人文社会科学研究也遭遇市场经济的冲击。当时,高校人文社会科学研究面临的问题包括:理论落后于实践,人文社会科学的地位和作用还没有得到充分的重视,管理体制和科研体制封闭,研究手段和科研管理现代化水平落后,人才流失严重等。[①] 根据国家教委的统计,高校人文社会科学研究的经费、信息、资料等必要的物质条件缺乏。全国高校 1992 年人文、社会科学研究课题总数为 13753 项,投入经费 3946.9 万元,投入人数为 21236(人年),每个项目的平均科研经费仅 2870 元,每位研究人员平均仅 1858 元。[②]

1994 年 3 月 11 日,国家教委印发了《关于加强和改进高等学校人文社会科学研究工作的若干意见》(以下简称《意见》)。《意见》指出,人文社会科学的基础学科是人文社会科学学科建设的基础,凝聚着一个民族在漫长历史发展过程中积累起来的文化精华。它反映着一个民族的文化和文明程度,既是一个民族、国家区别于其他民族、国家的文明基石,又是建设具有中华民族特色的精神文明的基础,在任何情况下都不能轻视。《意见》明确提出,基础学科和基础研究要根据需要和可能,突出重点,择优扶持。省、自治区、直辖市教委、高教厅(局)或教育厅(局)和学校都应该有自己的规划。在学科扶持问题上,要树立全国一盘棋的思想,合理布局,上下通力合作,避免出现低水平的重复。

"在目前国家和社会的财力都不充裕的情况下,与其让数量过多的学科点捉襟见肘地维持,不如选择一批实力强、学风好、有发展前途的学科

---

① 王铁良.充分发挥人文社会科学的理论先导作用[J].社科信息文荟.1995(22).

② 田敬诚.人文、社会科学研究面临的困境及其出路[J].科技导报,1994(2).

点,尽可能加大投资强度,使之能发展得快一些,水平高一些,成为'国家队'、'种子队'。国家教委准备在调查研究、严格评选的基础上,尽快确定重点扶持规划。"

《意见》同时还表明,要以改革的姿态,积极探索基金制度等适应社会主义市场经济体制的科研管理新路子。

"我们的目标,是要在本世纪末或再长一些时间内,把高校的人文社会科学建设成为学科齐全、结构合理、队伍精良、学术水平较高,能为社会主义现代化建设提供强有力智力支持的学科体系。"

这表明,人文社会科学研究问题已经被摆上了政府部门的政策议程。

二、新时期繁荣人文社会科学的政策背景和决策部门政策理念的更新

1995 年,党中央、国务院发布了《中共中央、国务院关于加强科学技术进步的决定》,召开全国科技大会,正式提出实施科教兴国发展战略。这一时期以来,以实施科教兴国战略和繁荣人文社会科学为主题,国家领导人在讲话中多次强调高等学校人文社会科学要以现代化建设和改革开放的重大理论问题和实际问题作为主攻方向,繁荣人文社会科学研究。

1995 年 12 月,全国高校首届人文社会科学研究优秀成果奖颁奖大会召开,中共中央政治局委员、国务院副总理李岚清在会上作了"繁荣人文社会科学实施科教兴国战略"的重要讲话。讲话指出:"高等学校的人文社会科学事业是我国人文社会科学事业的一个重要组成部分。当前,高等学校的人文社会科学研究要认真贯彻落实党的十四届五中全会的精神,在邓小平同志建设有中国特色社会主义理论的指导下,密切结合改革开放、经济和社会发展以及高等教育的实际状况,努力推动学科建设和人才培养工作,把高等学校人文社会科学事业提高到一个更高的水平。"[1] 1997 年,李岚清再次发表有关加强高校人文社会科学研究的讲话,强调要高度重视和切实支持高校人文社会科学研究。1999 年 1 月,国务院批转的《面向 21 世纪教育振兴行动计划》进一步提出,高等学校要跟踪国际学术发展前沿,积极参与国家创新体系建设;要瞄准国家创新体系的目标,培养造就一批高水平的具

---

① 李岚清.在全国高等学校首届人文社会科学研究优秀成果奖颁奖大会上的讲话[J].思想理论教育导刊,1996(1):3-4.

有创新能力的人才,促进新兴技术产业发展,为培育新的经济增长点作贡献。这一系列讲话和政策文件的发布,使"人文社会科学研究"在国家和教育部门的政策议程中的重要性愈加凸显。

这些新变化促使教育管理部门重新反思高校人文社会科学研究问题,积极更新政策理念,逐渐将政策问题聚焦在人文社会科学研究体制上,并试图以高校人文社会科学研究体制改革为突破口,使高校科研向经济"主战场"转变,创造出具有创新性的研究成果。1998 年 12 月,教育部召开"党的十一届三中全会与高教社会科学研究发展研讨会",教育部副部长周远清在开幕式上发表了题为《高举邓小平理论伟大旗帜,把一个充满生机与活力的社会科学研究事业带入 21 世纪》的讲话。周远清在讲话中强调高校学术研究工作要进一步增强主战场意识,着眼知识创新,走产学研相结合的道路;加快高校社会科学研究基地建设,发挥高校"思想库"、"人才库"的作用。

当时,主管人文社会科学研究工作的社政司司长顾海良认为,同国家经济社会和思想文化发展的需要相比,高校人文社会科学研究在整体上还存在着许多与现实不相适应的地方,这种不适应主要表现为人文社会科学研究体制的落后。他认为,高校人文社会科学研究存在着与国有企业相似的研究人员的"终身制"、分配上的"大锅饭"、封闭运行和依赖政府等弊端。[①] 社政司科研处的有关负责人 Z 也指出,高校内部科研组织形式及其运行机制落后,不利于科研创新;人文社会科学研究改革的出路就在于改革创新科研组织形式。[②]

一名教育管理人员回顾这段历史时指出:"传统的文科科研体制是一种以个体为核心的科研组织形式,强调个体化和"单兵"作战。这种科研组织形式在新的社会经济文化背景下已不能适应社会发展的现实需要。中国改革开放以来社会经济快速发展,每天都产生大量的新问题,面临这种新形势、新任务和新要求,单靠个体的研究是不能适应的。迫切要

---

① 顾海良.改革发展创新——关于高校人文社会科学研究重点研究基地建设的几个问题[J].全球教育展望,2001(1).

② 张保生.高校科研体制改革的必要性——在中国政法大学科研体制改革研讨会上的发言.2005 年 11 月 28 日.

求改革人文社会科学研究体制,要求创新科研组织形式,鼓励合作与交流。"(受访者13)

由上可知,早在1996年,建立人文社会科学重点研究基地的政策建议就已经摆上了教育决策部门的政策议程,而随后的繁荣人文社会科学的政策背景,不仅为教育部门提出建立人文社会科学重点研究基地创造了有利的政策时机,更促使教育决策者更新政策理念,着力于改革高校人文社会科学研究体制。

三、政策学习与"研究基地"的建立

为了实现上述政策目标,教育政策制定者在沿用基地建设模式的同时,进行了主动的政策学习活动。根据访谈和相关资料显示,高校人文社会科学重点研究基地的运行机制是针对旧体制存在的问题,在学习总结三个方面经验的基础上建立起来的:一是发达国家科研机构的建设模式;二是1997年前后中国科学院进行科研机构重组,实行研究人员聘任制的经验以及国家开放实验室通过开放项目吸引各路人才进行联合攻关的经验;三是高校人文社会科学研究机构如南开大学APEC研究中心等体制创新的经验。

1997年10月,社政司组织中国高等教育第一个社会科学代表团,考察了美国高教领域的社会科学研究情况,包括联邦政府和州政府、各种基金会资助高校社会科学研究,社会科学研究项目的申请、评审及成果的应用,人文社会科学教师的教学和科研以及社会科学领域国际交流等的情况。考察团访问了美国教育部、部分科学基金会及7所大学,以了解美国社会科学研究体制、学校内部的科研管理体制、教学与研究的关系、科学研究经费的筹集与管理等情况。考察发现,美国高校的科研机构一般实行"给(带)课题进所"的形式,研究所一般只有少量专职人员从事管理工作,研究人员大都来自相关院系和国内外访问学者。他们通过科研课题聚拢在一起,有的在研究所工作半年、一年或两年,有的则每周在系里教学几天,再到研究所从事几天课题研究。这种灵活的科研组织形式给考

察团留下了深刻印象。①

国内方面,1998 年 12 月,中科院以几个数学所为试点进行科研机构重组。数学研究所、应用数学研究所、系统科学研究所、计算数学与科学工程计算研究所等整合成为数学与系统科学研究院。该研究院大胆实行了研究人员聘任制,打破了大锅饭,通过开放项目吸引各路人才进行联合科研攻关。南开大学 APEC 研究中心也是按新的科研体制运行的研究机构,该中心成立于 1995 年,它的专职研究人员只有几个人,其余 40 多位研究人员来自 14 所高校和中国社会科学院、对外经贸部贸研所和外交部国际研究所等单位。② 这些改革创新的做法均取得了积极效果,为高校人文社会科学研究体制改革提供了经验。

在学习借鉴国内外科研体制改革先进经验的基础上,社政司对高校人文社会科学研究体制改革方案进行了大胆设计。教育部社会科学司的某教育管理人员在访谈中指出:"研究基地主要是对国内外的哲学社会科学研究的现状进行了深入的研究和调查,在此基础上提出的。比如,美国的一些名牌大学的研究所机构灵活,人员流动性强,运行机制高效,国际交流也比较频繁,很有成效……基地管理办法中说得非常明确,它是一个开放、流动的组织形式。"(受访者 13)

1999 年 6 月,教育部正式发布了《普通高等学校人文社会科学重点研究基地建设计划》(教社政〔1999〕10 号),该文件对研究基地的目标是这样表述的:"要建立起机构开放、人员流动、内外联合、竞争创新、'产学研'一体化的科研运行机制,成为全国高校科研体制改革的示范基地。"相比传统封闭的科研体制,重点研究基地的体制创新主要体现在基地建设实行"给(带)课题进所、完成课题后出所"等运行体制上,其目的在于"调整、优化科研资源的配置;改变科研机构的传统建设模式,扭转机构重复设置、效率低下、人浮于事的局面,转变平均主义的分配方式;通过深化改革,提高效率"。③

---

① 奚广庆.在邓小平理论指引下,开创高校人文社会科学研究事业的新局面——在普通高校人文社会科学研究工作会议上的讲话[M]//教育部社政司.中国高校人文社会科学研究通鉴(1996—2000).北京:中国人民大学出版社,2004:103.

② 南开大学亚太经济合作组织研究中心网站[OL].http://user.nankai.edu.cn/noscript/apec/gaikuang/1.htm.

③ 普通高等学校人文社会科学重点研究基地建设计划,教社政〔1999〕10 号.

1999 年 12 月,教育部下达了第一批普通高等学校人文社会科学重点研究基地入选机构经费,部属高校以下 14 个重点研究基地 1999—2000 年度建设经费拨款为每个基地点 30 万元。[①] 2000 年,教育部又批准了第二批 57 个科研机构列入普通高等学校人文社会科学重点研究基地建设计划。2001 年,批准第三批 31 个科研机构作为教育部人文社会科学重点研究基地点。2001 年底,批准清华大学现代管理研究中心、复旦大学世界经济研究所和中央音乐学院音乐学研究所 3 个科研机构列入普通高等学校人文社会科学重点研究基地第四批建设计划。至此,教育部在高等学校共建立了 103 个人文社会科学重点研究基地,它们分布在 40 所高校,其中教育部直属高校 27 所,省属和其他部委所属高校 13 所。

四、政策扩散中的学习效应

组织面临的制度环境往往不是单纯的一种,而是多种制度的类别。早在 1977 年,迈耶和罗文关于理性规则的讨论中就曾指出组织中存在许多不同的潜在的对制度环境的理性构想的来源。鲍威尔具体区分了制度环境的多种来源,并认为当组织从这些不相似的制度环境来源进行借鉴时,创新性再结合就可能发生。[②] 政策学者穆尼(Mooney)也指出,学习不仅仅是模仿,更恰当地说,学习是一种信息获取、解释和作用的过程。对于相邻组织采纳一项政策所提供的信息,一个政治体会有一系列的反应方式。[③] 在这里,我们用学习效应来概括教育行政组织在将一种规则应用到特殊背景时

---

① 中华人民共和国教育部《关于下达普通高等学校人文社会科学重点研究基地建设计划第一批入选机构经费的通知》,教社政司[1999]145 号。

② 鲍威尔区分了组织所面临的差异化制度环境的来源,具体包括:(1)组织的资源环境具有差异性。没有两个组织具有完全相同的资源流动模式。复杂的资源环境产生了异质性,允许组织对外部需求进行策略性回应。(2)国家—工业关系的差异。国家对工业的直接或间接干预上具有差异性,导致组织对国家规定作出不同的反应。(3)组织层次和类型的多样性。组织责任的相互渗透和分割治理系统。(4)政府要求并不总是被组织感应为直接强制。(5)职业和行业性工程的差异。鲍威尔认为,当组织从这些不相似的制度环境来源进行借鉴时,创新性再结合就可能发生。参见:Walter W. Powell. Expanding the Scope of Institutional Analysis. In Walter W. Powell and Paul J. DiMaggio. The New Institutionalism in Organizational Analysis. The University of Chicago Press, 1991:183-203.

③ Christopher Z. Mooney. Modeling Regional Effects on State Policy Diffusion. Political Research Quarterly, 2001(54):103-124.

所表现出的能动适应行为,以区别于前一阶段的组织直接模仿行为。学习效应强调政策扩散过程并不意味着完全的模仿和照搬,为了组织与多样化的制度环境的要求相适应,必须在模仿的同时进行理性的学习,以适应更为精细化制度环境的要求。这正是迈耶和罗文关于组织与精细化制度环境关系的要义所在。通过学习过程实现组织与差异性制度环境相"融入"的策略,在组织政策采纳中同样具有重要的意义。因为相比直接的模仿和照搬,学习能够提高组织在差异性环境中的行为合法性。

人文社科研究基地的建立就是组织将基地范式创新性地运用到新的问题域中的典型例子。在本案例中,社政司科研规划处一方面处于教育部的整体组织环境中,高教司各处室建立的各种国家基础学科基地,采取重点投入建设所产生的办学效益和结果,对它来说无疑是一个很好的启发。最重要的是,尽管前期的学科基地主要偏重人才培养,但是其名称已经包含了"人才培养"和"科学研究"两个方面,这就充分说明基地范式对人文社科研究建设具有适用性。但是,另一方面,社政司科研规划处所面对的政策领域和背景有别于通常的学科人才培养和教学改革,而是高校人文社会科学研究自身存在的各种问题以及新时期繁荣高校人文社会科学的各种要求。在这种情况下,完全照搬或直接模仿同形化就很难发生。组织必须结合新的制度环境,进行有目的的学习,包括对政策背景把握、对政策问题的重新界定和有针对性地借鉴相关经验等。由于基地范式本身所具有的合法性力量,组织采纳它很容易获得"组织域"中权威部门的认同,有利于政策批准和通过。行政组织沿用了基地的名称和工具系统,这是组织与理性制度保持一致的表现。然而,由于存在与基地范式最初适用范围差异较大的新的制度化环境,组织也不得不在模仿基地做法的同时进行有目的的政策学习。在政策学习的过程中,位于官方和高校知识交界面的政策专家发挥了关键性的作用,成为推动学习过程进行的关键代理人。例如,社政司科研处的主要负责人 Z 等就充当了这样的角色,从政策理念最初的酝酿、产生,到政策学习过程(赴国外参观考察)、政策方案的规划,Z 都发挥了关键性的作用。基于其本人属于学者型的官员,位于行政和高校的交界面,Z 的这种特有的身份和知识背景为他推动政策学习的成功提供了有利条件。

在重点研究基地中,组织的学习包括:向国外相关部门的经验进行学习、向国内的改革经验进行学习。组织将发达国家的政策经验成功借鉴到组织政策之中,表现在重点研究基地政策采用驻所研究、带课题进基地的体制设计。组织向国内成功的政策经验进行学习,主要体现为重点研究基地将中科院研究体制改革、国家开放实验室经验以及南开大学APEC研究中心的经验纳入基地政策之中,实行开放、流动的新体制、科研人员聘任制等做法。学习将会导致政策创新,在原有政策基础上出现新的混合安排。[①] 如表 4-4 所示,由于学习效应,与最初理科基地所确立的政策范式相比,重点研究基地政策在政策目标、工具和理念等方面都具有了一些新的特点。例如,研究基地更强调科研体制的创新,强调"机构开放、人员流动、内外联合、竞争创新"机制,实行动态管理等。

表 4-4　重点研究基地和其他问题领域基地政策比较

	所属部门	政策类型	问题域	政策理念	目标域	政策工具
人文社会科学重点研究基地	社政司科研规划处	基础学科和基础研究发展(学科研究)	科研体制按旧体制运行和研究的低效率	重点支持、投入和改革	打破旧体制,建立开放、流动的新体制;提升高校整体科研水平和参与重大决策的能力	深化科研体制改革、组织重大课题研究、加大科研经费投入(经费配套)和动态监测评估
文化素质教育基地	高教司	人文素质教育在高素质人才培养中的基础性地位	大学生人文素质教育被忽视的问题	大学生人文素质教育促进的国家重点投入和突破	全面推进高等学校素质教育,提高大学生的文化素质	择优扶持;经费配套;评估验收;滚动淘汰等

注:表中根据如下文件内容整理:《普通高等学校人文社会科学重点研究基地建设计划》(教社政[1999]10 号)和《关于加强大学生文化素质教育的若干意见》(教高司[1998]2 号)。

---

① Walter W. Powell. Expanding the Scope of Institutional Analysis. In Walter W. Powell and Paul J. DiMaggio. The New Institutionalism in Organizational Analysis. The University of Chicago Press,1991:199.

第三节 强制型扩散：新兴技术学科基地案例

组织环境中存在的压力也是组织进行模仿的一个动力。对于那些想表明它们按照统一的价值目标并以统一的方式行动的组织，压力将导致它们在理念和实践上互相模仿。商品和服务在生产和交易的过程中产生的特定职业、政策、项目、法律和公共观念成为强大的制度化神秘因素，被组织竞相采纳以使自己合法化和保证公共支持。[①] 从 2001 年底国家计委和教育部批准在北京大学、清华大学等 35 所国内高水平大学中试办示范性软件学院，到 2003 年 7 月，教育部和科技部批准在北京大学、清华大学、浙江大学、复旦大学等 9 所高校建设国家集成电路人才培养基地，这一时期共建立了 80 个新兴技术学科基地。新兴技术学科领域基地政策扩散的显著特征就是依托国家相关的宏观政策背景，依靠外部权威来推动政策采纳和扩散，可称之为"强制型扩散"。

一、新兴技术学科基地扩散的宏观政策背景

20 世纪后叶，以生物技术、软件和集成电路等产业为首的新技术产业逐渐成为国际经济发展中的主导性产业，在这种背景下，各国政府纷纷出台了鼓励本国生物技术和信息技术产业发展的相关政策。我国拥有发展软件产业和集成电路产业最重要的人力和智力资源，早在 20 世纪 70 年代，我国软件技术的开发与产品的研制在技术上就基本能跟踪国际水平。但是，在计划经济体制下，软件和集成电路等被列入科技发展规划，而不被看做产业，因此大量的软件科研成果研制出来，软件技术产品的创新被埋没，产业本身也没有充分地发展。信息技术产业的脆弱，使中国没能力在全球信息化的浪潮中分享更大份额的市场，整体上与全球软件产业的发展拉大了差距。

为推动软件产业和集成电路产业的发展，增强信息产业创新能力和国际竞争力，国家决策部门开始将制定鼓励软件产业和集成电路产业发

---

① John. W. Meyer and Brain Rowan. Institutionalized Organizations：Formal Structure as Myth and Ceremony. American Journal of Sociology，1977，83（2）：340-363.

展的相关政策提上议事日程。2000 年,国务院召集有关部委讨论我国信息技术产业发展问题,要求各部委提出具体的鼓励软件产业和集成电路产业发展的政策建议。以信息产业部牵头的国家计委等 13 个部委,在汇总归纳各个部委提出的意见之后,最后形成了发展国家信息技术产业的《关于鼓励软件产业和集成电路产业发展若干政策》报告。该报告指出,软件产业和集成电路产业作为信息产业的核心和国民经济信息化的基础,越来越受到世界各国的高度重视。我国拥有发展软件产业和集成电路产业最重要的人力、智力资源,面对加入世界贸易组织的形势,要通过制定鼓励政策,加快软件产业和集成电路产业发展,这是一项紧迫而长期的任务,意义十分重大。在"人才吸引与培养政策"章节中,该报告明确指出,国家教育部门要根据市场需求进一步扩大软件人才培养规模,并依托高等院校、科研院所建立一批软件人才培养基地。要充分发挥国内教育资源的优势,在现有高等院校、中等专科学校中扩大软件专业招生规模,多层次培养软件人才。2000 年 6 月 24 日,国务院正式发布《关于印发鼓励软件产业和集成电路产业发展若干政策的通知》(国发[2000]18 号,又称"18 号文件")。

二、教育行政组织的政策议程"嵌入"

在我国,国家重大政策的形成一般都会经过向各有关部门征求意见和协商的过程,如前所述,《鼓励软件产业和集成电路产业发展若干政策》(以下简称《政策》)在信息产业部和国家计委等 13 个部委中广泛征求了意见,并最终形成了《政策》意见稿。因此,它是中央各部委相互协调、彼此达成共识的结果。根据李岚清的回忆,在这次制定软件产业政策的过程中,国务院在规定的时间和地点把有关部门的负责同志集中起来,并指定一位同志牵头协调,进行讨论提议,结果很快就提出了方案。①

教育部是参与讨论、制定鼓励软件产业和集成电路产业发展政策的重要部委之一。按照部委职责分工,国家政策中涉及教育和人才培养的内容主要由教育部负责提供参考意见。在"18 号文件"意见征求过程中,

---

① 高校应在前沿科技的研究与开发中发挥重要作用. 李岚清教育访谈录. [EB/OL][2003-12-24] http://www.stdaily.com/gb/stdaily/2003-12/24/content_191884.htm.

由于具有长期的人才培养基地建设方面的经验和历史,教育部此时产生了建立软件人才基地来加强软件人才培养的基本想法。时任教育部副部长吕福源认为,"信息技术是 21 世纪世界各国竞争的焦点,要想在这场竞争中占得先机,教育必须先行,我们应充分发挥当今大学的教学、科研和高科技产业的三维功能,为人才培养提供有利条件。要培养出一批具有国际竞争力的信息科学方面的人才","要加快建立软件学院,而且一定要办好"。① 经内部征求意见后,教育决策部门最终将建立软件人才培养基地的政策建议写入了《关于鼓励软件产业和集成电路产业发展若干政策》的相关章节。其后,在广泛听取相关意见和充分论证的基础上,2001 年,教育部、国家计委联合下发了《关于批准有关高等学校试办示范性软件学院的通知》(即"教育部 6 号文件"),正式决定在北京大学、清华大学等 35 所国内高水平大学中试办示范性软件学院。"6 号文件"明确提出,"建设示范性软件学院是我国软件产业人才培养方面实现跨越式发展的一次重大改革尝试,旨在为我国软件产业的发展带来新的推动力。各示范性软件学院要抓住机遇,加快建设步伐,努力成为我国有重要影响的多层次实用型软件人才培养基地"。2003 年 7 月,教育部和科技部又联合发出《关于批准有关高等学校建设国家集成电路人才培养基地的通知》,批准北京大学、清华大学、浙江大学、复旦大学、西安电子科技大学、上海交通大学、东南大学、电子科技大学、华中科技大学 9 所高校建设"国家集成电路人才培养基地"(简称 IC 基地)。这个基地主要是为了满足国家高新技术产业发展对集成电路人才的迫切需求,为集成电路产业的发展带来新的推动力。②

高校示范性软件人才培养基地的建立是对国务院"18 号文件"提出的"根据市场需求进一步扩大软件人才培养规模,并依托高等院校、科研院所建立一批软件人才培养基地"文件精神的直接落实。而随后国家集成电路人才培养基地的建立也与此政策背景直接相关。这两种新兴技术学科基地的建立均是依托国家相关的宏观政策背景,依靠"外部权威"来

---

① 教育部高教司存档。

② 国家集成电路人才培养基地建设[M]//中国教育年鉴.北京:人民教育出版社,2004:194-195.

推动政策采纳和扩散的。这一点完全不同于基础学科领域基地政策的扩散。在基础学科基地政策扩散过程中,文科、工科和理论经济学等学科都面临着与理科相似的政策问题,因此容易产生政策模仿,这些学科基地政策也基本上都是由各个学科自下而上地提出来的。而软件、集成电路人才培养基地等建立的一个主要特点是在国家宏观政策背景下,教育部门在制定和执行国家宏观政策的过程中,基于先前大量的基地建设经验,灵活地将基地政策建议"嵌入"到国家政策文本中,从而获得了政策建议的批准和通过。因此,相比基础学科领域的政策扩散,软件、集成电路人才培养基地政策扩散更多体现为一种主要依靠外在权威来实现政策扩散目的的形式。

参与理科基地、工科基地和软件人才基地建立的某教育管理人员描述软件人才基地等的建立过程时是这样讲的:"软件基地、IC 基地主要是根据国务院'18 号文件'的精神建立的。尽管各基地建立的背景不完全一样,各基地要解决的问题也不一样,还有面临的环境条件也不同,但是后续的软件学院、IC 基地等建立的基本理念(抓重点、重点投资建设、重点突破)、管理方式和机制主要是受理科基地的启发。它们和理科基地在基本做法上都是一样的,就是重点投入、重点建设、重点取得突破性成果,推动整体教育改革,为国家建设树立一面旗帜。"(受访者 2)

因此,本书认为,软件和集成电路等信息技术学科人才培养基地的建立主要体现为一种强制同形化效应。为了详细说明基地政策在新兴技术学科领域扩散的模式及特点,下面以"生命科学与技术人才培养基地"的建立过程为例,对基地政策扩散过程中国家宏观政策的权威性要求、基层教育行政组织的"议程"嵌入和采纳等活动展开分析。

三、生命科学与技术人才培养基地的案例

2000 年 11 月,新华社两位记者在内参上登载了一篇名为《20 名博士建议采取措施发展生物技术产业》的文章,指出我国的生物技术发展与世界差距越拉越大,国家应尽快制定相应政策,鼓励海外留学人员回国发展生物技术产业。这篇文章引起了国家领导人的高度重视,并责令有关部门对文章反映的问题进行综合研究,提出对策。根据国务院领导的批示

精神,国家经贸委产业政策司牵头,会同计委、科技部、外专局、税务局等部委对国内外生物技术发展的状况进行了调研。调研小组在搜集了国内外生物技术产业发展相关背景资料的基础上,成立了发展生物技术产业政策文件起草工作组,工作组于 2000 年 12 月底起草了一份关于生物技术及其产业发展的研究报告,交国务院各部委进行审议。2001 年初,根据各部门和单位提出的书面政策建议,起草工作组拟定了《关于促进生物技术产业发展的若干政策》(以下简称《政策》)初稿。同年 2 至 3 月,起草工作组又分别召开了几次工作会,邀请国务院有关部门、生物技术专家、企业家和两院院士等参加座谈,对《政策》初稿进行修改。同年 4 月,修改后的《政策》征求意见稿再次送交国务院有关部门和单位征求意见,并最终形成了《政策》送审稿。

教育部是参与讨论和文件会签的一个重要部委。教育部领导接到经贸委征求意见函后,非常重视。教育部有关领导认为,生物技术产业发展是未来国家产业发展的一个趋势,教育部门应该为促进生物技术产业发展作出本部门应有贡献。在教育部门内,生命科学相关问题主要归高教司(农林医药教育处)主管。2001 年,高教司(农林医药教育处)首先在全国高校开展了一次生物技术人才培养情况普查,在此基础上,农林医药教育处提出了建立生命科学与技术人才培养基地的政策建议。但这里存在的一个问题是此前的理科基地已经包含了生物学基地点。因此,生命科学基地与理科基地中的生物学基地点如何区别,这个问题还需要进一步论证。

2001 年底,高教司农林医药教育处某主管人员去合肥参加"全国生物技术教学专业指导委员会",会议期间,与生命科学方面的专家学者具体探讨了有关建立生命科学基地的问题。专家们认为,生物技术产业是高风险高回报的产业,对人才需求的层次、素质要求较高,应建立专门的人才培养基地进行专门化培养。并进一步指出,生命科学与技术人才培养基地主要培养面向生物技术产业发展实际需要的产业化人才,应属"下游"人才;而理科基地则主要培养从事理科教学和研究的基础性人才,这类人才不能直接服务于产业发展,属"上游"人才。

根据普查和论坛反映的情况,高教司(农林医药教育处)撰写了一份有关我国高校生物技术产业人才培养现状、问题和对策建议的分析报告，报告明确提出建立示范性国家生物技术人才培养基地，为我国生物技术产业发展储备人才的政策建议。根据建议内容，高教司在《关于促进生物技术产业发展的若干政策》送审稿的有关章节中加入了"建设示范性国家生物技术人才培养基地"的条款内容：为实现我国生物技术产业跨越式、可持续发展，人才培养要先行。建议设立示范性国家生物技术人才培养基地，为生物技术领域培养各级、各类高级专门人才。[①] 之后，根据高教司修订的《送审稿》修改意见稿被反馈至国家经贸委起草小组。然而遗憾的是，由于当时正逢国务院机构调整，国家经贸委机构撤销，《关于促进生物技术产业发展的若干政策》也因此受到耽搁，没能及时出台。

后经教育部的努力和协调，2002 年 7 月，教育部和国家计委联合下发《关于批准有关高校建立"国家生命科学与技术人才培养基地"的通知》和《关于"国家生命科学与技术人才培养基地"建设的若干意见》，批准在北京大学、清华大学等 36 所高校建立国家生命科学与技术人才培养基地。随后，为了加强对基地建设的指导，教育部还成立了由有关学者、专家和生物技术产业界人士共同参与的国家生命科学与技术人才培养基地建设指导委员会（简称"建指委"），指导和评估基地建设。

（本案例根据教育部存资料和访谈资料撰写）

从上述案例来看，《关于促进生物技术产业发展的若干政策》是由国务院牵头、多部委合作的一项国家层面的宏观政策，与各部委的部门政策相比，该政策具有当然的合法性和权威性。教育部是参与国家生物技术产业政策起草和会签的重要部委之一，在参与《关于促进生物技术产业发展的若干政策》文件会签过程中，教育部提出了生物技术产业发展，人才要先行的观点，并在《关于促进生物技术产业发展的若干政策》送审稿中加入了有关建立"示范性国家生物技术人才培养基地"的政策建议。从这个意义上讲，国家生命科学与技术人才培养基地政策也是依托国家政策要求，依靠外在权威来获得政策合法性的，因此，也属于一种强制同形化效应。这里的问题是，高教司理科处建理科基地时已经包括了生物学学

---

① 关于对《关于促进生物技术产业发展的若干政策》的修改意见及附件高等教育司 2001 年 12 月 28 日给部办公厅的报告。来源：教育部司、局签报，教高 2002 年 1 月 7 日。

科基地(已包括生物学方面的基地点 19 个,如生物学和基础医学等基地点)。因此,教育部没有理由也没有经费在理科基地的基础上再建设一批生命科学基地。这样,如果想要在现有的生物科学人才基地的基础上再建立新的生命科学基地,教育部就必须要充分论证它的意义和合理性所在,尤其是与理科基地的区别。从上述政策过程可知,教育行政组织认为生物技术产业是高风险高回报的产物,对人才需求的层次、素质要求高,只有建立生物技术人才培养基地,才能够培养出这方面的人才。同时,他们指出理科基础学科人才培养基地侧重培养基础性的人才,而新兴技术学科基地则侧重培养具有应用型的、直接服务于产业发展的"下游人才"。这种论证的目的在于为生命科学与技术人才培养基地的建立提供"合理性",为政策出台提供合法性基础。

参与该基地政策过程的某高校教师 S 在访谈中是这样形容的:

"关键要看怎么界定生命科学的学科性质。'生物学'性质不好界定,可以视需要将其界定为纯基础学科或者应用学科。从发展基础理论和培养基础研究人才角度来看,生物学属于基础类学科,从促进生物技术产业发展的另一角度来看,生物学又可能是应用类学科。

理科基地主要是面向基础、面向本科生、面向教学的,从人才培养方面讲,它的目标是要培养理科教学和研究的基础人才。如果说理科是基础性的,属于产业'上游'的话,那么生命科学与技术就应该属于产业'下游'。这样就可以与理科基地区别开了。当时我们给部长写报告的时候,我们对这一点强调得很清楚,即我们要建服务于生物技术产业发展的产业化人才基地,主要针对目前我国缺乏这方面的人才提出的。"(受访者 10)

一名教育部门管理人员在访谈中也提到:

"生命科学与技术人才培养基地主要针对学校与企业实践领域的联系比较少,学生实践环节薄弱的问题设立的。一般来说,企业是追求即时效益的,没有从人才培养的长远发展来看待问题,他们希望接收的学生能够立刻用得上,但他们又不愿意接受学生实习。而学生的实践环节是相对薄弱的。我们教育部门必须考虑去做这件事。"(受访者 7)

可见,提出政策问题并形成政策目标和明确的政策建议是获得政策议程的关键环节。教育行政组织敏感地抓住了国家加强生物技术产业发展的宏观政策背景,借助国家经贸委产业政策司牵头起草国家生物技术产业方面政策的契机,提出了生命科学人才基地的政策建议。通过将政策问题界定为培养生物技术产业发展所需的高素质人才,从而将建立"生命科学与技术人才培养基地"的政策建议成功地"嵌入"国家宏观生物技术产业政策之中,成为国家宏观政策体系中的一个子政策或子内容。由于《关于促进生物技术产业发展的若干政策》是由国务院直接关注的、涉及多个部委合作的国家层次的政策,教育部门将基地政策建议"嵌入"国家政策之中,有助于提高该政策的层次和合法性水平,为政策的后续出台增加了可能性。

四、强制同形化效应与基地政策扩散

根据迪马奇奥和鲍威尔的观点,强制同形化来源于组织所依赖的其他组织以及社会中的文化期望所施加的正式或非正式压力,这种压力来源于强力、或说服、或邀请共谋。[①] 斯科特进一步将强制同形化机制区分为通过权威(authority)和通过强制(coercive)权力施加的两种机制。相比由强制施加的变化,由权威引导的组织结构形式变化一般会遭遇较少的抵抗,发生得更快,涉及较高程度的顺从和稳定性。权威引导通常涉及上级单位对下级组织形式的结构特征或特性进行的权威化或合法化。在这种情况下,下级组织不是被迫遵循而是自愿想获得权威性代理人的关注和同意。大多数情况下是出于它们自己的利益来获取这种合法性。[②]

新兴技术学科领域基地政策扩散的显著特征就是依托国家相关的宏观政策背景,依靠外部权威来推动政策采纳和扩散。在生命科学与技术人才培养基地建立的过程中,国务院要求经贸委和其他部委合作提出关于我国生物技术产业发展的相关政策,国务院代表了最高国家权威,其要求对下级部委来说具有强制力。这给教育部提供了一个很好的提出政策建议的机会。因此,在国家生物产业政策制定过程中,能否将相关政策议

---

① Walter W. Powell and Paul J. DiMaggio. The New Institutionalism in Organizational A-nalysis. The University of Chicago Press,1991:67.

② W. Richard Scott. "Unpacking Institutional Arguments."In Walter W. Powell and Paul J. DiMaggio. The New Institutionalism in Organizational Analysis. The University of Chicago Press,1991:164-182.

程"嵌入"该国家宏观政策,通过国家政策为教育获取资源成为教育部门的一个考虑。在经贸委向农业部、科技部和教育部等其他部委发文、征求意见的过程中,教育部高教司及其农林医药教育处敏感地抓住了这个政策机遇。但教育部要获得政策议程,一定要提出一个有效的政策方案"内化"到国家宏观生物产业政策中去。教育部领导初步提出了从生物人才培养方面进行政策配套的基本理念,并责成高教司农林医药教育处具体进行政策落实,基于该组织所在部门的长期做法和"认知记忆",很容易想到利用基地范式来加强生物人才培养。

在这个案例中,国家提出了支持和重视生物产业发展的宏观政策要求,国家的宏观政策导向为教育部提供了一种"准入"结构:即与新兴生物技术学科领域的问题与选择机会之间的联系。这种"准入"结构相当于赋予此类问题议决的优先权[①]。教育行政部门成功地抓住了新政策"促进生物产业发展"的基本要义,瞄准"生物产业技术人才培养"这个政策目标,将生命科学与技术人才基地政策建议"嵌入"宏观政策,获得了基地政策议程。这显示了行政组织将本领域政策问题移植至上级权威所认同和支持的背景之中,从而增强了本部门政策的合法性,并证实了组织适应环境、与环境保持同形的基本理论假设。从这个意义上来看,生命科学基地政策扩散是一种强制同形化效应。同时,这个案例也反映了组织主动把握时机和选择环境要素,从而获得政策认同和资源的积极能动性。

表 4-5 新兴技术学科领域基地政策比较

	所属部门	政策类型	政策问题域	政策理念	政策目标域	政策工具域
软件人才培养基地	高教司理工处	高级软件人才培养(学科教育)	新时期发展软件产业最重要的人力、智力资源短缺	高级软件人才培养的国家重点投入、支持和创新	培养具有国际竞争能力的多类型、实用型、高水平软件人才	选优保重;扩大软件专业招生规模;设立专项基金支持教师国际进修和交流;教学和课程创新

① 关于准入结构论述参见:詹姆斯·马奇和约翰·奥尔森.新制度主义:政治生活中的组织因素[M]//薛晓源,陈家刚.全球化与新制度主义.北京:社会科学文献出版社,2004:173-194.

续表

	所属部门	政策类型	政策问题域	政策理念	政策目标域	政策工具域
生命科学技术基地	高教司农林医药处	高新生物技术人才培养（学科教育）	发展生物技术产业人才缺乏的实际情况	高质量生物技术人才培养的国家重点投入、支持和创新	为生物技术产业培养高级生物技术人才	择优扶持；经费由国家、学校、企业和社会多方共同投入；评估验收；滚动淘汰机制；教育教学创新；合作办学
集成电路基地	高教司理工处	高水平实用化集成电路人才培养	发展集成电路产业的人力、智力资源短缺	集成电路技术人才培养的重点投入、支持和创新	培养高水平实用化集成电路人才	择优扶持；经费多方共同投入；评估验收；滚动淘汰机制

注：表中信息根据下列文件整理：教育部国家、计委《关于批准有关高等学校试办示范性软件学院的通知》（教高[2001]6号）；教育部国家、计委《关于批准有关高校建立"国家生命科学与技术人才培养基地"的通知》（教高[2002]9号）；教育部、科技部《关于批准有关高等学校建设国家集成电路人才培养基地的通知》（教高[2003]2号）。

从表4-5可以看出，这一阶段学科基地政策明显体现了组织外部环境中权威化力量的渗透及其政策倾向。组织采纳的学科基地政策首先保留了"组织域"中的记忆，采用重点投入、重点建设的基地模式，但学科基地在政策问题、目标、工具等方面更多地适应了外部环境的需要，体现了教育行政组织积极将学科基地政策"嵌入"国家宏观政策的行为。由于这种适应和转变，生命科学与技术人才基地与基础学科基地在政策目标和要求上已经相去甚远。

第四节　政策同形化的机制分析

制度环境对组织发生影响的途径或组织与制度环境保持同形的方式有多种。在学科基地政策扩散中，主要存在模仿同形化和强制同形化两种同形化机制。具体地，在基地政策采纳的早期更多的是一种模仿同形化机制在发挥作用，基地政策采纳的近期主要是强制同形化机制在发挥作用。在模仿同形化中，本书又区分了直接模仿和组织学习效应两种具体类型,直接模仿更可能发生在问题领域相同的环境下,而学习效应则体现了组织面对新环境刺激时的学习和迁移能力。

一、直接模仿同形化

迪马奇奥和鲍威尔认为,模仿同形化在很大程度上是一种对付不确定性的制度化模仿过程,问题和领域的相似性是模仿同形化发生的前提和基础。在本书中,基础学科领域政策问题和情境的高度相似是政策模仿的主要原因。理科、文科、工科、经济学等面临的基本问题都是转型期基础学科经费短缺、生源不足、师资流失等突出问题,同时,这些学科处于强调本科教学和人才培养的高等教育教学改革共同背景之中,这种政策情境和问题的高度相似性鼓励了直接的政策模仿。文科、工科和经济学等可以按照理科基地界定问题的方式对本学科领域的问题进行界定,按照相似的逻辑进行政策规划和论证,包括想法形成、问题界定、方案确立、手段选择等都带有很大的移植色彩。例如,文科、工科和经济学基地都和理科基地一样,在政策问题上强调基础学科在市场经济条件下遇到的突出问题,在政策目标上强调基础学科人才培养等。在很大程度上,这些基地延续了理科基地的一些具体做法,体现了一种直接模仿同形化机制。通过直接模仿或尽量与原有政策范式保持一致性,可以提高政策合法性和政策采纳成功的概率。

正如卡特·卫兰德所指出的,给定文化的相似性和历史关联,邻近部门的政策变化特别容易吸引眼球。其原因在于"可获得认知",即相似的文化和历史因素创造了跨地域的紧密交流渠道,使得创新具有立即可获得性,"看见一个文化相似的国家对一个被注意到的问题采纳一种创新解决措施,可能使其他国家认为这个问题很重要。这样,一个改革的'可获得性'模式可能诱导国家给予声称要解决困难的新建议更大的关注"。[①]在学科基地政策中,文科和理科面临着相似的问题,理科采用基地的办法引起了文科的高度关注,文科处将这种政策办法引入本学科领域,建立起文科基地。虽然工科似乎并不面临和理科、文科基础学科同等重要的"危

---

① Kurt Weyland. Learning from Foreign Models in Latin American Policy Reform. Washington, D. C: Woodrow Wilson Centre Press, 2004: 251.

急"的问题,但理科基地政策的采纳使得工科处觉得这个问题很重要,这个机制很"管用",因此在本学科领域搜寻合适的问题,从而建立起工科基地。在这个案例中,工科处先借鉴了解决某类问题的办法,然后才找到与此办法相匹配的问题。

二、学习效应

相比直接模仿过程,政策学习指的是一种不同的政策创新和扩散过程。在政策学习过程中,教育部内行政组织的基层官员(政策企业家)理性地发现需要改变他们的既存政策模式,并花费时间系统地评价其他组织的政策创新。最后,在吸收其他组织或部门的经验后,他们会创造性地提出自己的政策需要。

如果组织在政策创新和扩散中学习效应的作用明显,我们可能会设想某些因素对于政策学习比对于政策模仿更为重要。第一,如果政策学习发生了,我们可能推测具有更高学习能力的组织更容易创新。第二,如果政策学习发生了,更复杂政策的被采纳速度会更慢。① 相比政策模仿过程,政策学习涉及向其他部门甚至其他国家的成功经验进行学习的过程,因此,组织需要更多的时间来吸收获得的复杂信息。第三,学习也意味着行政部门和组织从"组织域"中其他组织的行动中学习。引用彼得·霍尔的话,影响后一时段政策的主要因素是前一时段的政策②,威尔和斯格布(Weir and Skocpol)将这些以前时段的政策称为"政策遗产"③。

从实际案例来看,人文社会科学重点研究基地和大学生文化素质教育基地的建立都体现了一种模仿过程中组织自主的学习效应。人文社会科学重点研究从"八五"末期(1991 年)就已经开始筹划,"九五"期间被列为国家教委"九五科研规划",到"十五"期间正式建设,并成为教育部"十五"科研建设的重点项目。这期间经历了漫长的规划、探讨和学习的过程,涉及的政策学习并不局限于对理科等基地模式的借鉴,还包括向发达

① Peter A. Hall. Policy Paradigms, Social Learning, and the State: The Case of Economic Policymaking in Britain. Comparative Politics, 1993(25): 275-296.

② 同上。

③ Weir and Skocpol, 1985, 转引自 Peter A. Hall, 1993, (25): 257-296.

国家高校科研机构、国内自然科学研究领域国家实验室,以及国内有关高校科研中心科研体制改革经验的学习等。在这个过程中,基地政策的具体学科色彩已经淡化,成为一种解决人文社会科学研究领域存在问题的政策手段。

三、强制同形化

行政组织将组织的政策目标"嵌入"高层权威的宏观政策体系,利用外部权威化的力量获得政策合法性与政策采纳,体现了基地政策扩散中组织借助外部权威化力量推动政策采纳的一种强制同形化方式。从国家软件学院和集成电路人才基地的案例来看,基地政策主要是教育部门基于国家促进信息技术产业发展的 18 号文件建立起来的,生命科学基地的建立则与国家筹划国家生物技术产业发展政策的背景相关。

组织采纳的基地政策保留了"组织域"中的记忆,即采用基地的范式,重点投入、重点建设的思路,但组织的政策目标和工具等更多地反映了适应外部环境的需要。组织在出台政策时,更多会利用外部宏观政策来推动政策采纳,更多地考虑与政策情境的一致性,融合情境的需求,以获得合法性。这其中,来自国家和上级权威的要求往往会成为组织可以利用的权威性来源,成为政策扩散的源头。嵌入宏观政策可以寻求强制合法性,推动政策的采纳。

表 4-6 为国家学科基地政策扩散不同阶段教育行政组织政策趋同的因素和同形化机制比较。基地政策扩散按三个阶段划分,可以发现每个阶段政策同形化机制、原因各有特点。

在早期阶段,基地政策扩散在很大程度上是一种对付不确定性的制度化模仿,基地政策扩散主要受学科性质和政策问题相似性的影响,表现为主要向比较相近领域扩散。基础学科领域基地政策扩散沿着文科(文史哲)——基础工科——理论经济学的路径进行,由最需要保护的文史哲学科开始,逐渐渗入工科基础学科和经济学基础学科(理论经济学)领域,遵循一种由近及远的次序。政策扩散主要与组织所面临的政策环境、问题和领域的相似性有关。政策扩散的目的在于获取学科发展资源,保护和发展高校基础学科,稳定高校基础学科师资,改善基础学科的教学条件和设备,为国家培养一大批具有较强基础理论素养的教学和研究后备力量。

在政策扩散的中期阶段,人文社会科学重点研究基地和大学生文化素质教育基地等的创办是针对新的政策领域和背景有别于通常的人才培养和教学改革而进行的学习过程,政策扩散路径体现为从一种聚焦某种具体学科的教学或研究问题过渡到聚焦普遍学科和教育中的教学或研究问题,具体的学科色彩已经淡化。相对而言,这时基地政策扩散受到学科性质和政策问题相似性的影响较低,而是突出基地政策理念和手段的模仿,即作为一种集中重点解决突出问题的有效方式的运用。这样,基地政策得以向新领域扩散并用于解决新问题。

表 4-6　国家学科基地政策扩散:教育行政组织政策趋同的因素

扩散阶段	同形化机制	原因	内容说明
早期	直接模仿	模仿其他已成功建立基地的组织	当组织面临不确定性,组织会直接模仿制度环境中其他成功组织的行为或做法。教育目标的模糊性和教育评价的困难性增加了行政组织政策选择时的不确定性,在这种情况下,模仿组织环境中其他已取得成功的组织的政策措施,就成为教育行政组织的优先考虑。直接模仿的结果是组织采纳的政策在目标、工具和形态方面具有较高的一致性
中期	学习效应	模仿的同时注重组织的自主学习	当组织所面临的问题情境、政策背景具有较大差异时,组织在模仿其他组织的做法时具有更多的自主性。组织会花费时间理性、系统地学习和评价其他组织的做法及其绩效,再结合组织自身所处环境特点进行有意识地学习。其结果是组织的政策选择更具创新性,与被模仿组织在政策的基本做法上具有较大差异
后期	强制同形	借助外部权威	当一个组织依赖另一个组织,并且这两个组织之间存在着显著的权力关系,或是具有规范的压力时,就会出现强制同形化。在现实中,强制同形化的发生有可能是组织的一种自主"邀约"行为,组织会利用外部权威化力量,将组织自身的政策需求嵌套入国家宏观政策中,依靠宏观政策的权威化力量来推行政策

注:表中早期、中期和近期与直接模仿、政策学习和强制同形化机制的对应关系仅仅是一种粗略的划分,旨在反映不同时期组织政策同形化机制程度的差别,并不表示完全的对应关系。

　　到扩散的后期阶段,基地政策范式已经成为一种普遍的社会事实,成为"组织域"及其制度环境中具有理性神话性质的"习俗"和"惯例",这个时候采纳基地政策已经成为"组织域"中各行政组织"理所当然"的政策选择。此时,组织所要做的就是将其面临的政策情境与基地政策范式联系起来,利用环境中权威的合法化力量,将基地政策嵌入权威组织的政策之中。政策扩散更多体现为一种强制同形化的效应。新兴技术学科领域的基地扩散的显著特征就是依托国家相关的宏观政策背景,依靠外部权威来实现基地政策的采纳和扩散。生命科学与技术人才培养基地的建立是由国内相关人士呼吁,领导责令予以落实有关生命科学产业政策文件精神从而实现政策采纳的过程。

第五章　政策扩散中组织的能动性与策略行为

制度化环境中的组织具有能动性,能够通过多元化的策略来适应环境的要求,与环境保持同形,从而提升组织的地位和合法性以及从环境中汲取资源的能力。国家学科基地政策扩散是教育行政组织在中央和上级政策的指导下,在追求资源的诱因和政策范式的制度约束下积极推动政策采纳的结果。其目的在于通过出台基地政策获得学科发展经费和各种政策优惠,以解决学科发展中的各种困境。本章从组织能动性的角度出发对教育行政组织及其行动者的政策采纳行为与策略展开分析,在详细剖析之前,首先对我国教育行政组织的决策体制特点进行分析。

第一节　我国教育行政组织决策体制

为了更好地理解政策创新扩散过程,我们需要研究政府政策部门的结构及特点。安德森(Anderson)指出,政府机构的组织、安排和程序对公共政策有着重要的影响,在政策分析中决不能忽视这方面的问题。因为归根结底,公共政策是政府部门通过这些权威性的机构加以制定的,公共政策是政府部门的产出。[①] 林水波和张世贤也认为,公共政策的制定,是政府机构组织——行政、立法、司法与政党等权威机构的制定、执行与推动的活动。有怎样的机构组织就会产生怎样的政策。要了解公共政策的制定,应先知道政府机关的组织、结构、职责和功能,即从机关的组织、结构、职责和功能来研究分析公共政策。[②]

---

① 詹姆斯·安德森.公共决策[M].唐亮,译.北京:华夏出版社,1990:29.
② 林水波,张世贤.公共政策[M].台北:五南图书出版股份有限公司,1987:39-40.

一、我国政府决策体制

政策制定体制是指承担政策制定的机构和人员所形成的组织体系以及他们制定政策的基本程序和制度的有机体。不同的政策体制，对政策制定过程会产生不同的影响。集权模式的政策制定体制强调决策权力的集中，在遇到紧急问题或危机状态时可以高效率地作出决定，快速调动人力、物力和财力去控制破坏性问题的发展。但其缺点是不可避免地带有专制的特征，没有民主发挥的余地，容易导致政策制定权力的失控。在分权模式的政策制定体制下，各级政策制定机关在各自管辖的范围内享有决策权，可以充分发扬民主、集思广益，保证制定出高质量的公共政策。但它的缺点是效率不高，有时产生各种难以协调的冲突，甚至是决策制定的责任不清。[①]

中国政府决策体制的突出特点是各级党委和政府构成公共政策决策的核心结构，是一种典型的"议行合一"体制。"议行合一"体制可以概括为如下几点：第一，无论是立法机关、行政机关和司法机关还是其他立法与执行活动，都需要在政治上、组织上和思想上接受共产党的领导，在宪法和法律允许的范围内活动。第二，人民代表大会集中统一行使国家权力，行政机关和司法机关的权力直接来源于人民代表大会。人民代表大会执掌国家权力，但是并不直接执行国家权力，人大常委会组成人员不得在国家行政机关、司法机关任职，行政机关和司法机关执行国家权力并受到人民代表大会的监督。第三，人民代表大会的代表来自党和国家的各个工作部门，他们在人民代表大会开会期间亲自参加法律的制定，闭会后回到各个工作部门贯彻执行法律。[②]　虽然我国《宪法》规定人民代表大会是最高权力机构，政府只是执行机构，但在实际工作中，大多数决定其实都是政府作出的。这表现在，国家大政方针首先由中央政府有关部门提出政策性文件草案，然后与相关部门沟通协商达成共识，最后根据该项政策的重要程度和成熟程度，分别交人大会议通过颁布或由政府首脑签发。这种政策制定方式一般被称之为"部门决策"。

根据"议行合一"原则和民主集中制原则，中国政府机构决策制度实

---

①　张国庆.公共政策分析[M].上海：复旦大学出版社,2004：188.

②　杨光斌.中国政府与政治[M].北京：中国人民大学出版社,2003：126.

行首长负责制。1982 年宪法第 86 条明确规定："国务院实行总理负责制。各部、各委员会实行部长、主任负责制。"第 105 条规定："地方各级人民政府实行省长、市长、县长、区长、乡长、镇长负责制。"行政首长负责制的特点表现为：(1) 首长负责制是和决策会议制度相配套的决策体制。即在决策会议上决策集团成员就各种决策方案进行充分的发表意见，民主讨论，集思广益，以克服行政首长个人在意志、经验、学识和精力上的局限。(2) 副职领导的"分口"管理体制。在各级政府领导的机构中，一般设正职行政首长一名，副职领导若干名，这些副职领导除了作为各级人民政府的组成人员参加本级人民政府的全体会议和常务会议以外，还直接分管一部门的日常管理和决策事务，协助行政首长进行决策。在地方各级政府中也采取分口管理体制，如省政府通常按其工作范围划分为综合、经济、文教卫生、政法、财务等几个口，由各副职行政领导分工负责。这种由副职领导分口把关的分管领导体制是中国政府决策体制的重要方式之一。这种管理体制的优点在于由副职分工负责可以有效地减少正职领导具体工作的压力，使其能够有更多的精力去处理全局性的重大问题。其局限性主要体现在分口管理往往会造成副职权利膨胀、管理和决策层次增加以及决策权力的分散，决策权力与决策责任相脱离等。[①]

"部门决策"和机构内部分口管理的制度，使各部门及其内部机构组织在国家政策制定过程中发挥着重要的作用。以立法过程为例，我国实行以政府部门为主导的立法体制(人大常委会审议的法律草案多由政府部门起草)，从规划的制定到法律、法规草案的提出，基本上是由各级政府或部门所主导。根据学者的统计，近 20 年来，在人大通过的法律中，由国务院各相关部门提交的法律提案占总量的 75％～85％。[②] 由于部门精通本行业业务管理，这种"机关"决策模式能够集中全国的力量进行重点建设，保证大政方针的统一，能更好整合有限的资源进行社会主义现代化建设。[③]但同时，由于部门既是执法主体，又是立法主体。二者合一的身份，有可能使其不自觉地偏重于追求本部门利益。例如，各主要政府部门和

---

① 朱光磊.当代中国政府过程[M].天津：天津人民出版社,1997：93-96.

② 江涌.政府机构中的部门利益问题值得警惕[J].廉政瞭望,2007(2).

③ 闫维.试析目前中国公共政策决策体制的利弊[J].江西行政学院学报.2001(2).

地方纷纷利用政策资源优势,在制定有关法律草案时,千方百计为部门争权力、争利益,借法律来巩固部门利益,获取法律执行权,进而获得相应的机构设置权和财权。①

中国政府部门掌握着政策制定的权力,因此可以在政策制定过程中发挥重要的影响作用。早在 20 世纪 80 年代,兰普顿(Lampton)在研究中国水资源配置政策时就曾提出,中国政治系统与其说是一个精英控制和命令的系统,不如说是权力分割的系统。权力实际上被分割到各部门和地方政府手里,各级官员机构和部门都发展了自身的组织个性和意识形态。每个单位都相信他们的目标真正代表了社会的整体利益或福利。每个组织都担心没有被充分咨询,利益受到忽视。②

二、"以处为政"决策体制构成要素

在教育领域,教育部是主管教育事业和语言文字工作的国家行政决策部门,属于国务院的组成部门。教育部长是教育部的最高行政长官,拥有最高决策权力,部长下分设若干名副部长,每名副部长分管一项主要事务领域。教育部的基本职能包括拟定教育方针、政策;起草有关教育法律、法规;提出教育改革与发展战略;统筹教育经费;拟定各级各类学校的设置标准、教学基本要求、教学基本文件;统筹管理普通高等教育;指导高等学校教育教学改革和高等教育评估工作等十七个方面的工作。③ 根据内部机构设置原则,教育部内部设置办公厅和若干司局。办公厅负责综合协调部机关重要政务、事务、文件运转和管理等工作。司局主管不同的具体业务领域,司长是司局的最高行政长官,以下分设几名副司长,每个司局又由多个处和室构成。④

根据业务的不同,教育部被划分为主管不同业务领域的各司局。如前所述,国家学科基地政策属于高等教育学科发展和哲学社会科学研究

---

① 翁娟、张峰. 论我国公共政策制定过程中的部门利益及其遏制对策[J]. 知识经济,2007,(10).

② David M Lampton. Policy Implementataion in Post-Mao China. University of California Press,1987:157-189.

③ 2005 年,参见教育部主页 http://www.moe.edu.cn/edoas/website18/info3446.htm.

④ 包括 24 个司和局,2005,参见教育部主页 http://www.moe.edu.cn/.

方面的政策,主要由教育部高等教育司(简称"高教司")和社会科学研究与思想政治工作司(简称"社政司")予以决策和实施管理。高教司和社政司在教育部内部属于同级平行的部门。高教司的主要职责是统筹管理高校人才培养和教育教学。具体职能包括:统筹管理各类高等教育,推动各类高等教育的改革与建设;统筹规划、指导各类高等学校的人才培养工作,制定各类高等学校人才培养的指导性文件,指导各类高等学校教学基本建设和改革;统筹规划各类高等教育质量监控工作,组织高等学校教育教学质量的评估工作。[①] 社政司的基本职能是:规划高等学校社会科学研究、马克思主义理论课和思想品德课建设工作并指导实施;负责高等学校党建、学生与教师的思想政治工作和稳定工作;规划并指导高等学校思想政治工作队伍的建设;负责直属高等学校和直属单位出版物的监督管理。[②] 从部门职能来看,这两个部门分别具有在高校教育教学改革和高校社会科学研究工作中的重大职责和权限。

表5-1　高教司内部处室构成及其职能

处室	基本职能
办公室	综合、协调司内的行政事务工作;负责各类文件的运转和管理;协助管理司内人事、外事、人员培训等工作;具体组织开展司内文体活动及青、工、妇活动;管理司内行政经费和后勤事务工作等
综合处	统筹高等教育改革与发展战略、方针;统筹本科专业目录修订、重大教学改革立项等;负责高等学校专业设置管理和第二学士学位管理工作;统筹协调与部内有关司局,与其他部委和地方教育行政部门的有关业务工作等
高等教育评估处	拟订高等教育评估的方针、政策、法规和文件;统筹规划各类高等教育和各类高等学校教育教学评估工作等
教学条件处	组织拟订高等教育指导性教材建设规划和高等学校图书馆工作的有关政策、法规;组织开展高等教育教材和高等学校图书馆建设信息服务等
远程与继续教育处	统筹规划现代远程教育人才培养等方面的工作;拟订远程教育的工作方针、政策、法规和指导性教学文件

---

① 参见教育部主页 http://www.moe.edu.cn/edoas/website18/level3.jsp? tablename=1349&infoid=12484.

② http://www.moe.edu.cn/.

续表

处室	基本职能
高职与高专教育处	宏观规划、指导高等职业教育、高等专科教育的人才培养工作;拟定高职与高专人才培养工作的基本方针、政策;进行教材、实践基地等教学基本建设工作;重大项目立项、开展教学改革实验与试点等
文科教育处	统筹管理高等文科教育,拟订文科教育人才培养工作的基本战略和政策;指导高等学校加强文化素质教育和文科学科专业的教材建设工作;运用教学评估,推动文科教育教学质量提高;组织并指导文科各学科教学指导委员会开展工作等
财经政法与管理教育处	统筹管理经济学、法学和管理学类专业的教育教学工作;拟订相关学科本科专业人才培养工作的指导性教学文件;进行教学评估,推动经济学、法学和管理学科类专业人才培养工作;组织开展相关学科的教育教学研究等
理工科教育处	统筹管理理工科类高等教育,指导理工科高校人才培养工作;拟订理工科高等教育人才培养工作的基本方针和政策;指导各类理工科教育教学工作;监督与检查高等理工科学校教育教学质量;组织有关的高等教育教学研究工作等
农林医药教育处	统筹管理农林医药高等教育,拟订农林医药高等教育人才培养的发展方针和政策;拟订农林医药高等教育人才培养工作的质量标准;进行教学评估与教学检查;组织有关高等农林医药教育教学的科学研究工作等
实验室处	宏观指导各类高等学校教学类实验室工作;拟定高校教学类实验室工作的方针政策;指导高等学校实验室建设、仪器设备配置、实验教学等;组织推动高等学校实验室信息化建设和仪器设备资源共享;指导实验教学指导委员会和有关专家组织的工作等

资料来源:http://www.moe.edu.cn/.

　　司局内部实行由各处室具体负责和分管不同业务的制度。就高教司和社政司内部设置而言,司局的总体职能由各处室按照相关业务或领域分工负责,具体执行和贯彻司局的战略规划和政策。这种机构设置的基本特点可以概括为"以处为政",即各个处室分管不同学科的具体事务。[①]在高教司内部,主要按照行政事务综合协调、高等教育发展战略和方针制定、高等教育评估、教学条件建设以及学科教育教学基本建设等几个方面

———————————

① 根据对原教育部某领导的访谈。

进行具体分工,划分为不同的处室(表 5-1)。根据高教司内部职能划分,学科教育教学基本建设分别由文科教育处、理工科教育处、财经政法与管理教育处、农林医药教育处等处室具体负责。各学科分管处室的基本职能包括制定本学科领域的发展战略和规划、制定教育质量标准、进行教学评估监督和组织科研立项等。从其服务对象和职能来看,这些处室主要与高校学科教育教学领域有关。在决策和管理职能上,各处室既要负责向上级主管部门反映基层高校学科发展中的问题与要求,又要贯彻落实来自上级政策部门对各学科发展、人才培养和科学研究方面的政策要求,起着沟通上、下级的桥梁作用。相对而言,这几个行政组织在组织目标和任务、功能等方面都非常类似,它们所面临的是基本一致的权力和政策环境,可以视为"同质"环境。环境的同质性在很大程度上增加了政策扩散和传播的可能性。我们把文、理、工、财经等处室所处的组织环境视为第一层次的制度环境,其上位的司局及以上行政层级则构成了第二层次的制度环境。

迪马奇奥和鲍威尔用"组织域"的概念来描述这种"同质"的组织环境。它是由许多组织组成的一种公认的(recognized)制度生活领域(area of institutional life)。该领域内包含主要的供应者(key suppliers)、资源和产品的消费者(resource and product consumers)、制定规章的机构(regulatory agencies)和生产类似服务和产品的其他组织。"组织域"划定了一组在共同领域内运行的组织,在这一领域组织间存在相互联系,包括局部的和远距离的联系,以及相似、相异组织间的横向和纵向的联系。并且这些组织还拥有共同的文化准则和意义体系。[①]

教育行政"组织域"体现为司局内部以处室为单位的组织群体,这种"组织域"分为纵向和横向两个方面的基本关系。从横向上看,"组织域"是各个处室之间的平行关系,它们分管不同的学科或领域,在组织职能、目标、权力等方面非常相近,彼此处于平等地位。从纵向上看,这些处室组织又直接由高教司领导,司长、副司长是它们的直接统治权威。处室的有关决策常常需要得到上级的同意或批准。

---

① Paul J. DiMaggioand Walter W. Powell. The Iron Cage Revisited: Institutional Isomorphism and Collective Rationallity. Arican Sociological Review,1983,(42): 726-743.

第二节　"组织域"结构对政策扩散的影响

"组织域"概念的意义就在于,它揭示了这样一个普遍的事实,即一个单一的组织同其环境的关系是通过其他组织的行为产生的——组织影响组织,[①]这种组织环境能加速政策扩散。研究美国州政策创新的学者发现,美国 50 个州政府的政策采纳模式体现为一种州与州之间的相互竞争性效仿行为。当一个州采纳了某项创新政策后,其他州往往迅速跟进和学习借鉴。一方面,各州非常理性地与别的州竞争,试图实现竞争性优势,避免劣势。[②] 另一方面,除了各州之间的政策精英的竞争之外,公共官员可能受到来自本州公民要求采纳其他州创设的政策的这种公共压力,尤其是那些计划寻求连任的官员。[③]

正如汉森所指出的,教育组织就像任何其他组织一样,也生存于迪马奇奥和鲍威尔所称的"组织域"中。[④] 一方面,教育部司局内部的"以处为政"决策体制使各个行政处室具有相对独立的组织权力和利益,它们之间也构成了一种"组织域"制度环境,存在着相互影响和竞争的关系,这是导致基地政策扩散的重要原因。另一方面,"以处为政"的决策体制还赋予了各教育行政组织自由裁量和解释上级政策的权力和机会,在客观上为基地政策扩散提供了可能。

一、竞争和相互"看齐"

首先,"以处为政",各处室在管辖学科范围内拥有相对独立的组织权力和利益,这种决策体制很容易引发处室组织之间相互模仿。就高教司内部的各个基层处室组织而言,维持并稳定本学科的生存和发展是其基

---

① Haunschild, Pamela and Anne S. Miner. Modes of interorganizational imitation: The effects of outcome salience and uncertainty. Administrative Science Quarterly, 1997, (42): 472-499.

② Jack L Walker. The Diffusion of Innovations Among the American States. American Political Science Review, 1969, (63): 891.

③ 保罗·A. 萨巴蒂尔. 政策过程理论[M]. 北京:三联书店, 2004:229-230.

④ 马克·汉森. 教育管理与组织行为[M]. 冯大鸣, 译. 上海:上海教育出版社, 2004:384.

本职责所在,这些组织都会积极为自己管辖学科领域争取资源和利益。处室之间存在着的这种潜在的竞争关系,构成了这些组织进行政策模仿的基本动力。因此,从本部门的问题和实际情况出发,对先行者的经验加以总结,建立基地就成为各行政组织争相效仿的政策方式。在高教司理工处(当时还是理工合一处,主管理科和工科两个学科领域)为理科基地筹建"理科基金"的时候,文科、工科等其他学科(处室)就一直密切关注这件事情的动向,并且积极学习它的这种机制。原教育部某领导 Z 回忆起当时建立理科、文科、工科、经济学等基地时是这样描述的:

"我们过去是分处管的,教育行政是按科类分类管理的,文科管文科、理科管理科,也就是以处为政,以学科为政。理科基地对理科建设发挥了很大的作用,那几年理科的状况一下子改善了很多,理科各学科、学校学者的积极性都很高。理科基地的建立对其他处室触动很大,当时处室之间可能彼此还不大服气呢!很快,文科、工科等基地就建立起来了,后来又建了经济学基地。在建设基地方面,各个处都很有积极性,后来各个基地的建立都是各个处自己提出来的。应该说理科基地也是处里提出的。因为当时是以处为政嘛,以学科为政,各处室就负责主管本学科的事情,不管其他学科的事情。"(受访者 4)

可见,"以处为政"这种权责配置关系不仅赋予各个处室组织在管辖和规范本学科领域教育教学改革和学科建设方面充分的自主权,而且还意味着各处室组织在高校的学科建设、教育教学改革等重要事务上负有重要的规划、引导和积极发展的职能。学科基地政策范式能够获得学科发展所需的经费和资源,有效地改善学科面临的发展问题,因此,它就必然会成为其他学科和组织竞相模仿的对象。事实上,后续基地(包括重点研究基地、软件人才培养基地、国家集成电路人才培养基地和生命科学与技术人才培养基地等)政策在一定程度上都延续了国家理科人才培养基地的做法,即以基地的形式,实行重点投入、重点建设。这体现了"组织域"内组织生存与发展的基本逻辑,即模仿成功组织的经验和做法,以提高组织自身的政策效率。从这个意义上讲"基地政策范式",是强调基地政策所具有的制度激励机制,它可以通过影响资源分配和利益产生激励,鼓励组织与个人采纳那些社会上认可的做法。

　　其次,"以处为政",各处室面临共同的政策权威,这也容易导致组织之间的相互模仿。由于政府在政治力量的对比及资源配置权上均处于优势地位,它的制度供给能力和意愿支配着具体的制度安排。① 教育政策的供给也取决于政府的政策体制及其供给意愿和能力。对管辖各个学科的教育行政组织而言,要想获得所辖学科所需的经费和各种资源,解决学科发展面临的各种问题,就不仅要获得"组织域"内其他组织的认同,而且要获得来自重要的资源供给主体(往往是上级权威部门)的认同。上级对已有基地政策范式的认同形成的外在评价影响到组织基地政策采纳,这是导致组织间相互模仿和基地政策扩散的一个重要原因。

　　如前所述,理科基地建立和理科基金的实施,极大地改善了高校基础理科的困境,国家领导人和教育部门领导多次在讲话中强调基地建设的重要性,赋予"基地"以特殊的重要价值。对于"组织域"内的其他组织而言,模仿"组织域"内受到"认可"的政策模式,比较容易获得政策权威和政策供给主体的认同,有利于其政策批准和采纳。同时,模仿"组织域"内受到"认可"的政策模式,也有利于保持政策的连贯性,节约决策成本。

　　再次,基地政策还有效扩大了处室组织在高校中的影响力,增强了组织在"组织域"内的地位、声望和合法性,这也容易引起组织之间的竞争和相互"看齐"。根据开放系统理论,组织的生存,一定程度上依赖于外部制度环境的评价,来自外部制度环境尤其是政策目标群体的"认可"是衡量组织及其政策绩效的一个重要来源。学科基地密切了教育行政组织与其所辖学科和高校的关系,也使得教育行政组织越来越多地获得学科和高校的认可,这也是促使组织竞相模仿学科基地政策的一个原因。教育管理人员 W 在访谈中指出:"主要是教育部在推动全国教育教学改革中的影响力增强了,体现了教育行政部门的职能。一是教育部与一线的关系更密切了;二是高校更加关注高等教育改革的各项措施和思想,关注教育部的改革动向;三是学校领导更经常地来了解部委的改革想法。这样,教育部能够将全国高校的最好的想法、思路和经验总结起来,学校也能够通过教育部来了解其他学校的改革经验和做法。"(受访者 2)

---

① 杨瑞龙.论我国制度变迁方式与制度选择目标的冲突及其协调[J].经济研究,1994,(5).

另一名管理人员在访谈中也说道:"建立基地以来,学校对我们开展的工作的认可度相当高,我们不仅跟基地点学校的生科院系接触多了,而且跟这些学校的行政部门、教务口、校长、校领导的联系都加强了。以前我们没有这方面的业务,现在有了基地,我们的业务面拓宽了。"(受访者7)

总之,基地政策作为转型期高等教育领域的一项特殊制度安排,一定程度上是由政府的政策供给意愿、能力及其偏好,以及在这种体制下制度所提供的可能的行动空间决定的。教育行政"组织域"的横向结构上,各处室组织在目标、权力、利益诉求等方面都基本相同,组织的相似性很高,因此彼此具有潜在的相互竞争和看齐倾向。在"组织域"的纵向结构上,这些处室面对同一个上级行政统治权威,该统治权威是政策的关键合法性资源的源泉,掌握政策审批和支持的最终权力。由于上述特点,很容易导致各处室策略性地选择统治权威所认同的政策范式。

二、自由裁量和解释

在组织系统中,存在着一系列自由裁量的空间。组织社会学的研究发现,无论怎样严密的监督和控制,所有的工作中都存在着一定程度的自由裁量空间。不论是在哪个领域中,授权他人去完成工作的委托者都会丧失一定的控制权。[①]在政府部门,政策制定权也通常被分化到各部门来执行组织目标,这赋予官员政客和各角色相当的判断力。林德布罗姆和伍德豪斯指出,在每个国家的政府中,不仅存在为数众多的专门化组织,每一个组织更进一步划分出许多局处(bureaus)、专案单位或其他更小的分支单位。因此,官员可以发展出足够的专业能力,或至少有机会完成复杂的任务。[②]

首先,现行决策体制赋予基层教育官员落实有关上级教育政策和提出本部门教育政策建议的机会。在国家或部委政策制定过程中,国家一级有各部委会签制度,部委一级有内部各司局会签制度,而各司局内部又按照业务具体分工负责。因此,在相关教育政策文件会签中,特定学科或领域的政策建议常常是由相应的基层处室自下而上提出来的。这种政策

---

① 米切尔·黑尧.现代国家的政策过程[M].赵成根,译.北京:中国青年出版社,2004:163.
② 林德布罗姆,伍德豪斯.最新政策制定的过程[M].陈恒钧,王崇斌,李珊莹,译.台北:韦伯文化事业出版社,2001:77-87.

制定模式,往往给这些基层官员在政策制定中相当的自主空间,他们通常结合本领域的需要和实际情况来提出政策问题或建议。这种决策和管理体制对许多具体教育政策采纳和出台具有关键影响,也是影响学科基地政策扩散的重要因素。

例如,在生命科学与技术人才培养基地案例中,国家关于加强生物技术产业的文件会签中,有关生命科学人才培养问题具体由高教司农医处负责,教育行政组织经过协商后提出了建立生命科学与技术人才培养基地的建议。参与基地设立的某高校教师 S 在访谈中是这样说的:"当时国家重视生物技术产业,有这样一个背景,而教育部门是主管全国高校教育教学改革的,正好有这样一个机会,肯定会好好利用一下。当时是想比照示范性软件学院的建立,示范软件学院得到国家很大一批的经费支持,我们也想办成这样的基地。"(受访者 10)

在我国现行政府体制下,基层政府组织机构的主要职能是在各种具体情况下实施法律、法规、规章和政策,基层官员也大大地影响着决策过程。在政策过程中,官员还是事实上的立法者。我国存在大量的授权立法,部门官员制定的法律往往体现了该机构工作经验的总结,这些由行政部门制定的行政法规、部门规章也同样具有法律约束力。从这个意义上讲,官员又是改革者。

其次,"以处为政"的决策体制也使各基层处室组织及教育行政人员有权或有机会解释和修订上级政策。通常,上级教育决策部门所制定的政策,大多是指导性的,只有当基层行政官员制定行政规章、详细阐述政府的政策时,指导性的政策、法律才能有效地实施。这赋予基层行政官员解释和修订政策的权力。一项指导性的政策贯彻到什么程度,通常取决于基层官员的理解,以及他们在实施该政策时的兴趣和效率。这意味着处室组织在执行和实施政策过程中会融入个人的判断和意向。

在教育部门领域内,教育部的总体战略和宏观政策导向主要依赖各个基层行政组织来具体落实和贯彻,这就为基层处室阐释上级政策、为其制定配套政策提供了机会。

在国家学科基地政策案例中,至少可以区分出两种主要的自由裁量和"解释"策略:一是打"基础牌"。文科基地、工科基地和经济学基地在建立时从不同角度阐释了自身学科的"基础性"。例如,文科基地强调文史哲专业是民族文化的精神基础,工科基地强调基础课程在培养工程技术人才上的重要性。经济学基地也一再强调理论经济学,尤其是马克思主义经济学的重要作用,同时指明它们在国家意识形态领域的重要性,进一步嫁接现实。二是进行"对比"。例如,"上游"人才和"下游"人才的对比(见第四章第一、三节)。

由于文本语言的限制,任何规定不可能有严格的边界说明,这种情况下存在文本的解读空间,人们可以根据自己的需要进行具体解读和转译。基地政策范式解读过程主要体现为组织将原有的政策范式与新的政策情境、问题相匹配和融合的过程,它反映了组织行动者对制度环境的感知、判断和评价,以及对各种可供选择的行动路线的成本和收益的理性计算。事实上,各类行动者均可能使用制度化规则和说明来强化他们自己的目标,为增强他们声誉和权力的变革寻求合法性。这在一定程度上也验证了政策的社会建构视角所倡导的政策制定观:"政策议题"并不是客观发生的,而是通过参与者主动地得以"社会性的构建"形成的。政策可以被看成是一种话语,注重问题"被建构"和论证的方式。①

第三节　政策扩散中教育行政组织的策略运用

组织与环境适应,并不是被动地接受和完全照搬环境中已有的程序和政策范式,而是具有相当的能动性。尽管基地政策范式构成了其他处室在解决相似政策问题时进行政策选择的基本约束,但推动政策扩散的主要力量还在于制度化环境中各基层教育行政组织的行为,及其在国家制度结构中的地位、权限、可获得的资源和采取的策略等。

在国家学科基地政策扩散中,教育部门运用了一系列行为策略来推动政策扩散,这些策略详述如下。

---

① H.K.科尔巴奇.政策[M].张毅,韩志明,译.长春:吉林人民出版社,2005:61.

一、与其他议题建立关联

议题在"政策流"的形成过程中起着十分重要的作用。[1] 派恩（Lynn Paine）发现，中国国家政策议题的变化往往会给教育政策改革带来很大的压力。教育部门也经常会将系统内部改革与其他工业、农业部门的变化联系起来。[2] 例如，1985 年 5 月中共中央发布的《中共中央关于教育体制改革的决定》中指出：我国教育工作不适应社会主义现代化建设需要的局面还没有根本扭转。特别是面对着我国对外开放、对内搞活，经济体制改革全面展开的形势，面对着世界范围的新技术革命正在兴起的形势，我国教育事业的落后和教育体制的弊端就更加突出，要从根本上改变这种状况，必须从教育体制入手，有系统地进行改革。

在学科基地政策扩散中，教育行政组织的基层管理人员敏锐地意识到：与学科基地政策相关的基础人才培养、基础学科保护、新兴技术产业人才培养等往往都是全国性政策议题的一个部分，通过与国家政策层面上广义的政策主题和事件联系起来，可以为其政策创新和出台提供合法性。在这里，有一种特殊的形式就是直接嵌入国家宏观政策设置之中，即议题"嵌入"或"挂靠"策略，成为国家政策的一部分。在生命科学与技术人才培养基地建立的过程中，教育行政组织利用国务院征求意见的时机将自己的政策议题成功地"嵌入"国家宏观产业政策之中，为基地政策的出台提供了合法性。某教育管理人员在访谈中这样形容："当时，国家经贸委联合了 10 多个部委共同起草了《关于促进生物技术产业发展的若干政策》的报告，教育部是其中参与者之一。国家重视生物技术产业发展为建基地提供了一个很好的契机。我们部领导很重视这件事。领导提出生

---

[1]　按照金登的理论，政策过程中一般会存在三条源流：政策流、问题流和政治流，政策流主要由各种政策建议和议题构成，问题流由关于各种问题的数据以及各种问题定义的支持者所组成，政治流由选举和民选官员所组成，在一个关键的时间点上，当这三大源流汇合到一起的时候，问题就被会提上议事日程。参见约翰·W.金登. 议程、备选方案与公共政策[M]. 丁煌，方兴，译. 北京：中国人民大学出版社. 2004：108-111.

[2]　Lynn Paine. The Educational Policy Process：A Case Study of Bureaucratic Action in China. In Kenneth G. Lieberthal David Lampton. Breaucracy，politics，and decision making in post-mao china. Universiry of California Press，1992：181-215.

命科学是 21 世纪引领性的科学,目前的教育模式下还没有专门培养这类人才的方式,因此,从储备生物科学技术人才的角度出发,也应该启动一些项目,引导高校重视生物科学技术。他建议我们搞一些调研,提出具体政策建议。最后我们就建了生命科学与技术人才培养基地。"(受访者 9)

这种议题"挂靠"形式对政策出台具有重要意义。由于这些政策议题具有事关全局的重要性,在国家政策议程中位置显著等特征,因此各个处室组织将自己的政策建议与这些议题"挂"钩,将有助于各行政组织政策议程的建立和获准。在国家学科基地政策过程中,软件人才基地、集成电路人才基地和生命科学与技术人才基地等的建立都与 2000 年后国家重视产业化、信息化和发展产业的宏观政策议题有关。

教育行政组织不仅会抓住国家政治经济领域政策的重大变化为教育政策改革提供合法性,它们还会利用来自教育领域改革的重大措施推动政策的创新和扩散。例如,在 20 世纪 90 年代教育部出台《面向 21 世纪教学内容和课程体系改革计划》之后,工科处抓住了教改的有利时机,在自己所辖学科领域寻找到了"工科基础课程改革"这一政策主题,并将它与《面向21 世纪教学内容和课程体系改革计划》挂起钩来,成为其中的一个组成部分。此外,人文社科研究基地的建立主要依靠新时期繁荣社会科学的政策背景,而文化素质教育基地的提出则在很大程度上与 20 世纪 90 年代以来重视学生文化素质教育的主题有关。从这个意义上讲,国家学科基地政策扩散是教育行政组织"合理"利用政策情境和政策议题的结果。

二、利用外部事件

政策扩散的路径可以由一个偶然的事件开始。例如,一次飞机坠毁或一次侥幸的选举就可能带来一种出人意料的关键性决策人物的调整。当一扇政策之窗打开的时候,问题和政策建议就蜂拥而至。① 金登指出,实际上,政府内部及其周围的倡议者把他们的议案和问题放在手边,随时等待这种机会的降临。他们试图把整套的问题和解决办法与政治力量挂起钩来,把整套的政策建议和政治诱因与被发觉的问题挂钩,或者把整套

---

① 约翰·W.金登.议程、备选方案与公共政策[M].丁煌,方兴,译.北京:中国人民大学出版社.2004:257.

的问题和政治与取自政策溪流的某个政策建议挂钩。一旦他们完成了这种对政策建议与问题或政治的部分结合,那么他们就会大大地提高其政策建议获得通过的机会。[①] 下面以经济学基地的建立为例,分析"偶然事件"是如何触发政策议程的。

1996 年,中国人民大学经济学院教授宋涛到山东省开会。会议期间,他了解到《资本论》教学在高等学校文科教学中受到了较大削弱,许多高校经济学院没有开设《资本论》课程,有的改为选修课。作为"中国资本论研究会"会长,长期在一线从事高校《资本论》教学的学者,宋涛教授觉得这种状况"很不合适"。从山东回来后,1996 年 12 月,宋涛教授以"资本论研究会"的名义给当时的国家教委主任朱开轩写了一封《关于高校文科开设"资本论"课程的建议》的书信,建议国家教委采取措施保护高校《资本论》教学。朱开轩收到信后作了"宋涛同志的意见很重要"的批示,并责令由高教司牵头,社科司、学位办、社科中心等部门配合展开调研,提出相关的改进措施。1997 年,国家教委高教司、社科司、学位办、社科中心四个部门联合邀请了京、津部分经济学专家学者专门座谈高校《资本论》教学问题。会议提出要制定明确的政策,加强《资本论》和马克思主义经济学的师资队伍建设,并考虑在高校建立《资本论》人才培养基地。[②]（本案例根据宋涛教授提供的信件、《资本论》教学笔谈资料和其他访谈资料撰写）

外部"事件"为经济学基地的建立提供了"契机",在这种有利背景下,主管高校经济学科的教育行政组织"抓住"机会,顺势提出建立"理论经济学人才培养基地"的政策建议。教育管理部门人员 Y 在访谈中这样描述:"1996 年,中国人民大学宋涛教授写信,要加强对马克思主义经济学的保护。当时这封信转到了教育部,又转到了我们处手上,上面有部领导的批示……我们马上提出了建立经济学人才培养基地的建议。我们主要是从国家长远发展、国家未来经济学人才的储备角度来考虑的:市场经济对基础学科的冲击非常大,在经济学中,政府要坚持马克思主义经济学在经济学中的地位,需要保护马克思主义经济学的地位,要保持一批专业

[①]　约翰·W.金登.议程、备选方案与公共政策[M].丁煌,方兴,译.北京:中国人民大学出版社.2004:256-258.

[②]　潘永强.资本论教学座谈会观点综述[J].当代经济研究,1997,(5).

点,为经济学专业理论储备人才;综合考虑宋涛的意见和经济学理论发展的需要,建立理论经济学人才培养基地,可以兼顾到马克思主义经济学的指导作用。"(受访者3)

在这个案例中,宋涛写信提出建议和该建议受到教育部关注并获得国家教委主任朱开轩的批示构成了经济学基地政策采纳过程中具有重要意义的标志性事件,该事件的意义就在于,为制度环境中其他教育行政组织的政策采纳打开了一扇"机会之窗",使他们有机会将基地政策建议与问题或政治结合起来。

这里,利用外部事件推动政策扩散的意义在于,由于"外部事件"是政策权威高度关注的,是具有显著地位的政策议程,与这些重大事件"挂钩",能够提升本部门政策建议的议程的重要性,有助于该政策建议被优先考虑和通过。类似的事情在生命科学与技术人才培养基地建立过程中也出现过,该基地的建立与当时国内相关人士呼吁,国家领导人批示予以落实等重大"突发性事件"的发生有关。

三、建立联盟

一些社会学者对我国单位组织的研究发现,在中国传统的再分配经济体制社会中,国家的统治制度和各种政治制度对部门与个人在资源、地位获得方面具有重要的影响。个人和部门在社会组织体制中所获得的资源最根本的取决于其在国家统治结构中的地位,取决于国家在社会资源分配上所形成的各种制度和标准。[①]

在国家学科基地政策扩散过程中,教育部门有效利用了各种体制内和体制外的资源,推动政策扩散:(1)体制性的资源。如人大、政协、民主党派等。这些体制内的制度形式更接近权力中心,这些机构本身履行提案和政治协商的角色,往往容易引起领导的直接重视。(2)非体制性的资源,如科学家,知名学者等,甚至高校的一般专家学者。学科基地政策扩散取决于这几个层次人员的互动。每个层次的参与者都会影响政策,尽管他们能力有限不足以独自制订和执行学科基地政策。

---

① 李路路,李汉林.中国的单位组织:资源、权力与交换[M].杭州:浙江人民出版社,2000:90.

在议程设置阶段,教育行政组织积极动员相关学科和学者的力量进行呼吁,推出本部门的政策议题。文科、经济学等学科基地在建立之初就曾鼓励高校学者为其"呐喊助威"、"造舆论"等。原教育部某领导在访谈中指出,各个基地的建立与高校学者专家的力量是分不开的,为了引起教育部高层决策部门对本处室学科基地提案的重视,这些处室纷纷组织有关学科的专家学者进行呼吁。"怎么能够成为政策和得到领导的支持,需要多方面的工作,不仅需要舆论的支持,还需要高校的领导和学者的支持。因此,当时建基地的时候,我们有意让高校学者和教师对我们的建议进行呼吁,比如要求高校文科学者也像理科一样写信,或者在报纸上发文章,在会议上进行讨论,形成一种有利的氛围。这样,我们这个事情就好做了。他们(高校学者)最大的作用就是和我们形成呼应,共同推动政策的形成。"(受访者3)

在政策批准和采纳阶段,为了使本部门的政策议题能够顺利通过,教育行政部门也会想尽办法,寻求部门内外其他有影响力的个体或组织的帮助,利用联盟的力量推动政策议题批准和通过。例如,经济学基地的建立一方面与政策部门对政策问题的界定有关,另一方面也与教育行政组织的积极"动员"、建立联盟行为有关。"我们每次提出来建经济学基地,领导都不同意。如果经济学建基地,政治学和社会学等其他学科怎么办?经费从哪里出?我认为经济学的地位不同于其他学科,经济学对一个国家的长远发展有着举足轻重的作用。在1997年的一次会议上,我们动员了几个司长,向部长提议建立经济学基地。后来部长说你们看怎么办就怎么办,但是没有经费,要自己想办法。我们马上写了报告,领导同意了。"(受访者3)在这个案例中,教育行政组织找到了影响决策的"关键"性人物——熟悉教育事务并且有话语权的"司长",进行政策劝说。这对推动经济学基地政策建议的批准起到了非常重要的作用。

最后,在政策后续发展阶段,教育行政部门还会通过建立联盟的形式,借助联盟的影响力来推动政策议程的演进,实现政策的后续发展和强化的目的。建立联盟的原因主要在于它能够帮助教育行政部门突破政策发展中遇到的难点问题,例如理科基地建设的经费追加问题。参与理科基地后续建设的某教育管理部门人员在谈到这个问题时是这形容的:"基地'十五'期间建设经费申请的报告是我们起草的,但是基地要获得经费批准,必须得到重要领导的支持。所以我们就想了一些办法,去找人大代表签名,让代表联名提案。当时我找了某大学副校长,他是人大委员,他对教育的理解和支持非常关键。在他的帮助下,我们找了 58 个人大代表和 6 个副委员长签名,最后领导作了重要批示,才争取到'十五'经费。"(受访者 2)。这里,为了推动学科基地建设的后续发展,教育部门不得不采取"迂回"的策略,借助专家学者的力量通过影响高层领导进而实现强化政策的目的。

派恩在研究中国教育政策过程时发现,中国教育组织本身具有权威分离的特点。教育部门权威分离和权力被共享的程度较其他领域更为明显,这进一步弱化了教育在政治斗争中的地位。尽管如此,教育部门的官员和专家仍然有各种策略方法进行内部或外部施压,以达成特定的政策目标。"国家教委管理的学校只能代表全国教育的一部分,因为其他部委也资助并在很大程度上控制自己的教育机构……国家教委的正式权力在横向和纵向上都被共享(国家教委由 30 多个司和局,多个处和室,以及下面的科所组成)。政策经常涉及教委内部多个司局。每个事务领域均由一名副部长负责。同时,教育政策过程并不仅仅局限于国家教委。教育政策要求与其他部委接触合作。这种制度环境决定了在面临大量任务的不利背景下,教育部门必须通过建立更多的战略行动,达成'共识',以及只要可能就进行游说等,来应对和改善自己的境况。"[1]"由于教育部门并非生产性和创收部门,因此,国家教委不得不转向别处获得资源。通常,教育部门机构在谈判桌上一无所有,它必须联合更强大的伙伴,采取多种应对策略。"[2]

---

① 派恩对中国教师政策的研究指出,教育部门是较弱的参与者。他认为有很多因素促使教育部门成为较弱的参与者,包括:文革的不良遗风(教育受到的影响尤其大);关于教育功能的争论至今还未明朗;教育一贯缺乏强力支持;非教育者的权力——尤其是政党——设置教育议程,决定行动方案。除了政治解释外,许多重要的经济因素也能够说明教育相对较弱。教育经常被视为非生产性部门。教育在中国长期被认为是消费性的。这些模糊性和不确定性使教育保持着低投入,并加剧着资助教育的争论。尽管如此,派恩发现,教育官僚通过联盟和象征行动压力取得了一些政策胜利。教育工作者喜欢将自己的利益和国家改革联系起来。例如教师教育响应者经常将系统内部官僚改革与其他工业、农业部门的变化联系起来。因为基层管理人员有一种敏锐的意识,这就是与教师标准改革相关的官僚改革是全国议题的一个部分。对于他们,这种关联具有很强的说服力。参见:Lynn Paine. The Educational Policy Process:A Case Study of Bureaucratic Action in China. In Kenneth G. Lieberthal David Lampton. Bureaucracy, Politics, and Decision Making in Post-Mao China. Universiry of California Press,1992:181-215.

② 同上。

教育部门权威的分离,使得教育部门往往必须依赖外部力量和建立"联盟"等方式推动政策议题的设立、批准和演进。在国家学科基地政策扩散过程中,教育行政组织有效利用了外部事件、政策议题"挂靠"和建立联盟等策略,推动政策扩散和后续强化。这充分表明了教育行政组织自身的能动性。后续各学科基地政策之所以会出现(或先出现)在特定学科专业,在很大程度上与该学科所在的教育部门政策参与者积极地融合政策情境、提出并界定政策问题、动员政策支持者和建立联盟等有关。

第四节　政策企业家的作用

无论是模仿、学习还是强制同形性,组织面临的共同问题就是如何将制度背景的要素结构植入已有的政策范式,解决组织政策采纳的合法性问题。这个过程由谁完成? 一个组织的经验、理念和模型如何影响其他教育行政组织的政策制定及其结果? 哪些行动者和力量能够影响政策采纳?

案例研究显示,政策企业家(同时也是本领域的专家)构成了一个可识别的"政治家阶层",他们的存在和行动能够显著提升政策被立法考虑和批准的可能性。在将其他组织的经验、理念和模型引入到本部门的决策制定过程中,政策企业家发挥着主导作用。金登将政策企业家描绘成这样一些倡议者,他们愿意投入自己的资源——时间、精力、声誉以及金钱——以促使某一主张换取表现为物质利益、达到目的或实现团结的预期未来收益。[①] 明特罗姆(Mintrom)将政策企业家定义为企图发动政策变迁的人,他认为政策企业家常常通过发现问题、在政策界建立网络、定义政策争论术语以及建立联盟几种活动来提升他们的理念,促进政策采

[①] 金登发现,在各种案例中,几乎总是可以指出一个特定的人或者最多可以指出几个这样的人,他们是促使主题进入议程和进入通过状态的核心人物。"在很多地方,我们可以看到政策企业家的身影。政治系统中没有哪一个正式职位或非正式职位对政策企业家具有垄断权。对于一项案例研究来说,核心的政策企业家可能是一个内阁部长;就另一项案例研究而言,核心的政策企业家也可能是一位参议员或者一位众议员;而在其他的案例研究中,核心的政策企业家则可能是院外活动集团的说客、学者、美国政府的律师或职业官僚。"约翰•W.金登.议程、备选方案与公共政策[M].丁煌,方兴,译.北京:中国人民大学出版社,2004:226.

纳和出台。①

首先,政策企业家在发现政策问题和形成政策理念过程中发挥着关键性作用。基于对本部门工作的职业敏感性,政策企业家通常对新观念保持开放的态度,现实中往往就是他们提出了本部门相关政策理念。例如,理科基地的创始过程中,对基础理科支持和保护的基本政策理念主要是由原理科处一位负责人提出的。一位教育管理人员指出,"建基地是20世纪90年代初开始筹划的,应该说最初大家都感觉到理科问题的存在和危机,然后教育部组织调研,提出对策之一就是建立基地。基地以前没有,建基地应该说是创新了,这是理科处 C 的创意。他有了想法以后,就去找专家支持,讨论这件事,得到了专家们的支持,上报教育部,最终形成教育部的政策。"(受访者1)

原教育部某领导在回顾中也证实了这一点。他说:"理科处 C 起了很大作用,具体很多工作都是他和理科处去做的。他们写了一份具体的建议书,找了很多基础学科领域的科学家签名。得到这些专家的签名以后,建议书就被送到中央领导手上了。获得经费支持后,理科处又组织了很多专家队伍,一个学校一个学校评。从那以后,理科的日子就好过了一些。"(受访者4)

作为政策共同体的成员,政策企业家经常与其他组织部门的官员保持接触,尤其倾向于吸取其他组织的新政策。他们常常对其他部门的改革变化具有强烈兴趣,并最先了解和接受其他部门的改革状况。在对所涉及的问题进行初步诊断后,他们会吸收其他组织或部门的经验,通过使用外部的经验、理念和模型来迈出改革计划的第一步。② 在经济学基地建立过程中,主管经济学科的教育行政组织者及其企业家看到了理科基地和文科基地的建立,很快就想到按照文科基地的模式,来建立经济学基地。在访谈中 Y 说到:"我们提出来借鉴文科基地的模式,在经济学科建立经济学人才培养基地,为经济学科储备一大批后备人才"。(受访者3)

---

① Michael Mintrom. Policy Entrepreneurs and the Diffusion of Innovation. American Journal of Political Science,1997,(41): 738-770.

② John W. Kingdon. Agendas, Alternatives, and Public Policies. Boston: Little, Brown and Company,1984.

事实上,政府采用的绝大多数政策动议,主要是由日常文官组成的公共官员机构负责提出的。不仅是决定个别问题的权限,而且是起草大多数立法议案内容的权限都已从议会转移到了行政部门。由于行政官员们事实上既垄断了设计实际政策方案所需的技术专长,又垄断了有关现行政策缺点的大部分情报,因而他们获得了拟定政策议程的主要的影响力。①

其次,政策企业家也对随即而来围绕他们政策创新争论的术语进行定义。在企图将政策创新转化为部门政策的过程中,政策企业家必须策划如何向别人兜售自己的理念。他们需要在不同的公众面前对各项政策创新使用不同的界定方式。其首要目标在于使别人确信这个创新具有解决政治问题的价值,然后动员人们帮助使政策获得通过。这个过程还包括听取"政策对话"和对最佳政策实施方案进行战略性思考。② 下面以经济学基地的建立为例进行说明。

1996 年前后,当理科、文科和工科等基础学科都纷纷建立人才培养基地时,当时主管经济和法律等学科的部门也正式提出建立经济学人才培养基地的建议,但该政策建议并没有得到上级教育主管部门的同意,教育行政组织面临的基本困难是经济学的学科性质问题。相比文史哲等基础类学科,经济学同社会学、政治学和管理学等学科性质更接近,偏重应用类学科,因此建立经济学基地势必引起其他学科的争议。由前面案例可知,当时学者提出的是一个有关加强高校《资本论》教学的问题。很明显,这里的问题还远没有涉及高校整体经济学科,政策企业家是如何将基地政策范式与现存的政策问题挂起钩来呢? 为了说服上级政策权威同意自己的政策提议,政策企业家努力通过塑造"理论经济学"这个概念来达成建基地的目的。主管经济学学科的负责人 Y 在访谈中指出:

"理论经济学是整个社会学科如管理学的基础性学科,它的基本概念、基本理论是经济学类的其他分支学科和管理类学科的基础。如果这个学科将来都去搞金融、去搞市场营销、去搞 IT 了,都不搞理论了,不仅

---

① 阿尔蒙德、鲍威尔. 比较政治学:体系、过程和政策[M]. 曹沛霖,等译. 上海:上海译文出版社,1987:324-325.

② Michael Mintrom and Sandra Vergari. Policy Networks and Innovation Diffusion:The Case of State Education Reforms. The Journal of Politics,1998,(60):126-148.

仅是马克思主义经济学的基本理论，就是一般经济学理论将来都没人来研究。如果市场经济缺乏理论的指导，它就很难走得很远，发展就没有后劲。"（受访者3）

他还通过强调经济学与其他社会科学的区别进一步强化"经济学"的特别之处，即它的"基础性"。"政治学、社会学也很重要，也是文革以后恢复的学科，但是这些学科跟经济学不能完全一样。政治学、社会学更偏向应用性，而经济学尤其经济学理论是基础性的（当然经济学中的一些二级学科偏向应用的，如金融、保险等可以说跟政治学、社会学差不多），经济学和其他学科的理论部分是不一样的，理论经济学科可以说是基础性的学科，也是其他社会科学的基础，所以也应该单独设经济学基地。"（受访者3）

政策企业家在这里力图塑造"理论经济学"这样一个概念，通过强调它的"基础性"来论证建立经济学人才培养基地的"合理性"和"必要性"。通过将《资本论》教学问题扩大为理论经济学教学问题，自然地将建立资本论人才培养基地的建议扩大为建立理论经济学人才培养基地的建议。这里能够进行合理推理的前提是，马克思主义经济学属于理论经济学的一部分。由于理科、文科等基地的建立都是在基础学科领域内建立的，并且获得了政策权威部门的认同和支持，因此，对基地的"合法"认识就是：基础性学科的保护政策。教育行政组织要想建立基地，也必须符合这样一种认知的范式，这样才能获得权威的认可。

最后，政策企业家还会经常尽力组建和维持支持政策创新的联合，在政策创新过程中，这些是弥足珍贵的政治资源。"企业家"往往是政策信息和理念形成的主体，是政策发起和推动的主体，但同时，他们又不可能孤军奋战，要利用各种政策网络的资源，通过建立联盟来实现政策扩散的目的。① 值得注意的是，在基地政策扩散中，主管各处室的政策企业家利用自己的行政背景以及人缘关系，成功地联合了各种行政和学术力量，在教育行政部门的内外形成支持和推动基地建设的联盟力量。其中包括教育部官员、基础科学的科学家、人大委员以及高校的教学行政领导人员。

---

① Michael Mintrom and Sandra Vergari. Policy Networks and Innovation Diffusion：The Case of State Education Reforms. The Journal of Politics，1998(60)：126-148.

他们之间所达到的广泛的共识，也成为推动基地建设的重要力量。

　　国家学科基地政策扩散过程中，各部门政策企业家在学科基地政策的议程设置、政策建构和合法化等各个环节都发挥了重要的作用。他们将其他组织的经验、理念和模型率先引入到本部门的决策制定过程中。他们还对原有政策范式进行充分解读使之适用于新的政策情境，聚焦本学科的问题（人才培养还是研究）从而最终确立具体的政策方案。企业家及其政策部门还会从本学科的问题和需要出发，通过利用环境中各种制度性和非制度性的资源来获得政策批准。政策范式的移植程度，也主要视政策企业家或代理人的直觉、问题界定、解释和融合的活动。政策企业家的这些活动充分体现了组织的能动性。

　　尽管高层权威在政府内部和整个政治实体上对政策建议起着决定性影响，[①]但由于自由裁量权的存在，在高层权威的总体导向之下总是会留下很多的自由空间，基层官员仍然能够对具体建议的细致化起到重要影响。在制定政策过程中，负责政策的政府关键人物往往会对政策作出阐释，这会极大影响政策的实施。[②]　文科基地、工科基地、经济学基地和重点研究基地政策都是主管这些学科的处室的职业官员进行问题界定、政策扩容或改编的。

---

　　① Kurt Weyland. Learning from Foreign Models in Latin American Policy Reform. Washington，DC：Woodrow Wilson Center Press，2004：265.

　　② Bowe，et al.1992，转引自余惠冰. 香港教师工会的政策议论[D]. 香港中文大学博士学位论文，2000：41-42.

第六章　组织文化、网络与政策扩散

新制度主义对制度同形化的研究表明,同形化的不同机制及其组合会导致某一组织领域内的某种结构的同质性。但是,同形化仅仅反映了结构形式的象征性引入,或者反映了有效的组织设计过程。这种分析倾向于忽视组织嵌入环境的内容。[①] 斯科特认为,理解组织的环境——限制或支持组织的外部因素,不能仅局限于本领域或部门的制度层次。组织不是作为独立的单位存在和竞争,而是作为更大系统的成员,"组织域"自身被更广阔的社会背景过程所塑造,制度环境中的社会网络、文化和历史要素都会影响组织及"组织域"的运作。[②]

国家学科基地政策扩散体现了基地政策范式的制度约束作用,但是从深层次因素而言,基地政策扩散是组织及组织中的个体行动者、组织所处的"组织域"结构以及社会背景因素共同作用的一种结果。如图6-1所示,在社会制度背景(网络和文化模式)、"组织域"和行为者三者互动的关系中,"组织域"结构(纵横结构和权力安排)直接决定组织及其行动者的政策选择空间,是组织政策选择的权力基础和政策扩散的基本结构安排。而"组织域"自身又内嵌于更高层次的社会网络和文化背景之中,受社会网络和文化模式的影响。社会网络和文化要素主要通过社会的合法性评价"形塑"组织的政策选择,它们构成了组织政策扩散的社会背景约束。在这个过程中,组织并不是完全被动接受制度环境的影响,组织及其行动者还会通过顺从、诠释和创造等各种选择性行动以及嵌入社会网络结构等制度运作影响制度环境及其结构。同时,组织的政策所形成的社会性

[①] 薛晓源,陈家刚.全球化与新制度主义[M].北京:社会科学文献出版社,2004:54-66.

[②] W. Richard Scott. The Organization of Environments: Network, Cultural, and Historical Elements. In John W. Meyer and W. Richard Scott. Organizational Environments—Ritual and Rationality (Updated Edition). Sage Publications,1992: 155.

评价又会反馈到社会网络文化背景中成为新的制度背景，影响其他组织的后续政策行为。

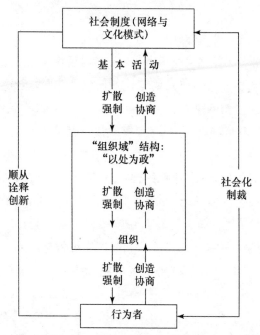

图 6-1　学科基地政策创造与扩散中"社会制度背景—组织域结构—行为者"互动过程

注：上图根据斯科特在《制度和组织》一书中"制度创造和扩散的自上而下与自下而上的过程"（Top-down and bottom-up processes in institutional creation and diffusion，figure 8.1）一图改编，见 W. Richard Scott. *Institutions and Organizations*. California：Sage Publications，2001：195.

在国家学科基地政策扩散中，影响组织政策选择的"组织域"结构主要是指在我国政府宏观决策体制之下教育行政部门"以处为政"的决策体制，这种决策体制是导致教育行政组织之间相互"看齐"和"竞争"，推动政策扩散的重要内驱力。同时，组织利用教育管理部门、专家学者、高校、人大和政协等社会网络结构及其制度资源为政策扩散提供了便利。从更深层次来看，基地政策扩散反映了长期以来我国经济和社会领域"抓重点"的决策文化的影响。

第一节 社会网络关系与政策扩散

斯科特总结了组织研究中制度主义的众多分析后指出,限制和支持组织的外部因素不仅包括"组织域"或者部门层次,组织自身还被更广阔的社会背景所塑造。社会背景要素包括网络要素、文化要素、历史因素,其中社会网络要素指的是存在于社会层次及与"组织域"不同的相互依赖的组织集合。[①] 但是,斯科特并没有指出社会背景如何作用于组织和"组织域"。在社会网络学派看来,组织和"组织域"与社会网络要素之间的作用关系是通过组织嵌入社会网络结构来获得相关的信息和资源。[②]

格兰诺维特(Granovetter)提出了"嵌入性"的概念,这个概念不仅从理论上论证了关系结构的普遍性及其在解释和说明社会行动方面的不可替代性,而且还蕴涵着对关系网络影响和突破制度框架限制的潜力的一种肯定,以及对诸如市场、组织等能够脱离关系网络而自主发挥作用的一种质疑。[③] 支持这一观点的另两位代表人物倪和英格拉姆(Nee&Ingram)明确提出,应把网络看成是社会制度的一种执行机制来研究,社会网络是制度产生和运作不可或缺的环节。[④] 在这类研究中,制度结构与网络结构在概念所指上具有明确的分界,而网络结构与非正式结构同义,一般都被解释为与正式结构相补充或匹配的一种社会安排。

在本书中,网络结构主要是指与"组织域"结构相补充的其他社会制度安排,包括高校、人大、政协、民盟和企业界等制度性渠道和科学家、高

---

① W. Richard Scott. The Organization of Environments: Network, Cultural, and Historical Elements. In John W. Meyer and W. Richard Scott. Organizational Environments—Ritual and Rationality(Updated Edition). Sage Publications,1992:155,170.

② Lin, Nan. Social Capital. New York: Cambridge University Press,2001. 社会网络学派强调行动者利用社会网络争取社会资源以获得地位的意义,特定结构的网络可以利用特定的相关资源。因此,在这里,我们看到的不是作为原子的组织或个人,而是作为社会背景的一部分的组织或个人。

③ Granovetter, Mark. Economic Action and Social Structure:The Problem of Embeddedness. American Journal of Sociology,1985(91).

④ Victor Nee and Paul Ingram. Embeddedness and Beyond: Institutions, Exchange, and Social Structure. In Mary C. Brinton and Victor Nee. The New Institutionalism in Sociology. New York : Russell Sage Foundation,1998:19-45.

校学者等个体渠道。它们与各个处室之间在特定的学科政策议题上形成的"网络"联结,在各基地政策的制定过程中发挥了重要作用。

一、学科基地政策扩散中的网络

在政策研究中,赫克罗(Heclo)最早使用了"问题网络"这一新概念来形容政策制定过程中围绕某一特定问题而集结起来的参与者之间的松散网络关系。在赫克罗看来,"问题网络"具有参与主体的广泛性和层次的多样性,其成员可以根据其问题本身的判断而随意出入于网络内外,各自以不同的方式对政策的制定施加各种影响;并且他们与环境中的其他群体有着高度的依赖性。[①] 正是由于网络成员的多样性及其联系的广泛性,才使得网络能够成为一种有效的资源,对政策制定产生作用和影响。

明特罗姆和弗格里(Vergari)对美国政策扩散中的社会(政策)网络研究发现,政策扩散中常常存在两种网络。一种是州内外政策网络成员构成的外部网络,这些政策网络是主题(Issue)性的,其关键作用在于传递新信息。政策企业家常常通过与这些成员的交谈及互动来建立和兜售自己的政策理念,以促成议程设置。另一种是由政策制定社区成员(主要是由政府内部和周围人组成)构成的内部网络。该网络不仅在议程设置,而且在保证政策创新批准上都十分有用。[②]

在学科基地政策扩散过程中,也存在两种类型的网络。

一是教育部内部各个处室及司局之间构成的"内部"网络。虽然存在潜在的"竞争"和相互"看齐"的关系,教育部内部各个处室及司局之间同样存在相互协助、合作的一面。这种关系在促使政策议题获得批准和通过中往往具有重要影响。

二是围绕特定学科领域的政策议题,由教育部外的高校、学者精英、民主党派、产业界等构成的外部网络。在基地政策中,外部网络常常是教育部各个处室的政策企业家与对给定政策创新具有共同兴趣的不同个

---

① Hugh Heclo. Issue and the Executive Establishment. In Anthony King ed. The New A-merican Political System. Washington, D. C: American Enterprise Institute, 1978: 87-124.

② Michael Mintrom and Sandra Vergari. Policy Networks and Innovation Diffusion: The Case of State Education Reforms. The Journal of Politics, 1998(60): 126-148.

体、群体或组织之间建立的联系。在专家学者、高校系统管理人员和主管分部门的教育行政组织之间形成的"议题网络"通常是分化的、松散的。分部门的"议题网络"中的教育行政组织和学者系统往往会联结政府部门中接近决策精英的其他精英群体进行各种"游说"、动员活动,以引起决策权力中心决策精英的重视和理解,达到制定政策、实现其相应的政策预期的目的。

各教育行政组织处室政策企业家通常会主动寻找并建立起这样的政策网络。行政组织嵌入社会网络结构为基地政策扩散提供了外部力量。其作用体现在基地政策扩散过程的各个阶段。

首先,在议程设置过程阶段,组织会利用社会关系网络中的资源来设立有利于自身的政策议程。如果我们把理科基地政策自创始一直到理科基金建立(见第二章第一节)为止,看作一个完整的政策过程,在决策的关键阶段,科学家、人大代表和政协委员等起了很大作用。他们的参与并不是主动的,而是教育行政组织主动寻求体制内外的社会网络资源的支持形成的。在这里,可以将教育部相关处室官员、高校教育管理者及相关学科专家等看作一个政策共同体,其作用就在于表达本学科的利益和政策诉求。通过与这些正式和非正式的"团体"、"个人"结成合作网络,教育行政组织就可以利用网络的优势达成其政策目标。

一位参与理科基地建立的某高校教育管理者在访谈中也证实了这一点:"基金工作除了理科处的工作努力外,还要归功于卢嘉锡副委员长。卢先生是人大副委员长,以前还做过中科院的院长,他对基础学科和研究的问题很熟悉,据说他以前就关心过基础研究的问题。卢先生主要做了两件非常重要的事情。一是卢先生牵头,找了每一个学科的科学家给中央领导写信,呼吁加强基础科学研究。数学、物理、化学等每个学科找的这些科学家都是中国科学界最有名、最有影响的一些人,比如卢先生本人是物理和化学学科专业的,苏步青是数学专业的。当时呼吁书是我们起草的,卢先生修改、签字后拿给各个学科的科学家签名。卢先生做的第二件事情就是牵头给全国人大写了一封提案,一共征集了三个代表团九十几位人大代表,应该说这是重点提案了。这两件事加起来,促成了基金的建立。"(受访者 8)

其次,在政策批准和采纳阶段,为了使本部门的政策议题能够顺利获得通过,教育行政部门也会想尽办法,寻求部门内外其他有影响力的个体或组织的帮助。例如,在经济学基地政策案例中,教育行政组织多次提议建立经济学基地的建议均未得到同意,后经动员相关人员才说服上级权威得以建立基地(见第五章第三节)。这可以算是"内部"网络的一个具体案例。

安东尼·唐斯对官僚制的研究发现,官员们常常受到利己或利他的驱动,建立非正式的朋友网络(或人际网络)。与严格遵守正式程序相比,通过非正式网络组织执行社会功能的效率更高。例如,当组织处于快速行动的压力之下,相关官员组织之间的关系比较复杂时,如果官员知道某个合适的人选,就能快速绕过冗长的正式程序以实现组织目标。[①]

最后,在政策后续阶段,组织还会积极利用社会力量强化政策。例如,生命科学与技术人才培养基地建立后,为了获取基地建设所需的经费投入,农林医药教育处联合生命科学与技术人才培养建设指导委员会、高等学校专家学者、生物技术产业界人士和中国民主同盟等形成了一个发展生物技术产业政策的倡议网络。该网络首先通过召开生物技术论坛的形式,向社会各界宣传生物技术产业和生物技术人才培养的重要性,然后通过网络的制度性渠道即民盟向党中央领导人表达了其利益诉求和政策建议。某高校教师在谈到生命科学技术人才培养后续发展时是这样描述的:

"基地建立后,由于缺乏经费,建设力度比较慢。我们希望能够得到相关部门帮助,引起中央的重视,支持生命科学与技术人才培养基地的建设。正好我们学院院长是民盟中央的成员,他是民盟中央教育组的负责人。于是就由他出面,联合民盟一起做这件事。民盟是一个参政议政党,它跟中央都有直接的沟通机会,这是个很好的契机。那年的6月份我们在天津开了个会。当时,民盟中央主席丁石孙出席了。会议还邀请了天津市、甘肃省的部分领导,和企业界高新技术发展领域的重要代表。这次会议形成了《关于实施"生物技术强国战略计划"的建议》。《建议》提出国

---

① 安东尼·唐斯.官僚制内幕[M].郭小聪,等译.北京:中国人民大学出版社,2006:73-74.

家应实施生物技术强国战略,重点支持一批国家级人才培养基地,使我国在生命科学与生物技术创新研究方面,在生物技术产业振兴及其所需的人才储备方面,接近或达到日本和欧洲的水平。这个《建议》被送交中央领导后,领导很重视这件事,要求各个部委落实。这大大推进了基地建设,甚至对中国生物技术产业的发展来说,都具有重要意义。"(受访者16)

在这个案例中,网络的中心任务就是积极动员和组织相关力量,使国家和权威部门能够重视和强化生命科学的发展,加大对生命科学与技术人才培养基地建设的经费投入和政策优惠力度。高校学者和教育部门内主管生物技术学科的管理部门是议题网络的主要建构者,他们注意运用国家政治体系中的制度性渠道——与"民盟"的关系,突破现实制度"瓶颈"的约束,从而成功地将加强生命科学人才培养基地建设的政策建议融入了国家中长期发展战略。在该网络的推动下,2004年6月,在天津召开了"中国生物技术产业发展与人才强国战略研讨会",会议讨论并形成了《关于实施"生物技术强国战略计划"的建议》。经由"民盟"转达,该政策建议最终被纳入国家中长期发展战略规划。

网络概念的意义就在于它揭示了在政策问题提出、政策建议形成和方案细化甚至政策批准各个阶段参与者影响政策制定的一种模式。乔丹(G. Jodan)认为,政府各部门与社会网络之间往往会倾向于形成一种较稳定的制度化的关系模式,以此来影响政策的制定和执行。他对英国政策过程的研究发现,由于每一项政策的制定都会涉及多个政府部门,每个部门的周围又都围绕着各种各样的组织化利益,政策的制定过程通常就是在这种相互分割的部门及其围绕的组织化利益群体之间的网络式互动中产生的。这样,每一个政策问题的产生都会带来一个"问题共同体"的形成和运作。①

乔丹认为,这种新发现的政策制定模式的核心要点在于,在政府机构与非政府组织之间形成了一种制度化的关系模式,而正是这种制度化关系模式的存在,才使得英国政府的政策能够顺利地制定和执行,即

---

① G. Jodan. Policy Realism versus 'New Institutionalist Ambiguity'. Political Studies, 1990,XXXVlll: 470-484.

某种利益与某个政府部门的结合构成了政策制定与执行的动力机制。国家学科基地政策中,教育部门内特定学科的主管部门与该学科领域的专家学者之间也往往倾向于形成稳固的关系联结,一旦制度环境中有合适的"政治流"出现,该网络联结便会将其关心的问题和政策建议附加于上,形成有利于己的政策议程。各个学科基地政策的出台,与该学科所在的教育部门政策参与者积极动员政策支持者和建立网络联盟等活动有很大关系。

二、政策网络资源中的专家和学者

学科基地政策扩散的一个重要特点是:除垂直权威的影响外,学者、专家在其中发挥了重要的、甚至是关键性的作用。如果对教育政策制定的参与者进行分类,学者和专家群体属于知识精英。知识精英之所以能够在政策制定中发挥作用,首先与政策制定的专业化程度有关。科尔巴奇指出,"政策制定不仅与权威化决策有关,还要解决问题,这就引出了参与的另外一个基础:拥有解决相关问题的专业知识"。[1] 科尔巴奇认为,专业知识是一种组织政策活动的重要方式。"那些关注某一政策主题的人会形成一种相关的专业知识,并逐渐了解谁会共同拥有那些知识:在这方面他们能够与之交谈的人是谁? 也许恰好有一些他们都能够阅读的报纸和杂志,或者一些他们倾向于从属的社团。对于出现的问题,他们也许有不同的想法,但是他们意识到他们都是在应付同一个问题。政策过程的分析者将这些人看成是政策过程之中的重要组群。"[2]

"在政府内部和外部,还会存在大量为某种特定形式的专业知识而组建的各种中心,政府中的专家会与这些外部专家保持良好的联系。"[3]"这些不同的专家团体不仅是在对问题作出回答,他们还在构建问题。一个专家团体就是一种看待问题的方式和解决问题的方式,并且这不是一个中立的过程,其中包含着对资源分配的暗示。"[4]

---

[1]　H.K.科尔巴奇.政策[M].张毅,韩志明,译.长春:吉林人民出版社,2005:37.
[2]　同上,第38页。
[3]　同上,第37页。
[4]　同上,第39页。

　　理科基地能够最先建立起来与理科方面的学者专家的有组织呼吁直接相关。一位教育管理部门人员在访谈中提到:"数理化、天地生等理科专业传统上都有专家组织,即教学指导委员会。这些教学指导委员会的成员一般都是各个学科专业的著名教授,比如丁石孙担任过数学学科委员,北大的周培源也担任过教学指导委员会成员。传统上理科专家组织是比较健全的。教育行政决策通常由各学科专家组织提供咨询意见。事实上,教学指导委员会的主要职责就包括研究、咨询和指导。除了要在各个学科开展教学研究外,一个重要的职责就是向教育行政部门提供咨询意见。因此,教育行政决策是有专家作后盾的。"(受访者8)

　　专家学者、高校管理人员和教育管理部门内分部门的教育官员之间形成的"议题网络"通常是分化的、松散的。他们之间的沟通与合作,对政策过程的影响至为重要。很多政策建议就是在沟通中产生的。由于有专家学者的参与,因而提出的专业化的政策建议也更具专业性。网络还会动用各种技巧来使这些政策建议得到重视和采纳。科尔巴奇说:"在政策过程中,大量的政策活动与在各种各样的参与者之间建立和维持秩序有关。看起来更多的是沟通,而不是决定。沟通过程更容易出结果,并且更具长期性。参与者会针对一系列问题制定出一种解决办法,但是新的问题会取代这些解决办法,而后,他们采用集体性的问题解决技巧去应对新的问题。"[1]这种情况会导致出现所谓的"政策集体"——这是一种相对稳定的集合体,其中的人们来自范围广泛的组织,他们一起被置于一个共同的持续的秩序中来解决政策问题,这些问题"永久性地驻扎在每个政策来源的周围"。[2]

　　参与理科基地建立的一位教育管理人员谈到理科基金建立时是这样说的:

　　"在理科基地建立过程中,学者们的作用很大。他们大部分都是学部委员,也就是现在的院士,在当时是很有地位和影响力的一批人。理科基地主要是凭借他们的地位去跟国家领导人要钱的,如果没有他们,我想理科基地是很难建立起来的……建理科基地的时候,文史哲也很困难,但

---

[1]　H.K.科尔巴奇.政策[M].张毅,韩志明,译.长春:吉林人民出版社,2005:43.
[2]　同上,第44页.

是,当时文科没有人进行有组织的呼吁,所以就得不到国家的资助。理科正是因为有这批著名科学家,还有人大代表也出面进行了呼吁,才引起了国家领导人的高度重视,给理科拨了一笔钱,用来建基地。"(受访者2)

知识精英的优势就在于他们与我国政治体制中两个最重要的政治沟通渠道"人大"和"政协"具有某种天然的联系:很多著名学者和科学家本身就是人大代表和政协委员,因此,人大和政协就成为知识精英利益表达的主要渠道。知识精英会充分利用他们的这种优势,与政府部门内官员等级系统和众多同盟之间展开大量的"互动"与"协商",参与国家重大教育政策的制定。

知识精英在政策制定中能够发挥重要作用,与改革开放以来我国政府决策体制的改变有一定关系。徐湘林等人研究发现,改革开放以来,我国经济社会的发展使政治决策框架有了某种程度的变化,决策者不再仅仅局限于高层领导,大量社会精英参加进来。而且,经济社会关系的日益复杂化使技术官员变得日益重要,也促进了知识精英发挥作用,科学家与专业技术人员变得不可或缺,而对复杂社会现象的把握也少不了人文社会科学给以支持和提供政策建议。政治领导人日益重视知识精英的作用,知识精英也逐渐以更积极的姿态参与政策制定,大批知识精英实际上扮演了政府"智囊"的角色。[1]

近年来,在教育领域以高校和学者为代表的学术界力量的成长,为高等教育政策的制定提供了牢固的社会基础。在高等教育领域,有关高校学科发展、人才培养和科学研究等教育政策的制定也越来越依靠知识精英的参与。同时,我国高等教育归口管理的体制特点也为高教界专家学者等知识精英参与教育行政部门的决策提供了直接的渠道。根据对相关学科责任人和部门领导的采访,我国教育行政部门的决策通常会咨询专家的意见,或者邀请学者专家参与讨论。原教育部某领导在访谈中也指出,文科基地的建立是专家、高校教师和教育管理部门共同努力的结果。

"在建理科的基础上,后来我们想到也建一些文科基地,对文科实施

---

① 徐湘林.渐进政治改革中的政党、政府与社会[M].北京:中信出版社,2004:93-94.

保护。当时,我们走访了南京师大等好几所高校,和这些高校文科的专家和教师们商量文科的问题。大家对建文科基地反响很大,认为很有必要,并且一起商量着怎么办文科基地。我们确定的文科经费水平跟理科是一样的。因此,文科基地应该是专家、教育行政管理部门和群众根据当时的情况提出来的。专家的参与非常重要。"(受访者4)

组织内部利益分割和高层权威决定着教育政策的走向,但同时,公共媒体和其他沟通渠道也能给予政府外行动者(包括相关学科、问题领域的高校学者、科学家、人大和政协代表、产业界人士等)参与制定和影响教育政策的机会。他们往往与政府部门内部的组织结成稳定的合作关系。政府内外大量的制度化利益群体的存在,在"形塑"政策理念、"争夺"政策议程和推动教育政策采纳等方面发挥的重要作用,为政策扩散提供了动力机制。

正如一些西方学者所指出的,讨论中国教育政策时必须横向地考察部委,纵向地考察中央到省市地区机构,甚至最基本的学院和学校层面的官员。[①] 尽管教育对资源的依赖性降低了在同伴中讨价还价的可能性,教育官员专家仍然有方法进行内部和外部施压。利用所谓的"开放门窗",教育组织和官员经常能够通过联盟和象征行动压力取得一些政策胜利。[②] 国家学科基地政策扩散中,教育行政部门自上而下的垂直体系构成了基地政策扩散的体制基础,而在教育部门之外,教育行政组织与学者、专家、人大政协委员、高校工作者等所组成的"水平"联系在政策扩散的关键环节往往能够起到重要的推动作用。

第二节 转型期"抓重点"的教育决策文化

学科基地政策的制定与扩散不是凭空发生的,社会文化的和历史的要素作为一种制度要素在更深层次上影响着组织的行为和政策采纳。

---

① Lynn Paine. The Educational Policy Process: A Case Study of Bureaucratic Action in China. In Kenneth G. Lieberthal David Lampton. Bureaucracy, Politics, and Decision Making in Post-Mao China. Universiry of California Press,1992: 181-212.

② 同上。

"组织域"嵌入社会关系网络,其作用的发生也依托于当时组织所处的文化和历史背景。

　　文化是社会背景中的重要因素。文化要素由和组织系统相关的规范和认知信仰系统构成。其中与"组织域"运作相关的文化要素是规范系统,它界定组织成员的权利和关系,以及界定和解释领域内部行动的意义系统。文化不是局限于个人的主观、内部思想或者价值观,或者集体意识的无形观念,而是被认为构成了它自己的客观现实——即一种社会性构建的现实。[①]本节主要对影响组织政策采纳的"抓重点"教育决策文化因素进行分析。

一、我国经济社会领域改革"抓重点"的价值目标与偏好

　　我国经济和社会政治领域的改革遵循一种渐进式改革,可以概括为"摸着石头过河"的基本模式。这种模式以先试点、后推广,进行局部重点突破与整体推进为基本特征。遵循这种改革模式的基本原因是通过"边学边干"和"局部实验"可以有效积累行动知识和信息,降低改革风险,避免整体激进改革带来的社会震荡和经济衰退。[②]在十一届三中全会上,邓小平提出了分阶段实现全国共同富裕的发展战略思想,即允许一部分地区和一部分人先富裕起来,通过示范力量带动其他地区和人群,最终达到共同富裕。[③]在改革试验和推广方面,最典型代表就是中央政府作出的建立经济特区的重大决策。1979年国家特批深圳、珠海、厦门等建成为国家经济特区,在发展政策、吸引外资等各方面给予一系列自由和优惠条件。经济特区的功能定位为窗口和基地,即作为技术的窗口、管理的窗口、知识的窗口和对外政策的窗口,是对外开放的基地。[④]经济特区在经济发展、人才培养和扩大对外影响方面都发挥着巨大作用和影响,特区改

---

① W. Richard Scott. The Organization of Environments: Network, Cultural, and Historical Elements. In John W. Meyer and W. Richard Scott. Organizational Environments—Ritual and Rationality(Updated Edition). Sage Publications, 1992: 166.

② 张军. 过渡经济学理论的回顾与争论[J]. 社会科学战线, 1998(5).

③ 连业宝, 廖世忠. 重点突破与整体推进——运用不平衡发展规律探索建设有中国特色社会主义道路[J]. 理论学习月刊, 1994(11).

④ 朱德米. 经济特区与中国政治发展[M]. 重庆: 重庆出版社, 2004: 81-94.

革对全国起到了巨大的示范效应,极大地带动了全国其他地区的改革开放。在这种改革思维的影响下,重视试点改革的局部经验及其示范效应就成为国家和地方各部门改革发展决策思路的基本选择。

另一方面,中华人民共和国成立以来,我国在长期的经济社会建设过程中还形成了一种集中力量进行重点建设的传统。重点建设可以让国家在很短时间内迅速集中有限资源和资金来建设国计民生的重大工程或项目,提高资源利用效率。因此,从20世纪50年代开始,在经济基础十分薄弱、国家财力有限的情况下,我国就集中资金、物资在冶金、机械、汽车、煤炭、电力、国防军工等方面进行若干重点建设,初步奠定了我国工业化基础。20世纪80年代以来,在新的改革开放时期,中国重点建设得到了进一步加强。邓小平同志1982年在同国家计委负责同志谈话时明确指示,"真想搞建设,就要搞点骨干项目,没有骨干项目不行。不管怎样困难,也要下决心搞"。[1] 为了搞好重点建设,从1982年起,国家决定每年从在建的基本建设大中型项目中选择一批骨干项目作为国家重点建设项目,集中力量加快建设。在重点项目建设中,国家在资金供给、物资供应、征地拆迁、配套建设以及利息、税收、外汇使用等方面采取了一系列的优惠措施,从而有力地促进了重点建设的发展。[2] 以此为标志,重视重点建设,实施重点工程项目以突破经济社会发展中的重点和难点问题,就成为影响我国各部门改革和发展决策的一种重要模式。

教育作为社会系统的重要部门,其发展和改革不可避免会受到国家经济社会发展模式的影响。20世纪80年代以来,随着我国改革开放的进行,我国明确提出教育要服务于国家经济社会发展,应该从国家和地区的社会、经济发展需求出发,面向社会经济发展的实践,以经济社会发展中产生的实际问题为服务对象。在这种重点建设和以局部改革突破模式的影响下,教育部门也确立了相应的"重点建设"和"试验推广"的发展和改革思路。1988年2月,何东昌在国家教委工作会议上明确指出,1988年和今后一个时期的教育工作,要以改革总揽全局,在继续落实和完善已经出台的各项改革,做好经常性工作的同时,突出重点,集中抓好若干影

① 陈锦华.重点建设——举世瞩目的伟业[J].求是,1994(19).
② 任树本,郭嗣清.重点建设与中国21世纪[J].中国对外贸易,1994(9).

响和带动全局的改革项目,使教育工作更好地服从、服务于党的十三大所确定的路线、方针和任务。① 1988 年 5 月,国家教委主任李铁映在教委机关全体干部大会上讲话也指出,新的形势任务对国家教委的工作提出了新的要求。由于改革的复杂性,司局以上的领导干部,包括部委主任一级的干部,都要抓试点,把解决教育问题的诸多探索通过试点进行。② 1991年,王冀生在一次讲话中再次重申了"抓点"的改革思想,"不仅国家教委要抓点,各部委也要抓点,省市也要抓点"。③

国家学科基地政策的建立正体现了这种"抓重点"的改革思路。某教育管理部门人员在访谈中指出:

"理科、文科等人才培养基地的核心体现的是一种政府行为,由政府来抓各种有影响的事情,抓大事、抓试点。这种思路与当时国家建设的总体思路是一致的,即采用政策支持、经费投入、定期交流、评估和验收的管理办法,集中力量,解决重点和难点问题。基地原来叫专业点,想建成一种培养'少而精、高层次'人才的示范点,对其他高校起到示范和带动作用。就像我们搞沿海经济特区一样。"(受访者 2)

二、"抓重点"思路下重点建设项目的盛行及其对基地政策的影响

在"抓重点"改革思路的指导下,20 世纪 80 年代以来我国科技和教育领域进行了一系列的改革实践。首先是在 1985 年实施了国家重点实验室计划。为改善教学、科研人员的实验条件,在《中共中央关于教育体制改革的决定》出台前,即经国家教委批准,决定在对四化建设有重要意义的学科领域内,选择一些在高等学校具有优势的学科,有计划地建设若干装备比较先进的重点实验室。这类实验室主要从事基础研究和应用性

---

① 何东昌.关于当前教育事业发展和改革的几个问题(节录)——在国家教委 1988 年工作会议上的讲话[M]//马洪,卓晴君.中国改革全书(教育改革卷)1978—1991.大连:大连出版社,1992:323-325.

② 李铁映.解放思想,深化改革,振兴我国教育事业(节选)——在国家教委机关全体干部大会上的讲话[M]//马洪,卓晴君.中国改革全书(教育改革卷)1978—1991.大连:大连出版社,1992:336-338.

③ 王冀生.遵循理科教育基本规律,从国情出发,积极稳妥地进行教育调整和改革——在中国科技大学教育改革研讨会上的讲话[J].教育与现代化,1991,(1).

研究中的基础性工作,并根据工作性质逐步办成高水平的开放型教学、科研基地。1985年6月,国家教委首批批准建设12个国家重点实验室。至1989年底,高校的国家重点实验室总数达到38个。①

1986年3月3日,王大珩、王淦昌、杨嘉墀、陈芳允四位老科学家给中共中央写信,提出要跟踪世界先进水平,发展我国高技术的建议。这封信得到了邓小平同志的高度重视并亲自批示:此事宜速决断,不可拖延。在此后的半年时间里,中共中央、国务院组织200多位专家,研究部署高技术发展的战略,经过三轮极为严格的科学和技术论证后,中共中央、国务院批准了《高技术研究发展计划纲要》(即"863"计划)。这个计划选择对中国未来经济和社会发展有重大影响的生物技术、信息技术等7个领域,确立了15个主题项目作为突破重点,以追踪世界先进水平。②

1988年6月至1989年3月,国家教委组织了首次高等学校重点学科的评选工作。评选办法为学校申报、主管部门推荐、同行专家评选。最终国家教委批准了416个高校重点学科点,其中文科点78个,理科点86个,工科点163个,农科点36个,医科点53个。③

1991年12月,国家教委、国家科委发出《关于转发〈国务院批转国家教委、国家科委关于加强高等学校科学技术工作意见的通知〉的通知》。其中指出,国家教委将会同有关方面共同规划、部署500个左右重点学科点的建设,在"八五"期间,利用世界银行贷款和其他渠道资金,给予程度不同的支持。"八五"末期,建成100个左右国家重点实验室,50个左右部门或地区重点实验室。④

1991年12月,原国家教委、国家计委和财政部经过充分协商,共同向国务院有关负责同志报送了《关于落实建设好一批重点大学和重点学科的实施方案的报告》,一致同意国家设置与国家经济、社会发展相适应的"重点大学和重点学科建设项目"(简称为"211"计划)。"211工程"正式提出。1993年,国务院批准设立"211工程",即面向21世纪,重点建设

---

① 郝维谦,龙正中.高等教育史[M].海口:海南出版社,2000:456.

② 改革开放30年:"863"计划推动高新技术发展[EB/OL].[2009-11-3].http://news.sohu.com/20081103/n260407441.shtml.

③ 郝维谦,龙正中.高等教育史[M].海口:海南出版社,2000:455.

④ 同上,P.457-458.

100 所左右高校和一批重点学科点。

继"211 工程"之后,1998 年 12 月 24 日,教育部在实施《面向 21 世纪教育振兴行动计划》中,又决定重点支持部分高等学校创建具有世界先进水平的一流大学和一流学科,即"985 工程"。1999 年,"985 工程"正式启动,北京大学和清华大学是首批进入"985 工程"的学校。2000 年以来,教育部与有关省市和部门陆续对国内 25 所高校实行"985 工程"重点共建。

"863 计划"、国家重点实验室计划、国家重点学科建设、"211 工程"和"985 工程"等,都是改革开放以来我国科技和教育政策领域具有标志性意义的重大事件。它们体现了"抓重点"改革思路对科技和教育政策制定的影响。

这些重大事件同时也对国家学科基地政策的出台和扩散过程产生了直接或间接影响,包括基地政策建议的提出与表达方式(如邀请专家给中央领导写信)、政策关键术语("基地"名称)的确定、基地议程的推动和基地建设方式等。

第一,基地政策建议的提出主要模仿了科研领域各种建设项目和计划的做法。即通过塑造一个核心"概念",来表达自身的政策需求和建议,以引起决策部门的理解和重视,获得经费支持。原教育部某领导 Z 在访谈中指出,建立理科基地就是受到科学研究领域重点实验室和科研基地模式的启发。

"过去,教育界没太想办法去争取经费。在'211 工程'建设前后,很多人批评我们教育,说其他科学研究想了很多'招',一会儿这个项目,一会儿那个项目,教育就没有'招'……因此,我们就想,能不能在人才培养方面也想一点'招',获得一点经费支持。于是就有了建基地的想法。基地的做法就是国家一年给基地拨点钱,学校再出点钱,对人才的培养、科学研究进行资助。这种形式,应该说在科学研究领域早就有了。"(受访者 4)

第二,"基地"名称的确定,也受到了科研领域重点建设计划的影响。最先建立理科基地时,教育部门管理人员和专家学者经过讨论,决定沿用人们日常话语中对国家重点实验室的通俗称呼("基地点"的说法),来为理科基础学科点命名。因此,"基地"的概念是相对于科学研究领域的"重点实验室"而言的,它是比照国家重点实验室建设模式提出的。

"关于基地的名称……当时学校有很多科学研究实验室,大家口头上常说这就好像是一个基地,就是国家重点扶持的一个地方。我们在讨论建理科点时觉得基地这个名称不错,能够表示是国家重点保护和扶持的一些学科点的意思,于是就用了这个概念。"(受访者5)

第三,基地政策议程的推动也模仿了科研领域的做法,通过科学家给中央领导写信的方式,来获得支持和政策批准。根据访谈,"基地"就是教育部门用来获取教育资源和经费支持的一种"策略"。基地政策建议的表达方式直接受科研领域重点建设项目"863计划"的启发。

"'863计划'就是一批科学家给中央领导写信后建立的。'863计划'是1986年批准的。理科基地是90年代建立的,其实就是受'863计划'的启发,请科学家给中央写封信。领导批准了。"(受访者4)

某教育管理人员在谈人文社会科学重点研究基地的建立时,也提到了这一点。

"国家重点实验室、开放实验室计划是自然科学的研究基地,人文社会科学研究也同样应该有重点保护和支持,人文社会科学领域的称作什么呢?不可能称实验室吧,它只能称基地、中心等!所以,我们根据社会发展对高校人文社会科学研究提出的需要,建立了百家人文社会科学重点研究基地。我们的基地或中心事实上就是一个把许多人文社会科学研究者组织起来共同完成科研课题的一个部门,相比以前人文社会科学研究领域的'单兵作战',它能够集中大家的智慧,进行研究攻关。"(受访者13)

第四,在具体建设思路方面,"基地"也延续了科研领域重点建设项目的基本做法。例如,"863计划"的一个突出思路,就是遵循"有限目标、突出重点"的基本建设思路,选择从一些学科领域入手,组织力量集中优势资源进行攻关。① 这种"有限目标、突出重点"的做法对教育领域建设项

---

① 根据"863计划",我国从世界高技术发展的趋势和中国的需要与实际可能出发,坚持"有限目标,突出重点"的方针,选择生物技术、信息技术、自动化技术、能源技术、新材料和海洋技术几个高技术领域作为我国高技术研究发展的重点。其总体目标是:集中少部分精干力量,在所选的高技术领域,瞄准世界前沿,缩小与发达国家的差距,带动相关领域科学技术进步,造就一批新一代高水平技术人才,为未来形成高技术产业准备条件,为20世纪末特别是21世纪初我国经济和社会向更高水平发展和国防安全创造条件。参见 http://baike.baidu.com/view/169195.htm.

目影响很大,国家学科基地政策也基本上沿用这种做法,即首先选择在一些"学科点"集中资源重点建设,以取得突破性成果的方式。在具体建设方式上,学科基地与"863计划"、国家重点实验室计划等都采用政府教育部门与高等学校"共建"的形式。由政府教育部门提供部分建设资金,利用高等学校的人力和物力资源,重点建设一批学科点和一批高校;实施选点评审、专家评估和定期评价等机制。

　　制度主义者坚持认为,当我们面对某种情势时,个体必须要找到一种方式来认识这种情势并做出相应的反应,而制度世界中所固有的结构或模板就为完成这两大任务提供了手段。个体与制度之间的相互关系就是建立在某种"实践理性"的基础之上,个体即以这种实践理性为基础而展开行动,并在可能的情况下对可能的制度模板进行修订以设计出某种行动过程。[①] 这同样适用于组织与制度的关系。某一组织之所以会采用某种特定的制度形式或实践模式,是因为后者在一个更大的文化环境内具有更大的价值。[②]"基地"就是这样一种形式。教育部门之所以塑造"基地"这个概念,主要是因为:(1)"基地"的概念"简单"、"明了",能够清楚地概括政策部门的意图;(2)它与以前的政策(科研领域的重点实验室等)具有传承性,是政策部门实施重点实验室等建设项目的一种反映和延续,是过去"政策遗产"在现时代的一种反映;(3)最重要的是,它符合政策部门"主流"的价值观,即体现了集中优势资源进行重点建设的一贯思路。

　　众所周知,长期以来,我国国力较弱,财政能力不足,集中优势资源进行重点建设和突破就成为我国改革实践中的主要政策选择。而转型期以来,我国经济社会发展愈趋复杂化,改革愈缺乏明确的经验和"蓝图"可供借鉴,在这种情况下,集中优势资源进行重点建设的模式就成为各种改革政策制定中有效的"备选"政策源。它还逐渐内化于决策背景之中,成为各部门所认同的一种约定俗成的"惯例"或"抓重点"的决策文化与"传统",影响各部门的政策制定过程。教育部门也不例外。"基地"所具有的

---

　　① 彼得·豪尔,罗斯玛丽·泰勒.政治科学与三个新制度主义[M]//薛晓源,陈家刚.全球化与新制度主义.北京:社会科学文献出版社,2004:206.

　　② 同上。

与"主流"价值观的相容性、与过去"政策经验"的一致性等,是它能够获得"认可"和支持的主要原因,也是教育行政组织采纳它作为本部门政策核心"概念"的重要原因。

从宏观制度背景来看,"基地"实际上反映了我国政府部门一直以来在经济、社会政策领域实行的"抓重点"的决策文化和思路。文化的功能在于:(1)它既适用于作为一个整体的集体行动,又适用于集体中成员的行动;(2)它具体说明了能够合法化地施用于集体行动的最初控制和独立控制权力;(3)文化代表最高的权威。[①]这意味着,文化对组织及其成员构成了合法化约束。转型期形成的"抓重点"决策文化代表政府和社会在教育改革上形成的共识,界定了组织行为的价值评判标准,因此这种决策文化对后续的政策行为具有强大的约束力。国家学科基地政策仍然遵循了"抓重点"的教育决策文化,基地政策出台、扩散很大程度上受到这些广义的政策主题或事件的影响。这种影响体现在学科基地政策创始之初和政策扩散的整个过程之中。

正如金登所指出的,确立一种原则之所以如此重要,是因为人们逐渐适应一种新的处事方式,并且把新政策嵌入其规范的操作程序之中,然后,形成了惯性,并且很难使政策制定系统偏离它的新方向。[②]实践模式或制度规则对政策制定的影响主要是通过"形塑"决策者的思维,从而使其按照一套固有的决策模式运作。"抓重点"决策文化及其改革思路对后续政策制定的影响就体现在:它为决策者提供了一个基本的"实践"模式,即集中优势资源进行重点建设的模式。这使决策者在制定政策时很难偏离这种"实践"形式。无论是国家重点实验室计划、重点学科计划,还是"211工程"、"985工程"、国家学科基地政策等改革项目的制定,都体现了"抓重点"文化对决策者思维和认知的影响。

---

① W. Richard Scott. The Organization of Environments: Network, Cultural, and Historical Elements. In John W. Meyer and W. Richard Scott. Organizational Environments—Ritual and Rationality(Updated Edition). Sage Publications, 1992: 166.

② 金登以医疗改革为例作了说明。他认为,随着医疗护理项目的启动,政府主要承担医疗费用的做法变得为人们所接受,并且成为做生意的惯例。这样一来,它就很难再退回到"社会化医疗"上了,即便有反对者支持"社会化医疗"项目。参见:约翰·W.金登.议程、备选方案与公共政策[M].丁煌,方兴,译.北京:中国人民大学出版社,2004:241.

第三节 政策扩散中的差异分析

制度同形化使基地政策范式从一个部门扩散至另一部门,各类型的国家学科基地政策在形式和程序上保持着一致,这是制度同形化的基本要义所在。然而,基地政策在扩散中也出现了一些变化,体现在各学科基地政策目标和内容等方面。为什么会出现这种变化?

早期的扩散研究也发现政策扩散可能伴随不同程度的政策范式的改变,即政策变化(policy variance)或再造(policy reinvention)。[①] 克拉克等人认为在政策扩散过程中,政策在适用范围、控制松紧程度和政府控制层次等方面都会不同。[②]

在新制度主义理论看来,政策再造发生的原因主要在于制度环境的差异性。"组织域"在不同的时期和不同的环境下被创建,这样它们按照不同的分支和以不同的速度演化。同时,组织以不同的方式来适应冲突性制度需求。多种冲突性约束为不同种类组织政策的建立提供了机遇。[③]

构成国家学科基地政策扩散的差异性制度环境主要有三种:一是经济转型过程中的基础学科发展和教学改革背景,这是基础学科领域政策扩散的基本背景。二是新时期繁荣人文社会科学的政策背景,它构成了人文社会科学重点研究基地建立的背景。三是新时期国际竞争背景下的高新产业发展趋势,它构成了新兴技术学科基地政策的背景。

在多元化、差异化的制度环境中,组织的决策者采取基地政策范式的具体方式也因学科、领域和问题的不同而不同,所采取的"适应"策略也不相同,由此学科基地政策扩散过程表现出不同的移植模式。根据基地政

① Henry R. Glick, Scott P. Hays. Innovation and Reinvention in State Policymaking: Theory and the Evolution of Living Will Laws. The Journal of Politics,1991(53):835-850.

② Clark, Jill, and Lawrence French. Innovation and Program Content in State Tax Policies. State and Local Government Review,1984(16):11-16.

③ Walter W. Powell. Expanding the Scope of Institutional Analysis. In Walter W. Powell and Paul J. DiMaggio. The New Institutionalism in Organizational Analysis. The University of Chicago Press,1991:197.

策被改编或再造的程度,可以区分为两种类型:一种是直接移植,即在政策问题基本相似的情况下,以基本不改变政策目标和手段为前提进行的直接模仿。文科、工科和经济学基地是主要代表,它们主要围绕这些领域的基础学科人才培养问题,进行重点投入和重点保护,在政策问题和手段方面与理科基地存在高度一致性。另一种是创新性移植,即在面对的问题和背景具有较大差别情况下,将基地政策的基本手段创新性地应用于新的目标和情境。第二和第三阶段的基地政策扩散反映了这一特征。政策企业家在保存政策模式最初意图的同时,也进行了适当的改编。改编可能会"混合"组织环境中多种目标要求,导致政策扩散中基地范式的适用领域和范围的变化,最终使各类型基地在政策目标和具体内容方面也体现出一定的差异性。

组织所面临的制度背景有时是多方面的,这就对组织的政策借鉴和模仿行为提出了多方面的要求。例如,在人文社会科学重点研究基地建立的过程中,高校人文社会科学研究中存在的问题成为政策创新的微观触点,国家繁荣人文社会科学研究的政策导向及其需求构成了宏观的制度背景,国际上发达国家人文社会科学研究的成功经验和做法又构成了政策采纳的宏观的全球化背景。组织在借鉴理科基地政策范式时,要结合本地的政策情境对原有的政策范式进行充分解读,并进行富有创新性的政策再造活动,而不是简单地移植理科基地政策范式。只有这样,才能使基地政策在保持一致性和连贯性的同时,不断适应新的制度环境的要求。

在国家学科基地政策扩散过程中,各教育行政组织的后续政策通常都会面临基地政策范式与特定情境或问题之间的冲突和不连贯性,出现政策的"适用"性问题。此时,组织在适应制度环境的过程中,需要通过对政策范式的不同"解读"以适应不同的制度环境和政策问题的要求,而不是完全被动地接受和照搬环境中已有程序和政策范式。总之,由于组织面临的制度环境的差异性,组织在进行政策借鉴时表现出不同的适应性策略,导致基地政策在扩散过程中出现各种不同的创新性结合形式。

第四节　教育制度变迁的路径依赖

制度变迁,就是制度的替代、转换和交易的过程。诺思早期的研究表明了这样一种思想,即制度安排的创新或制度变迁的发生,最终取决于行为主体的成本—收益比较分析。只有当预期的收益大于预期的制度创新成本时,制度变迁的主体(个人、企业、组织或政府)才有动力去推动并最终实现制度变迁。[①]

诺思后来进一步提出,文化传统和信仰体系等对制度变迁具有重要影响。他认为体现于习俗、传统和行为规则中的非正式约束与正式规则相比更难改变,它们把未来和过去连接起来,是理解历史变迁路径的关键。制度变迁的轨迹取决于社会的政治进程,而政治市场性质的基础是当事人的信仰体系,这种信仰体系建立在社会的文化认知模式的基础之上。一个社会的文化传统可以减少共同体成员个体认知模式的歧义,导致一致观念的历史传承。[②] 一个社会信仰体系也会发生历史的演变,它是共同体集体学习的过程,也是一个累积的文化适应过程,社会的文化传承是导致制度演进路径依赖的关键因素。"表现在社会文化中的知识技能和行为规范使制度变迁绝对是渐进性的并且是路径依赖的。"[③]因此,信仰体系和知识存量决定制度矩阵的未来调整方向,历史是重要的,制度的路径依赖特征导致适应性效率而不是资源配置效率成为制度选择的标准。

诺思的上述观点与新制度主义关于规则、文化、习俗和惯例等制度因素对制度演进的约束在看法上是一致的,即社会文化和信仰体系导致了制度演进中的路径依赖。迈耶和罗文的论文提醒人们注意制度中包含共享的认知体系和信仰系统(不仅仅是成文的规则)对人的行为和组织行为的影响。这种认知和信仰系统包括一个组织所处的法律制度、文化期待、社会规范、观念制度等为人们"广为接受"的社会事实。这些制度规则被

---

① 戴维斯,诺斯.制度变迁的理论:概念与原因[M]//科斯等.财产权利与制度变迁.上海:上海三联书店,1996:274.

② 道格拉斯·C.诺思.制度、制度变迁与经济绩效[M].刘守英,译.上海:三联书店.1994:4.

③ 道格拉斯·C.诺思.制度变迁理论纲要[J].改革,1995,(3).

视为是理所当然的,受到法律和舆论的支持。认知范畴和信仰体系越被制度化,人类的行动就越被"由日益扩展的、被认为是理所当然的常规领域所定义"。如果组织或个人的行为有悖于这些社会事实就会出现"合法性"危机,引起社会公愤,对组织的发展造成极大的困扰。

关于国家学科基地政策扩散过程的研究,也能部分发现制度变迁路径依赖方面的观念和文化含义,即作为观念和文化的制度是如何影响组织未来的政策议程和政策采纳的——基地政策在组织间的迁移和扩散。这种文化制度要素在很大程度上是以一种观念或理念的形式通过形塑决策者的思维方式、政策价值偏好与目标等方式来影响组织的政策制定与扩散的。

首先,在最基本的层次上,理科基地政策范式构成了"组织域"政策扩散的"认知"约束。理科基地是国家学科基地建设最初的"试验田",是初期的决策观念变革和实用主义相结合的产物。在处理转型期中基础学科发展问题上,由于信息局限和相关政策模式的缺乏,教育行政组织在决策的关键点上,把基地定位为保护基础学科、培养基础学科教学研究人才的基本政策手段。基地作为一种政策手段,采用选点投入、经费配套、评价监督和淘汰等机制来实现保护和发展相关学科的目的。这相当于建立了一套保护和发展学科的规范化程序,其他学科可以照此程序运行。因此,作为一种原创性政策模式,基地就必然会成为"组织域"的可获得性"认知",引起其他组织的借鉴和模仿。并且,这种方法简便易行,具有被重复采纳的可能性和较低的操作成本,一旦形成以后,就会成为"组织域"的认知约束,决定了其发展的路径依赖。

其次,从更广义的文化背景来看,转型期"抓重点"的教育决策文化也对基地政策形成和扩散构成了一种社会认知和政治合法性约束。作为权力中心和政策供给主体,上级权威的政策供给意愿决定着基地政策的采纳和批准。长久以来,我国各个领域中就存在"抓大放小"、"择优扶持"的发展思路和价值观,这种"抓重点"决策文化充分体现在转型期各类国家重点工程项目及教育工程项目方面。国家学科基地模式与之是一脉相承的。基地政策所强调的"重点投入和保护"的思想是与政府部门所倡导的"抓重点"、"集中力量进行建设"的发展理念是一致的,与"863计划"等过去的政策经验是相吻合的。

基地政策的有效性,基地政策范式与我国政府部门倡导的价值观、过去的政策经验和政策部门的需要等的较高的一致性,与社会主流价值观的内在一致性等,都使得基地政策获得了社会和政治合法性,并成为"组织域"和学科建设领域中的"不二"政策选择。总体看来,国家学科基地政策反映了转型期我国各个领域实行的"抓大放小"、"抓重点"等决策文化的基本精神,是过去的"政策遗产"在现阶段的一种延续和反映。"抓重点"的决策文化作为一种决策领域的非正式制度规则在形塑决策者的"思维"、"认知"和政策判断方面具有重要影响。也就是说,当理科基地建立后,一种新的制度规则随之形成,它逐渐成为一种决策文化渗透于组织的决策程序和过程之中,为后续学科政策制定指明了决策"路径"。从这个意义上讲,新制度主义关于文化、规则和信仰等制度因素对制度变迁的影响,与诺斯关于非正式规则对制度变迁的影响,在解释制度变迁的"路径依赖"方面具有异曲同工之处。

在解释政策扩散中的变化方面,制度理论家认为,"组织域"在不同的时期和不同的环境下被创建,然后它们按照不同的分支和以不同的速度演化。此外,组织以不同的方式来适应冲突性制度需求。它们可能与外部压力妥协(折中)或者抵制,倾向一种合法性来源,而背离另一种,或者遵循一些期望同时挑战其他期望。[1] 因此,需要对导致制度化环境的异质性以及产生制度变迁的因素进行更好的理解。鲍威尔等认为,即使在相对严格界定的组织领域中,没有两个组织具有完全相同的资源流动模式。复杂的资源环境产生了异质性,允许组织对外部需求进行策略性回应的可能性。复制其他组织惯例的努力常常导致非意想性变化。作为一种结果,部分性扩散或者新的混合安排可能出现。当组织向不相似来源借鉴时,创新性再结合可能发生。[2] 在诺斯看来,制度变迁的路径从根本上取决于我们的文化传统和信仰体系,它们是根本性的制约因素,但在具

---

① Powell and Friedkin,1986;Covaleski and Dirsmith,1988,转引自 Walter W. Powell and Paul J. DiMaggio. The New Institutionalism in Organizational Analysis. The University of Chicago Press,1991:195.

② Walter W. Powell. Expanding the Scope of Institutional Analysis. In Walter W. Powell and Paul J. DiMaggio. The New Institutionalism in Organizational Analysis. The University of Chicago Press,1991:199.

体的制度变迁历程中,制度变迁的路径还会受到交易成本和市场因素的影响,市场总是复杂多变,制度设计者的有限理性不可能事先掌握完全的信息,因此制度变迁的初始设计不可能与市场实际相吻合,制度变迁并不按照初始设计演进,事实上,可能一个偶然事件就改变了制度变迁的方向。同时,由于个人、企业家为了从所选择的政治经济制度中获得更多的潜在利润,"制度都是逐渐地被修改的"。① 可见,制度理论家是用制度环境的差异性来解释制度变迁中的差异,诺斯则用市场因素的复杂多变来解释制度变迁的差异,事实上这两种解释都看到了环境的复杂多变给制度变迁中各种变化和创新提供了可能性。

　　总之,诺斯理论的出发点是从经济学的相对价格的角度出发来理解制度和制度变迁的。相对价格变迁及其引起的理性人的经济预期在解释经济制度变迁中具有重要作用。虽然后来作为补充,诺斯也加入了习俗、传统和行为规则中的非正式约束等制度文化因素对制度变迁影响,认为它们比正式规则更难改变,但总体上,经济学制度主义对制度变迁的解释仍然跳不出"理性人"、"成本—收益计算"等逻辑,是从微观的"个人主义"出发的。而社会学制度主义则一开始就是从宏观的制度背景、文化要素等对个人制约出发,同时,它强调组织的能动性这一点并不排斥组织在政策过程中的理性行为,这是它对制度及制度变迁的基本解释。虽然经济学和社会学的解释两者在分析路径的"始发点"存在差异,但其共同之处也是显而易见的,即都看到了制度中文化的、习俗的和非正式规则对组织或个人的影响和制约。

---

① 道格拉斯·C.诺思.制度变迁理论纲要[J].改革,1995(3).

结　语

　　社会转型时期,市场经济的负面影响对高等学校中居于弱势地位的理科等基础学科造成很大冲击。当市场经济的这种负面影响逐渐危及到高校基础学科人才培养和学科发展时,一批有远见卓识的科学家(主要包括教育界和科技界的精英)和教育工作者从国家未来发展和国家战略的角度提出了基础学科的保护问题。他们的意见受到了国家政府部门的重视,政府通过自上而下的决策,开始强化对高等学校基础学科的保护。在很多人眼里,这一政策的演变是由政府部门采取试点的方式,在取得成功经验以后进行推广的。然而,本书研究发现,事实上政府权威部门内部也并非"铁板一块",所谓的经验推广过程并非最高权威部门自上而下的主动推广,而是由部门内基层行政组织的主动政策选择行为造成的。由于各基层行政组织政策"同形"策略的不同,政府内部决策过程也呈现出不同形式,体现出多元的政策扩散类型与过程。

　　组织适应环境,环境也塑造组织,组织理论探讨组织面对环境所产生的机制。本书借鉴了组织社会学对组织同形化研究的基本思路,构建了学科基地扩散的基本理论框架,这一框架可以概括为"制度约束——合法性机制——政策趋同"。研究将国家学科基地政策扩散看作是一种组织行为的"同构"现象。一个组织(具体指教育行政组织)采纳了基地政策以后,取得了一定政策效果并引起人们的广泛关注,这个时候,同一社会系统内的其他组织出于效率需要或环境压力("合法性"机制),也会纷纷效仿这种行为,采纳类似的政策,导致基地政策扩散现象。这种"同构"现象发生在组织的行为方面,而没有对组织的结构产生影响。

一、主要结论

　　(一)学科基地政策扩散过程是一种行政组织基于资源获取和合法

性获得的制度同形化过程

学科基地政策扩散是组织基于资源获取和合法性获得的制度同形化过程。教育经费紧张构成了组织进行政策模仿和学习的内在约束,获取更多的教育经费解决组织任务的效率要求(各处室所辖学科发展中的问题)是鼓励各行政组织竞相模仿和出台学科基地政策的主要原因。随着环境中越来越多的组织采纳了学科基地政策,基地政策范式成为一种合法化的力量对组织的政策采纳构成外在约束,组织采纳该政策不仅可以解决组织所面临的任务环境中的各种问题,而且还有助于获得"组织域"及制度环境的认可,提升组织的地位和声望。

在政策扩散的前期,组织采纳学科基地政策更多的是一种直接模仿过程。随着学科基地政策取得环境中更多的认可和支持,其他组织也从自身问题领域出发,对基地政策范式进行有效的学习,将基地政策范式与本地的制度环境及政策需求有机地结合起来,进行政策范式的"本土化",最终以基地的名义和运作模式来构建组织自身的政策,使学科基地政策进一步扩散至其他问题领域(这种问题领域与基地政策最初产生的环境和政策所要达到的目标已经有很大不同)。在政策扩散的近期,基地政策范式已经成为"组织域"及其制度环境中具有理性神话性质的"习俗"和"惯例",这个时候采纳基地政策成为组织"理所当然"的政策选择,组织所要做的就是将组织面临的政策情境与基地政策范式联系起来。组织利用了环境中权威的合法化力量,将基地政策嵌入权威组织的政策之中,使基地政策成为一种权威组织的政策需求,这个时候,行政组织的政策采纳更多体现为一种强制同形化的效应。

无论是模仿、学习,还是强制同形化效应,组织出台学科基地政策都与组织的资源获取和合法性评价有关。在这里,制度不是一开始就塑造了人们的思维方式和行为,而是通过激励机制来影响组织或个人的行为选择。在这个层面来讲制度,是强调基地范式作为一种制度约束具有激励机制,可以通过影响资源分配和利益产生激励,鼓励行政组织去采纳那些获得权威和社会认可的做法。行政机构组织的理性化程序和要求更加强化了组织在政策采纳中制度同形性的发生。

(二)政策范式、"组织域"结构及制度资源是政策扩散的基本约束

研究发现,政策范式、组织的制度结构及其可利用的资源三个因素是

导致政策扩散和稳定的基本制度因素。基地政策范式一经产生就逐渐成为一种主导的政策范式被嵌入"组织域"的结构和更广阔的制度环境之中，它们与环境中的规则、期望以及责任联系起来，成为影响政策议程的基本因素。"组织域"的结构安排为这种范式、规则的再生产提供了权力结构基础。制度环境中可利用的体制性和非体制性资源则进一步成为组织可以利用的制度性力量，推动组织的政策采纳。

首先，主导的政策范式形成界定问题的方式和解决办法之间的目标—手段关系链，这构成了基地政策扩散的"认知"约束。在国家学科基地政策扩散过程中，理科基地所确立的学科基地政策范式形成了解决教育改革中投入不足等突出问题的基本手段，即一种目标—手段链系统。这种系统意味着对于类似的政策问题和政策目标，都可以采用基地这种"重点投入、重点建设、重点突破"的运作模式。一旦出现需要重点解决的突出问题，政府决策部门就可以按照这种运作模式去应对。与原有的政策范式保持一致能够提高组织政策议程通过的可能性，尤其是当这一政策范式被更广阔的制度环境所包容和接纳，成为一种理所当然的"社会事实"时，组织采纳该政策的可能性就会大大提高。在学科基地政策扩散中后期，随着环境中越来越多的组织采纳了学科基地政策，该政策的合法地位逐步提升，并成为一种制度背景影响未来政策采纳，"组织域"中其他组织出于环境的压力或其他效率方面的因素考虑会效仿这项政策，导致政策在社会系统中的扩散。

基地政策范式能够影响后续组织政策选择，还有一个重要原因在于该政策范式具有很强的包容性。由于教育目标（人才培养、科学研究、师资队伍等）或教育产品评价的模糊性，理科基地的政策问题域、理念和目标域、政策工具域都具有进一步延伸的可能性和空间，它确立的人才培养、科学研究、师资队伍建设、教学条件建设等具体政策目标并没有严格的政策边界和适用范围界限，行动者可以根据具体政策需要同时向几个方向延伸。这种政策问题和目标界定的模糊性为组织进行政策提议和推动政策出台，发挥组织能动性提供了空间。

其次，"组织域"的结构安排构成政策扩散的结构基础。教育行政部门高层权威之下，决策权按照部门和工作任务进行分割，各个司局各司其职。在司局内部,权力进一步被分割为拥有具体目标、任务和管理权限的基层组织,实行"以处为政"。对于基层教育行政组织(各个司局内部的处室)而言,组织位于由横向的平行组织之间的"竞争"关系和纵向的垂直权威之间的"服从"和"执行"关系构成的"组织域"之内。组织所处的"组织域"环境对组织采纳政策的行为产生的影响主要表现为:(1)组织之间的竞争和相互看齐。这是推动学科基地政策在部门内部扩散的重要内驱力;(2)组织对上级政策的自由裁量和政策解释。这为组织政策采纳和创新扩散提供了体制基础。

在本书中,"组织域"中各行政处室进行自由裁量和政策解释从而推动政策创新扩散有以下几种情况:一是将其他部门的决策经验直接迁移到本部门,提出本部门的政策议题,即政策迁移,如文科、工科基地的建立;二是善于抓住外部有利政策环境,与其他政策事件挂钩,提出本部门的政策议题,如工科基地的建立;三是响应和贯彻中央文件和政策精神,提出本部门政策议题,如新兴技术学科基地的建立。

这种部门决策背后深层的制度原因在于我国教育管理体制权威分割的特点。教育部门权威分割不仅体现在中央与地方权力的分割(中央向地方放权),而且体现在教育行政部门内部权威分割和决策权的下放(教育部向其内部下属司局的放权,扩大各司局处室的决策权上)。各个司局处室有自己的职责、权限和利益所在,基于组织利益和职责要求,组织会竞相追逐有利的政策主题,决策高层权威的认可又会在一定程度上推动这种对政策议程的竞逐,从而导致政策的扩散。

再次,"组织域"之外的其他制度性资源成为推动政策扩散的辅助力量。学科基地政策的扩散主要得益于教育行政部门"组织域"关系的结构特点和基地政策范式的约束。同时实际的政策扩散案例还表明,组织还通过嵌入社会网络结构背景之中,借助网络关系资源(体制性和非体制性资源)为政策扩散进一步铺平道路。利用社会网络结构中的"关系"资源,组织与更强大的行为体联结起来,共同向权威部门提出政策建议,将学科基地政策议题推上政府政策议程。学科基地政策扩散主要表现为教育行政组织通过学者关系与"人大"、"政协"、"民盟"等行为主体建立联系,通过国家社会中这些更大的社会结构要素表达组织的利益诉求,达到政策采纳与后续强化的目的。

同时，另一方面，组织自身还被更广阔的社会背景因素所塑造，转型期"抓重点"的教育决策文化也构成了国家学科基地政策扩散的制度背景。这种"抓重点"教育决策文化形成并反映在科技和教育领域各种富有影响力的"工程"或"项目"中，构成了基地政策可资借鉴的政策模式。由于这些项目本身的建设成效及其在科技教育领域所具有的社会影响力，它们构成组织决策者在作出决策时优先的"可获得性认识模式"，推动了类似政策的借鉴和扩散。基地政策范式正是延续和反映了转型期这种"抓重点"教育决策文化的认知和价值取向，是过去"政策遗产"在现阶段的一种延续。

在这里，社会网络和文化要素构成了基地政策扩散的制度背景。近年来，在我国教育政策领域，尤其是高等教育政策领域，以高校和学者为代表的学术界力量的成长，为高等教育政策的制定提供了牢固的社会基础。当然，教育制度变迁的主要推动力在于教育官员与高校学者之间的共谋关系，特别是分部门教育官员（司局内部管辖各学科专业的行政处室）和专家学者之间的共谋行为，是推动制度扩散的基本力量。在国家学科基地政策扩散中，政策精英（包括教育行政部门政策精英、高层政策权威、人大政协和民盟等以及学术精英）运用手中的合法的权力和资源，通过一些非常规的途径和手段突破了制度性瓶颈的制约，为教育争取到更多的资源投入和有利政策。他们是教育领域内创造和再生产"抓重点"决策文化的重要主体。

（三）学科基地政策扩散更多体现为组织自下而上"渗透"和"赢得"决策权威议程的过程，是特定时机下制度约束与组织能动选择互动的结果

制度并不能决定行为，先前的政策经验和惯例、习俗等只是提供了有助于理解行动者之所以如此的行为背景，组织的政策采纳更多包括了一种自主选择和能动性行为。在基地政策扩散过程中，行政组织是否善于捕捉和利用"转瞬即逝"的有利"时机"，提出有利于己的政策建议，对组织的政策扩散具有重要意义。这样的"时机"往往是国家或教育政策系统中"政策之窗"被开启的时候，例如社会的呼吁、著名专家学者的观点及国家

的宏观政策需求等。在这个过程中,具有创新意识的政策企业家的行动对于组织政策的成功采纳具有重要影响。政策企业家在学科基地政策扩散过程中的影响体现在:首先,他们发现政策问题时发挥关键作用;其次,他们还能够对随即而来围绕他们政策创新争论的术语进行定义;最后,为了推动政策获得批准和通过,政策企业家经常还会尽力组建和维持支持政策创新的联合。组织的政策同形化行为很大程度上是由组织中具有创新意识的政策企业家(各处室责任人及部分高校负责人)发起和推动的。他们不仅对其他行政组织的基地政策范式抱有敏感性,而且还能够结合本部门的问题情境和政策背景进行成功的范式解读和移植,并成功动员特定学科问题领域的政策网络联盟,共同推动基地政策的批准和采纳。在国家学科基地政策扩散过程中,政策企业家和教育行政组织采取了多种策略对基地政策范式进行了解读,以与原有政策范式保持延续的同时适应新的制度环境的要求。这些策略包括对问题类型、政策目标和手段目的关系的多元解读等。

另一方面,为了推动政策扩散,教育行政组织在议题提出和政策批准等各个阶段还采取了一系列其他策略行为来"赢得"决策权威的政策议程,这些策略主要包括与其他议题建立联系、利用其他教育改革动力和建立政策联盟等。例如,在议题提出阶段,与学科基地政策相关的基础人才培养、基础学科保护、新兴技术产业人才培养等政策是事关全局的政策,或者是属于全国性政策议题的一个部分。教育行政组织通过与这些国家层次广义的政策主题和事件联系起来,为其推出本部门的基地政策议题提供了助力。而利用教育领域的重大改革措施如强调高等教育的基础性地位,重视高等教育质量提高和教学改革等议题,也能够为基础学科领域基地的建立提供有利政策背景。在议题批准和通过阶段,教育组织还有效利用了各种体制内外的资源,如人大、政协、民主党派、科学家和知名学者等,借助他们与国家权力中心的关系,推动政策批准。因此,从根本上来说,学科基地政策扩散更多体现为决策部门内部基层组织自下而上"渗透"和"赢得"决策权威议程的过程,是制度约束与组织的能动选择和策略行为互动的结果。

(四)政策扩散中基地范式适用范围和领域的变化是组织适应差异

性制度环境的结果

学科基地政策扩散过程中,基地政策由最初的保护基础学科,培养基础科研和教学人才的一种政策模式逐渐转变为改革高校科研体制、支持高端技术学科发展的政策模式,政策范式适用的领域和范围发生了较大改变。这是由各阶段教育行政组织所面临的特定制度环境的变化和需求促成的。组织所面临的制度环境经常是多样的,可能与最初环境有较大差异,组织要与这些差异性的制度环境保持同形,以获得环境的支持,这是制度同形化研究的进一步延伸。这同样体现了环境与组织之间的"同构"关系。由于先前政策范式的路径依赖所确立的制度文化的影响,组织在面临新的制度环境时,在保持政策的一致性和连贯性的同时,必须作出适当的"变通",以适应新的环境要求。组织政策选择在保持相似性的表面之下,也越来越具有创新性。

(五)由于政策扩散过程中的制度同形化效应,教育制度变迁呈现出一种制度化模仿成功经验的创新中间扩散[①]过程

受国家整体改革渐进模式的影响,教育部门的改革也体现出渐进性。先前的改革试点取得成功经验以后,改革就迅速推进,后续改革项目纷纷上马,学习和模仿已有的成功经验成为教育部门作出决策的一种主要模式。这导致了一系列后续政策的跟进和政策的"泛化"。在政策演化的最初阶段,当一项政策尚未获得合法性和足够的关注之时,行动者处于观望的状态,一旦一项政策创新取得合法性,就马上成为模仿的对象,在政策过程中,行动者不断形成新的议题,参与到政策议程的竞争之中。

同时,制度变革的探索性、渐进性和各种约束助长了官员的保守和非官方试验。在不被关注的改革初期阶段,解释政策字面的倾向以及教育

---

①　杨瑞龙等学者认为,中国经济体制变迁模式属于一种由地方政府主导的"中间扩散"模式。地方政府作为一种合法性政治组织,可以较容易突破中央政府设置的制度创新壁垒,例如向中央政府游说争取改革试点权,"暗中先做"等,这是微观主体如企业、个人等难以做到的。因此,地方政府可以成为沟通权力中心的制度供给意愿和微观主体的制度创新需求之间的中介环节。参见杨瑞龙.我国制度变迁方式转换的三阶段论——兼论地方政府的制度创新行为[J].经济研究,1998(1):3-10.

机构的相对弱势地位导致了相关人员特有一种"等着看"的态度。[1] 许多教育行政部门的官员说他们的改革依赖于其他国家整体改革趋势和其他部门改革的经验。尽管这种普遍的保守存在,然而我们能够从教育行政部门人员开展的学科基地政策改革中,看到他们在制度模仿和政策创新经验推广中具有显著创新性。这些后起的变化体现了早期的实践先例,他们的创始者努力获得横向和纵向的认可和支持,以使得改革得以推进,成功的经验得以扩散开来。

这种制度化的模仿过程还体现出一种创新中间扩散的特点。表现在,最初的政策创始可能是由教育部统一安排和确定的,在问题的调研、现状的分析、问题明确等各个阶段教育部都作为一个整体参与其中。但是其后,政策扩散更可能分别由教育部内部不同学科处室主动提出并促成。在学科基地政策扩散过程中,以教育行政组织"官员"为首,有高校专家学者参与并吸收其他制度性力量形成的共同体是推动制度变迁和政策扩散的主要行动团体。教育行政组织和高校学科竞相获得教育资源分配,以及由此展开的互动、竞争、学习和模仿等复杂的策略化行为,导致了政策的渐进扩散和持续跟进。

二、政策扩散的影响

政策扩散具有重要的实践意义。这表现在,第一,借鉴和模仿理科基地政策范式,为其他学科节约了政策创新和改革的成本。第二,模仿和学习还能够改善决策制定和政策产出的质量,增强创新的利益。这是因为,对其他组织政策的模仿允许教育行政组织借鉴它们的成功经验同时避免其错误。第三,政策借鉴还有助于克服阻碍变革的现状偏见,为改革提供动力。

学科基地政策的迅速扩散,一定程度上推动了高校各学科进行教学改革、人才培养模式改革和科研改革,激发了高校办学和教师工作积极性。在一个较短的时期内,有效解决了高校学科发展中的一些突出问题。

---

[1]　Lynn Paine. The Educational Policy Process: A Case Study of Bureaucratic Action in China. In Kenneth G. Lieberthal David Lampton. Bureaucracy, Politics, and Decision Making in Post-Mao China. University of California Press, 1992: 181-215.

　　然而,政策扩散在节约改革成本的同时也可能带来其他影响。首先,依靠决策的"走捷径",政策制定者往往可能不假思索地借鉴基地范式,而忽视了对基地政策是否特别适用于本部门的情况进行全面理性的评价,其结果是:一方面有可能错过了向其他更好的经验进行学习的机会;同时,也可能导致对基地政策的采纳具有象征性引入的倾向,而缺乏对基地政策范式的全面考察、评价,没有结合本部门的问题和实际进行"本土化"改造。这些都会降低政策效率。一位参与基地建设工作的高校教师认为,如果没有其他政策配套,生命科学与技术人才培养基地建设就会变得与理科基础科学人才培养基地毫无区别,没有特色。"基础性的人才很重要,同样,与产业联系密切的产业化人才也很重要。我们目前做的就是一些例行的日常工作,这些都没有特别大的进展。我们希望国家有更多的经费支持,有更宽松的政策,甚至包括制定产业发展方面的政策。因为如果国家产业政策没改变,在生命科学产业方面没有大的变化,生命科学基地的建设实际上就跟理科基地差不多了。"(受访者16)

　　教育管理部门一位人员对学科基地政策作了这样的评价:"基地是很好的办学模式,针对性很好。但基地只是一种形式,关键还是要看学校的实际行动。同时,各基地在具体建设方面,也应该各有侧重。例如,理科基地的主要任务是加大优势资源,强化基础学科教学和研究人才的培养;生命科学与技术基地的主要任务是培养生物技术产业发展需要的人才。两者在建设目标、计划和实施步骤等方面都应有所不同,才能发挥各自应有的作用,而不是重复建设。"(受访者7)

　　一种制度的设置不仅生成特定范围的产物,而且会产生种种副产品和溢出现象。这些情况通常是统治集团的政策和行动的意外结果。[①] 学科基地政策扩散的一个"意外结果"就是,它使得越来越多的学科置于基地政策范式之下,从而使更多高校置于政府的竞争性拨款政策之下。由于政府的拨款是附带条件的,因此,在某些方面政府对高等学校的控制不是削弱反而是加强了。政府评审的指标体系则一定程度上限制了高校自主发展的空间。尤其不容忽视的是,由于基地名额的限制和我国政府在

---

　　① 鲍姆戛特勒,伯恩斯和维里.行动者、对策、系统:社会行动与社会建构的关系[M]//盖叶尔·佐文.社会系统论.北京:华夏出版社,1989:54.

教育资源配置中所处的绝对优势地位,高校之间为争取基地点而展开的激烈竞争,很有可能进一步增强政府对高校的控制。事实上,这一趋势已经在逐渐显现。我国政府在高等教育中建立的各种学科基地以及"211工程"、"985工程"等,在给予高校专项建设资金的同时,也都使得高校对政府的依赖进一步加强。

然而,政策创新代理人很少关注结果,他们经常假设,采用现成的创新对使用者只会产生有利的结果。正如在访谈中几位教育行政部门人员所指出的,"现在采用的政策仅仅是一种导向,我们并没有期望高校部门在短期内能够取得突破性的改革成果"。但他们同时也坚信,这种政策导向会产生长远的影响,因为他们认为这种政策设计是从"整体的"、"站在全国高校的宏观局面"、从"国家的长远需要和利益"出发的。

三、相关讨论

扩散到其他地区或部门的模型如何影响政策制定呢?最重要的是,决策是源于外部压力,还是组织的自主决策行为?扩散决策首先是被实用主义利益和功能性需要所激励,还是被象征主义考虑所塑造?政策扩散是基于决策者的全面理性评价,还是一种认识的捷径路线等等。这些问题是政策扩散传统研究中为大家所关注的中心议题。本书以国家学科基地政策的扩散为例,运用组织研究中的制度同形化理论对此进行了分析,从一个新的角度对这些基本问题做出了回答。

(一)扩散的起源:外部压力还是组织的自主选择

政策扩散是由外部压力所导致,还是组织自主选择的结果?外部压力和约束留给决策者选择范围的程度如何?学科基地案例的经验分析显示,所有后续基地的建立都是行政组织(各处室)自主选择的结果,而不是外部压力包括上级的强加结果。虽然扩散后期新兴技术学科领域的基地建立来源于外部政策情境的宏观需求,但事实上这也是组织主动利用外部政策情境,将组织自身政策需求"嵌入"国家宏观政策的结果,体现了组织利用外部制度环境中权威化力量推动政策扩散的策略行为。因此,组织利用环境中已经确立的政策范式、规则构成了政策扩散的原始动力,而非来自制度环境的强制性压力使然。在各基地建立的案例中,上级或其他有关主体并没有一开始就进行了统一规划或制定好政策蓝图,更没有为各行政组织提供内部的详细的改革细节,相反,组织内部的政策制定者具有相当程度的自由来设计他们自己的解决方案,在各类型基地建立过程中处室组织都具有相当的自由裁量空间。

（二）政策扩散的目的：实用化的目标还是象征性的引入

案例研究显示,在政策扩散早期,所有改革都可以看做是行动者对实际存在问题的一种回应。基地政策扩散的一个主要驱动因素是组织面临的问题。例如,理科基础学科发展中的经费困难、师资不稳定、生源质量差、毕业生就业难等问题,使高校理科基础学科面临发展困境,这导致了理科基地作为一种"应急"措施得以建立。基础文科、工科和经济学等在市场经济条件下也面临着相似的生存危机,基于合法性约束,这些学科也采用了相似的基地政策来解决学科发展问题。在研究基地建立过程中,高校人文社会科学缺乏有创新性的研究成果,对社会经济发展中存在的重大的现实问题回应不足等问题,与中国社会急剧发展的社会经济需要形成了显著反差。引入基地模式的初衷也旨在革除高校人文社会科学研究的体制弊端。因此,基地政策采纳在很大程度上都包含实质性考虑的问题,不能仅仅用象征性引入来形容。

但是,无可置疑的是,在基地政策扩散中,象征性引入在很大程度上也是存在的。由于基地政策范式已经成为组织环境中具有"合法性"力量的符号、价值载体,成为受大家所认可的一种获取教育经费资源的"约定俗成"的行政"惯例"。在这种情况下,出于对资源的追逐,组织很可能会象征性地采纳这种政策以获得好处。例如,在软件学院、集成电路基地和生命科学基地的建立过程中,教育部并非一开始就关注新兴应用学科发展中存在的问题,而是在国家相关产业政策出台过程中"顺藤摸瓜",才将"产业技术人才培养"问题纳入视野并予以关注的。通过将建立基地的提议"嵌入"国家宏观政策从宏观产业政策中获益,在这里,基地建立包含着借助一种有效方式来争取教育资源的"象征性"色彩。

（三）扩散决策：全面理性还是认知的捷径

已有的一些扩散研究表明,在很多情况下决策者不是按照标准的逻辑推理原则来处理相关信息,而是通常使用认知捷径来集中他们的注意力。卡特·卫兰德指出,"可获得性认知捷径"是政策扩散中的一种基本认知方法。可获得性认知捷径指的是人们倾向于过分依赖和强调信息,由于面对巨量的信息,他们对所有相关信息并非同等关注,而是特别关注那些"生动的"、"剧烈的"事件。这种关注的倾向性有时候会导致判断的偏差和扭曲。[①]

这种认知策略在学科基地政策创新扩散中也具有重要作用。理科基地的建立代表一个"生动"事件,引起了各方的关注,通过抓住人们的视线,成为"组织域"一种独特的"可获得性"模型,并为其他处室决策指引了相关方向,阻止了对其他方案的追逐。理科基地所确立的政策范式获得了教育部、高教界、科技界以及高层权威的认同,在教育部门内树立了一种标准化制度规则,这构成了基地扩散的前提约束。如果一个处室所管辖的学科在学科发展、人才培养等方面遭遇到与基础理科类似的问题,基于可获得性认知捷径,这些组织首先会将目光投向基地这种获得认可的模式作为参考。在某些情况下,基地政策的可获得性也能够诱导产生适用于该政策范式的需求。例如,工科基地的建立中,工科并没有显示出如理科和文科那样的政策"危机"问题,但是工科决策者在看到理科基地的范式后,从本学科领域中寻找了一个具体的问题(工科基础课程的发展)来与这种政策模式相匹配。

然而,实际的扩散案例还显示,各类型基地的建立并不完全依赖于认知的捷径。基地范式这种"可获得的认知捷径"仅仅构成了各行政组织决策的基本导向,在具体作决策时,尤其是当组织的问题领域和制度环境存在较大差异性的情况下,行政组织往往会根据本领域的特点及所处具体的政策情境,对基地范式进行较为理性的评价,然后才作出决策。在这个过程中,行政组织根据问题领域和学科特点对基地范式的"本土化",体现出不同的创造性移植和应用模式。

(四)扩散路径:单一化还是多元化路径

从实际的基地政策扩散过程来看,至少可以发现以下几种扩散的路径。第一,基地政策的扩散发生于组织面临同样的问题情境,需要组织作

[①] Kurt Weyland. Learning from Foreign Models in Latin American Policy Reform. Washington,D. C:Woodrow Wilson Centre Press,2004:248.

出回应时。如与理科基地一样,文科基地的建立是为了克服市场经济对高校基础文科的冲击。第二,基地政策扩散可能发生在政府内部行政组织熟悉其他行政组织的某个具体政策之后。在本书中,后续基地政策的扩散都或多或少与理科基地政策采纳有关。有时候,组织人员的流动也是政策扩散的一个主要因素,例如,参与文科基地建立的某教育管理人员调到财经政法管理教育处后,即提出按照建立文科基地的办法建立经济学基地。第三,基地政策扩散也可能由任何外部事件触发,组织环境中出现的"焦点事件"往往会成为政策扩散的触发因素。如著名学者写信(经济学基地)等。政府宏观政策有时候也会为政策(生命科学基地)扩散提供触发机制。

研究结果显示,在学科政策扩散的起源上,组织的自主选择影响远甚于外部压力,外部压力很大程度上成为组织可利用的制度背景和组织行使策略行为的空间。组织政策扩散的主要目的在于解决组织面临的学科发展和资金短缺等问题,"象征性"引入在一定程度上存在,同时也作为更好地达成实用目的的手段。政策扩散的决策方向主要依赖组织的认知捷径,然而在具体作决策时组织仍然会根据"本地"特点进行理性的评价。基地政策扩散路径也呈现出多元化。实际的政策扩散过程并非像传统研究显示的那样是一种简单的统计关系,而更多呈现为一种复杂的、动态的多因素互动过程。最后,基地政策扩散案例还显示,教育制度变迁也并非如传统的研究所认为的,是决策部门自上而下的主动推广过程,而更多体现为决策部门内部基层组织自下而上"渗透"和"赢得"决策权威议程的过程,是制度约束与组织的自主选择和策略行为互动的结果。

四、主要贡献和不足

相比传统的政策扩散研究,本书的分析单位为具体的教育行政组织,同时采用了组织研究中制度同形化的理论框架,因此研究能够深入。本书的主要贡献在于:

第一,将组织理论的研究引入政策过程,建立了政策扩散的组织同形化分析框架。本书尝试将组织理论中的制度同形化理论运用于对政策扩散和迁移的研究,试图为政策扩散和组织的政策采纳提供一个全新的理论视角。研究所建立的"制度约束—合法性机制—政策趋同"的分析框架可以适用对不同情况下组织的政策采纳和政策扩散过程的研究。这种对制度同形化理论的运用和分析重点在于组织所采纳的政策和程序方面的趋同(组织的行为趋同)而非组织结构的趋同。

第二,与以往定量的历史事件分析模型相比,本书采用多案例研究方法,展现了政策扩散过程的动态性与丰富性。受模型限制,定量分析往往无法将环境中影响政策扩散的变量——进行具体分析。这种定量分析往往忽视复杂的、多样的环境对组织政策采纳的影响。由于采用整体的定量分析技术,政策扩散研究一般只是指出环境中某因素与采纳政策的组织之间的相关性或一种总体相关关系,而对政策扩散的具体发生机制、政策主体在其中如何发挥作用等扩散过程的具体细节无法做出回答。本书采用案例研究法,通过对学科基地政策扩散三种案例类型的实际描述和分析,就多元化的制度环境、政策范式自身以及"组织域"的结构及其社会网络背景和文化背景等对组织政策采纳的影响进行了讨论,对议程设置、政策建构和批准等各个环节不同的建构策略和方式进行了讨论。研究发现,政策企业家和政策网络是推动政策扩散的主体,在议程设置和政策建构阶段政策企业家的解释和动员能力发挥了重要作用,在政策批准和后续阶段,政策企业家利用社会网络因素形成的政策网络对于政策采纳具有实质性的推动。案例所展现的实然状况是:政策扩散过程中充满了对政策议程的角逐、获取权力的不同途径、对政策文本的解释以及关键人物在政策扩散中的作用;后续政策很大程度上是对前面的政策的延续和跟进,政策过程具有延续性、内在的一致性和连贯性。

第三,运用上述分析框架对中国国家学科基地政策扩散过程展开系统分析,其中的许多观点具有重要的参考意义。通过对教育行政组织所面临的制度环境的多层次("组织域"的、社会网络的和文化的)影响的分析,研究发现:首先,教育政策制定往往受到国家宏观政策环境和其他改革议题的影响。组织政策采纳有可能源自国家宏观的经济制度的影响,也有可能来自一种符号或规范的合法化需求,甚至还可能来自组织的一种理性学习,在最一般的意义上,组织基于认知启发也可能会采纳一项政策。不同阶段政策制定与扩散的制度环境存在差异性,这种差异性是解

176

释组织政策创新的重要因素。其次,分割的权力和"以处为政"的教育决策制度结构是组织政策扩散的制度基础。权力分割赋予了基层官员落实和解释国家政策,自下而上地提出改革政策建议以获得政策议程等方面的自主性,这是导致国家学科基地政策扩散的重要原因。最后,转型期教育制度变迁体现出路径依赖的特点,已经确立的主导的政策范式作为一种政策遗产对组织政策采纳和教育政策制定过程具有重要的影响。它通过内化为组织的决策文化影响着教育政策的未来议程。转型期教育工程项目的盛行一定程度上可以说是"抓重点"的政策遗产嵌入制度结构,与环境中的规则、期望以及责任联系在一起,通过影响人们的注意力和决策者"思维"的结果。

由于资料及研究精力的限制,本书在研究中还存在若干不足,需要在已有的研究中继续补充和完善。这些不足主要表现在为:

(1)对政策扩散过程中其他组织的参与关注不够。本书将分析单位界定在国家教育行政部门组织的层次,在分析中更加注重以教育行政组织为核心,对行政组织的运行及其关系展开分析,因而对诸如与教育行政组织有密切联系的学校组织这个重要政策参与者关注不够。这是由最初的分析思路所决定的。在访谈中众多当事人无一例外地强调这些基地政策都是教育部门主动作出的决策,相关的高等学校可能有呼吁,但其作用发挥是极为有限的。在本书的研究中也证实了这一点,高校的参与主要体现为有关领域的专家学者在政策扩散过程中的参与,但其影响力主要体现在议程设置方面,政策采纳和批准等关键环节还主要得益于司局行政处室的作用。因此,本书对高校学者参与的分析一并蕴涵在行政组织的网络关系之中,没有单独作论述。

(2)对组织模仿、学习的微观行为(机制)分析有限。组织理论,尤其是组织分析中制度同形化的研究更加关注制度环境对组织结构和行为的影响,以及组织对制度环境的要求作出的适应性调整。这种分析是一种较为宏观层次的分析,对于更加微观的组织决策过程中如何模仿和学习等细节关注不够。本书试图对组织的问题界定、学习和模仿机制进行分析,但由于理论和资料的限制,分析还停留在一般化的层次,没有深入。这方面的研究还有待于通过对学习理论的深入研究来补充。

（3）文化因素对组织政策采纳的影响分析不够深入。"组织域"、社会网络和历史文化要素是新制度主义所强调的环境影响组织结构和组织行为的几个大的方面的因素。在本书中，这三个层次的影响因素均有所提及，但对文化因素对组织政策采纳的影响没有展开深入探讨。影响组织政策采纳的文化因素除了转型期"抓重点"的这种决策文化以外，还可能包括更广义的文化传统和信仰系统方面的因素，这方面的讨论还非常有限。

附录　国家学科基地政策相关问题访谈人员名单

编号	被访者	访谈主题	时间
1	教育部某部门管理人员	理科基地建立	2005 年
2	教育部某部门管理人员	理科基地、工科基地建立	2005 年
3	教育部某部门管理人员	理科、文科和经济学基地	2005 年
4	原教育部某领导	理科、文科、工科和经济学基地建立	2006 年
5	某大学原副校长	理科基地建立	2006 年
6	某大学教授	经济学基地建立	2005 年
7	教育部某部门管理人员	生命科学基地建立	2005 年
8	教育部某部门管理人员	理科基地建立	2005 年
9	教育部某部门管理人员	生命科学基地建立	2005 年
10	某大学教师	生命科学基地建立	2005 年
11	某大学教授	经济学基地建立	2005 年
12	某大学教授	经济学基地建立	2005 年
13	教育部某部门管理人员	人文社科研究基地	2006 年
14	某大学教授	经济学基地建立	2004 年
15	某大学教育管理人员	人文社会科学重点研究基地	2005 年
16	某大学教师	生命科学基地建立	2005 年
17	某大学教育管理人员	人文社会科学重点研究基地	2005 年
18	某大学教师	文科基地、研究基地	2006 年

参 考 文 献

（一）中文著作（含译著）

H.K.科尔巴奇.政策[M].张毅,韩志明,译.长春：吉林人民出版社,2005.

W.理查德·斯科特.组织理论：理性、自然和开放系统[M].黄洋,等译.北京：华夏
出版社,2001.

阿尔蒙德,鲍威尔.比较政治学：体系、过程和政策[M].曹沛霖,等译.上海：上海译
文出版社,1987.

埃弗雷特·M.罗杰斯.创新的扩散[M].辛欣,译.北京：中央编译出版社,2002.

安东尼·吉登斯.社会的构成：结构化理论大纲[M].李康,李猛,译.北京：三联书
店,1998.

安东尼·唐斯.官僚制内幕[M].郭小聪,等译.北京：中国人民大学出版社,2006.

艾尔·巴比.社会研究方法[M].邱泽奇,译.北京：华夏出版社,2005.

保罗·A.萨巴蒂尔.政策过程理论[M].彭宗超,钟开斌,等译.北京：三联书
店.2004.

查尔斯·E.林布隆.政策制定过程[M].朱国斌,译.北京：华夏出版社,1988.

陈文玉.政策制订过程之研究——台北省开放教育政策个案分析[D].台湾新竹师范
学院国民教育研究所硕士论文,1998.

陈振明.公共政策分析[M].北京：中国人民大学出版社,2002.

陈振明.公共政策学——政策分析的理论、方法和技术[M].北京：中国人民大学出
版社,2004.

大岳秀夫.政策过程[M].傅禄永,译.北京：经济日报出版社,1992.

戴维·伊斯顿.政治体系：政治学状况研究[M].马清槐,译.北京：商务印书
馆,1993.

戴维·约翰·法默尔.公共行政的语言：官僚制、现代性和后现代性[M].吴琼,译.
北京：中国人民大学出版社,2005.

戴晓霞,莫家豪,谢安邦.高等教育市场化.北京：北京大学出版社,2004.

道格拉斯·C.诺思.制度、制度变迁与经济绩效[M].刘守英,译.上海：三联书

店,1994.

道格拉斯·C.诺思.经济史中的结构和变迁[M].陈郁,等译.上海:三联书店,1991.

迪韦尔热.政治社会学:政治学的要素[M].佟心平,等译.北京:华夏出版社,1987.

风笑天.社会学研究方法[M].北京:中国人民大学出版社,2001.

盖伊·彼得斯.政府未来的治理模式[M].吴爱明,夏宏图,译.北京:中国人民大学出版社,2001.

何俊志.结构、历史与行为——历史制度主义对政治科学的重构[M].上海:复旦大学出版社,2004.

胡伟.政府过程[M].杭州:浙江人民出版社,1998.

克罗戴特·拉法耶.组织社会学[M].安延,译.北京:社会科学文献出版社,2000.

李路路,李汉林.中国的单位组织:资源、权力与交换[M].杭州:浙江人民出版社,2000.

李友梅.组织社会学及其决策分析[M].上海:上海大学出版社,2001.

李允杰,丘昌泰.政策执行与评估[M].台北:元照出版有限公司,2003.

理查德·达夫特.组织理论与设计精要[M].李维安,等译.北京:机械工业出版社,2001.

林德布罗姆,伍德豪斯.最新政策制定的过程[M].陈恒钧,等译.台北:韦伯文化事业出版社,2001.

林水波,张世贤.公共政策[M].台北:五南图书出版股份有限公司,1987.

卢现祥.西方新制度经济学[M].北京:中国发展出版社,1996.

罗伯特·A.达尔.现代政治分析[M].王沪宁,陈峰,译.上海:上海译文出版社,1987.

罗伯特·B.登哈特.公共组织理论[M].扶松茂,等译.北京:中国人民大学出版社,2003.

罗伯特·殷.案例研究方法的应用[M].周海涛,译.重庆:重庆大学出版社,2004.

马克·汉森.教育管理与组织行为[M].冯大鸣,译.上海:上海教育出版社,2005.

马克斯·韦伯.经济与社会(上卷)[M].林荣远,译.北京:商务印书馆,2006.

玛格丽特·E.凯克,凯瑟琳·辛金克.超越国界的活动家:国际政治中的倡议网络[M].韩召颖,等译.北京:北京大学出版社,2005.

迈克尔·L.瓦休等.组织行为与公共管理[M].刘铮,等译.北京:经济科学出版社,2004.

麦克·F.D.扬.知识与控制:教育社会学新探[M].谢维和,等译.上海:华东师范大学出版社,2002.

曼瑟尔·奥尔森.集体行动的逻辑[M].陈郁,等译.上海:上海人民出版社,1995.

毛寿龙.西方政府的治道变革[M].北京:中国人民大学出版社,1998.

米切尔·黑尧.现代国家的政策过程[M].赵成根,译.北京:中国青年出版社,2004.

穆雷·霍恩.公共管理的政治经济学——公共部门的制度选择[M].汤大华,等译.北京:中国青年出版社,2004.

潘慧玲.教育研究的取经:概念与应用[M].上海:华东师范大学出版社,2005.

潘懋元,王伟廉.高等学校文理基础学科课程与教学改革研究[M].厦门:厦门大学出版社,1996.

朴贞子,金炯烈.政策形成论[M].济南:山东人民出版社,2005.

荣敬本等.从压力型体制向民主合作体制的转变——县乡两级政治体制改革[M].北京:中央编译出版社,1998.

邵进.对设立"国家理科基地"的政策分析[D].南京大学硕士论文,2002.

斯蒂芬·鲍尔.教育改革:批判和后结构主义的视角[M].侯定凯,译.上海:华东师范大学出版社,2002.

斯蒂芬·鲍尔.政治与教育政策制定:政策社会学探索[M].王玉秋,孙益,译.上海:华东师范大学出版社,2003.

孙光.现代政策科学[M].杭州:浙江教育出版社,1998.

托马斯·库恩.科学革命的结构[M].金吾伦,胡新和,译.北京:北京大学出版社,2003.

王根顺,李发伸.高等理科教育改革与发展概论[M].兰州:兰州大学出版社,2000.

王信贤.组织同形与制度内卷:中国国企改革与股市发展的动态逻辑[D].台湾政治大学博士论文,2002.

吴志宏,冯大鸣,周嘉方.新编教育管理学[M].上海:华东师范大学出版社,2000.

徐湘林.渐进政治改革中的政党、政府与社会[M].北京:中信出版社,2004.

薛晓源,陈家刚.全球化与新制度主义[M].北京:社会科学文献出版社,2004.

杨光斌.中国政府与政治[M].北京:中国人民大学出版社,2003.

于显洋.组织社会学[M].北京:中国人民大学出版社,2001.

余惠冰.香港教师工会的政策议论[D].香港中文大学博士学位论文,2000.

袁振国.教育政策学[M].南京:江苏教育出版社,2000.

约翰·W.金登.议程、备选方案与公共政策[M].丁煌,方兴,译.北京:中国人民大学出版社,2004.

詹姆斯·E.安得森.公共决策[M].唐亮,译.北京:华夏出版社,1990.

詹姆斯·莱斯特.公共政策:演进研究途径[M].台北:学富文化事业有限公

司,2001.

张国庆.公共政策分析[M].上海：复旦大学出版社,2004.

张金马.政策科学导论[M].北京：中国人民大学出版社,1992.

张维迎.博弈论与信息经济学[M].上海：三联书店,1996.

张蔚萌.一个自下而上的政策议程设置："985"政策的制定过程分析[D].北京大学硕
　　士学位论文,2004.

周雪光.组织社会学十讲[M].北京：社会科学文献出版社,2003.

周志忍.当代国外行政改革比较研究[M].北京：国家行政学院出版社,1999.

朱德米.经济特区与中国政治发展[M].重庆：重庆出版社,2004.

朱光磊.当代中国政府过程[M].天津：天津人民出版社,1997.

朱镇明.制度、官僚与政策过程——分析政府运作的概念性框架[M].台北：洪叶文
　　化事业有限公司,1996.

（二）中文学术期刊文章

陈锦华.重点建设——举世瞩目的伟业[J].求是,1994(19).

陈至立.全面贯彻"三个代表"要求 大力推进高校哲学社会科学事业的发展与繁荣
　　[J].求是,2002,(19).

陈至立.建好"国家理科基地",加强基础科学人才培养[J].中国高等教育,2000(17).

陈祖福.我国高等理科教育的发展与改革[J].高等理科教育,1993(1).

丁煌.我国现阶段政策执行阻滞及其防治对策的制度分析[J].政治学研究,2002(1).

弓孟谦.采取切实措施,加强教学研究[J].高校理论战线,1997(6).

顾海兵.摒弃集权式学术管理制度[J].科学管理研究,2002(4).

顾海良.改革发展创新——关于高校人文社会科学研究重点研究基地建设的几个问
　　题[J].全球教育展望,2001(1).

顾海良.树立一流意识,提升社科研究水平——关于高校人文社会科学重点研究基地
　　建设的几个问题[J].中国高等教育,2001(5).

郭寿玉.对加强和改进《资本论》教学的几点意见[J].高校理论战线,1997(6).

胡爱敏.当前政策执行出现偏差的表现和根源[J].济南市社会主义学院学报,2001
　　(1).

胡代光.加强和改进高校政治理论课教学工作[J].高校理论战线,1997(5).

华成刚.1949年以来我国普通高等教育经费投入情况分析[J].教育发展研究,2003
　　(8).

连好宝,廖世忠.重点突破与整体推进——运用不平衡发展规律探索建设有中国特色
　　社会主义道路[J].理论学习月刊,1994(11).

刘军.社会网络模型研究论析[J].社会学研究,2004(1).

刘世定.嵌入性与关系合同[J].社会学研究,1999(4)。

闵维方.社会主义市场经济条件下高等教育运行机制的基本框架[J].高等教育研究,
　　2001(4).

潘永强.资本论教学座谈会观点综述[J].当代经济研究,1997(5).

任树本,郭嗣清.重点建设与中国21世纪[J].中国对外贸易,1994(9).

任晓.美国公共政策研究专家彼得·梅谈美国公共政策研究的现状[J].中国行政管
　　理,1998(2).

邵进.加强理科基地建设努力培养高素质创新人才——南京大学"理科"基地建设与
　　创新人才培养思路与举措[J].高等理科教育,2000(6).

石亚军,阎志坚,张晓京.提升文科基础学科教学和科研水平的有益探索——国家文
　　科基地建设评估报告[J].中国高等教育,2002(13),(14).

史湘洲.中国锁定软件大国目标[J].瞭望新闻周刊,2001(48).

宋涛.《资本论》对我们仍是一部具有非常重要作用的著作[J].高校理论战线,1997
　　(5).

王冀生.遵循理科教育基本规律,从国情出发,积极稳妥地进行教育调整和改革——
　　在中国科技大学教育改革研讨会上的讲话.教育与现代化[J].1991(1).

魏陆.从公共教育支出的国际比较谈我国教育的改革[J].理论与改革,2000(3).

席鸿健.关于理科基础学科试验专业点建设的认识与实践[J].广西大学学报(哲学社
　　会科学版),1997(6).

杨瑞龙.论我国制度变迁方式与制度选择目标的冲突及其协调[J].经济研究,1994
　　(5).

杨瑞龙.论制度供给[J].经济研究,1993(8).

杨瑞龙.我国制度变迁方式转换的三阶段论——兼论地方政府的制度创新行为[J].
　　经济研究,1998(1).

张保生.论高校科研组织与科研发动[J].中国社会科学文摘,2005(2).

张军.过渡经济学理论的回顾与争论[J].社会科学战线,1998(5).

张彤玉.对当前《资本论》教学和研究工作的几点意见[J].高校理论战线,1997(6).

张尧学.关于创办示范性软件学院的思考[J].中国高等教育,2004(10).

周济.在教育部直属高校工作咨询委员会第十三次会议上的讲话[J].中国高等教育,
　　2003(2).

周雪光.西方社会学关于中国组织与制度变迁研究状况述评[J].社会学研究,1999
　　(4).

（三）英文著作

Aldrich E. Howard. Orgnazition Evolving. Thousand Oaks: Sage Publication,1999.

J. E. Anderson Public Policy Making. New York: Praeger Publisher,1975.

Anna Grandori. Perspectives on Organization Theory. Cambridge, Mass: Ballinger Pub. Co,1987.

Anthony King ed. The New American Political System. Washington D. C: American Enterprise Institute,1978.

B. Guy Peters. Institutional Theory in Policy Science: The 'New Institutionalism'. London,New York: Pinter,1999.

Campbell Jones,Rolland Munro. Contemporary Organization Theory. Oxford: Sociological Review,2005.

Richard L. Daft, Selwyn William Becker. Innovations in Organizations. New York: Elsevier,1978.

David M. Lampton. Policy Implementation in Post-Mao China. University of California Press,1987.

D. Easton,A Systems Analysis of Political Life. New York:Wiley,1965.

Florence Heffron. Organization Theory and Public Organizations: the Political Connection. Englewood Cliffs,N. J: Prentice Hall,1989.

Harold D. Lasswell. The Decision Process: Seven Categaries of Functional Analysis. College Park: University of Maryland,1956.

Harold F. Gortner,Julianne Mahler, Jeanne Bell Nicholson. Organization Theory: A Public Perspective. Fort Worth: Harcourt Brace College Publishers,1997.

Howlett Michael, M Ramesh. Studying Public Policy: Policy Cycles and Policy Subsystems. Oxford University Press,1995.

Hugh Heclo. Modern Social Politics in Britain and Sweden: From Relief to Income Maintenance. Yale University Press,1974.

James G. March, Johan P. Olsen. Rediscovering Institutions-The Organization Basis of Politics. New York: The Free Press,1989.

James P. Lester, Joseph Steward,Jr,. Public Policy: An Evolutionary Approach(Second Edition). Wadsworth,a division of Thomson Learning,2000.

Jay M. Shafritz, J. Steven Ott. Classics of Organization Theory. Beijing: China Renmin University Press,2004.

Jeffrey Pfeffer, Gerald R. Salancik. The External Control of Organizations: A Resource Dependence Perspective. New York: Harper & Row, 1987.

John Hassard. Sociology and Organization Theory: Positivism, Paradigms, and Post-modernity. New York, NY: Cambridge University Press, 1993.

John W. Kingdon. Agendas, Alternatives, and Public Policies. Boston: Little, Brown and Company, 1984.

John W. Meyer, W. Richard Scott. Organizational Environments—Ritual and Rationality(Updated Edition). Sage Publications, 1992.

Karch, Andrew Jonathan. Democratic laboratories: The politics of innovation in the American states. PhD dissertation, Harvard University, 2003.

Kelman, Steven. Making Public Policy. New York: Basic Books, 1987.

Kenneth G. Lieberthal, David M. Lampton. Bureaucracy, Politics, and Decision Making in Post-Mao China. University of California Press, 1992.

King, Paula J. Policy Entrepreneurs: Catalysts in the Policy Innovation Process. Ph. D. diss. University of Minnesota, 1988.

Kurt Weyland. Learning from Foreign Models in Latin American Policy Reform. Washington, D. C: Woodrow Wilson Centre Press, 2004.

Lawrence Dodd, Calvin Jillson. New Perspectives in American Politics. Washington, D. C. : Congressional Quarterly Press, 1994.

Lieberthal, Kenneth. Policy Making in China: Leaders, Structures, and Processes. Princeton, N. J. : Princeton University Press, 1988.

Lucian Pye. The Dynamics of Chinese Politics. Cambridge, Mass. : Oelgeschlager, Gunn & Hain, 1981.

Mary Brinton, Victor Nee (eds.). The New Institutionalism in Sociology. New York: Russell Sage Foundation, 1998.

Mie Augier, James G. March (eds). The Economics of Choice, Change, and Organization. Essays in the memory of Richard M. Cyert. Cheltenham UK: Edward Elgar, 2002.

Oliver Williamson. Organization Theory: From Chester Barnard to the Present and Beyond. New York: Oxford University Press, 1990.

Parsons, Talcott. Structure and Process in Modern Societies. Glencoe, Ill. : Free Press, 1960.

Pfeffer, Salancik. The External Control of Organizations. New York: Harper & Row, 1978.

Richard L. Daft. Essentials of Organization Theory and Design. Cincinnati, Ohio: South-Western College Publishing,1998.

Riker, William. The Art of Political Manipulation. New Haven: Yale University Press,1986.

Robert B. Reich. The Power of Public Ideas, Chap. 7, ed. Cambridge, MA: Harvard University Press,1988.

Robert K. Yin. Case Study Research: Design and Methods(2nd. edition). SAGE Publications,1991.

Stuart S. Nagel. The Policy Process. Commack, N. Y.: Nova Science Publishers,1999.

W. Richard Scott. Institutions and Organizitions. California: Sage Publications,2001.

Walter W. Powell, Paul J. DiMaggio. The New Institutionalism in Organizational Analysis. Chicago: The University of Chicago Press. 1991.

William M. Evan. Organization Theory: Research and Design, New York: Maxwell Macmillan International,1993.

Robert Wuthnow, J. D. Hunter, A. Bergesen and E. Kurzweil. Cultural Analysis. Boston: Routledge and Kegan Paul,1984.

（四）英文学术论文

Bradley C. Canon, Lawrence Baum. Patterns of Adoption of Tort Law Innovations, American Political Science Review. 1981,75.

Christopher Z. Mooney, Mei-Hsien Lee. Legislative Morality in the American States: The Case of Pre-Roe Abortion Regulation Reform. American Journal of Political Science. 1995: 39.

Christopher Z. Mooney. Modeling Regional Effects on State Policy Diffusion. Political Research Quarterly. 2001,54.

Clark, Jill, Lawrence French. Innovation and Program Content in State Tax Policies. State and Local Government Review. 1984,16.

Colin J. Bennett. What Is Policy Convergence and What Causes It? British Journal of Political Science,1991,21.

David Collier, R. E Messick. Prerequisites Versus Diffusion: Testing Explanations of Social Security Adoption. American political Science Review,1975,69.

David Strang, John W. Meyer. Institutional Conditions for Diffusion. Theory and Society,1993,22.

Donald C. Menzel, Irwin Feller. Leadership and Interaction Patterns in the Diffusion of Innovations among the American States. The Western Political Quarterly, 1977,30.

Dowling, Pfeffer. Organizational Legitimacy. Pacific Sociological Review,1975,18.

Eric Abrahamson, Lori Rosenkopf. Social Network Effects on the Extent of Innovation Diffusion: A Computer Simulation. Organization Science,1997,8.

Frances Stokes Berry, William D. Berry. State Lottery Adoptions as Policy Innovations: An Event History Analysis. The American Political Science Review, 1990,84.

Frances Stokes Berry, William D. Berry. Tax Innovation in the States: Capitalizing on Political Opportunity. American Journal of Political Science,1992,36.

Frances Stokes Berry. Innovation in Public Management: The Adoption of State Strategic Planning. Public Administration Review,1994,54.

Frederick J. Boehmke, Richard Witmer. Disentangling Diffusion: The Effects of Social Learning and Economic Competition on State Policy Innovation and Expansion. Political Research Quarterly,2004,57.

Freeman,Patricia K. Interstate Communication Among State Legislators Regarding Energy Policy Innovation. Publius,1985,15.

G. Jodan. Policy Realism versus 'New Institutionalist Ambiguity'. Political Studies, 1990,XXXVlll.

Gerald Silverberg,Giovanni Dosi, Luigi Orsenigo. Innovation, Diversity and Diffusion: A Self-Organisation Model. The Economic Journal,1988,98.

Glick,Henry. Innovation in State Judicial Administration: Effects on Court Management and Organization. American Politics Quarterly,1981,9.

Granovetter M. Economic Action and Social Structure: The Problem of Embeddedness. American Journal of Sociology,1985-1997,91.

Gray,Virginia. Innovation in the States: A Diffusion Study. American political Science Review,1973,67.

Fred W. Grupp,JR. ,Alan R. Richards. Variations in Elite Perceptions of American States as Referents for Public Policy Making. American Political Science Review,1975,69.

Michael T. Hannan, John Freeman. Structural Inertia and Organizational Change. American Sociological Review,1984,49.

Michael T. Hannan, John Freeman. The Ecology of Organizational Founding: American Labor Unions 1836-1985. American Sociological Review,1987,92.

Pamela R. Haunschild, Anne S. Miner. Modes of interorganizational imitation: The effects of outcome salience and uncertainty. Administrative Science Quarterly,1997,42.

Henry R. Glick, Scott P. Hays. Innovation and Reinvention in State Policymaking: Theory and the Evolution of Living Will Laws. The Journal of Politics,1991,53.

Henry R. Glick, Scott P. Hays. The Role of Agenda Setting in Policy Innovation: An Event History Analysis of Living Will Laws. American Politics Quarterly,1997,25.

Henry R. Glick. Judicial Innovation and Policy Re-Invention: State Supreme Courts and the Right to Die. The Western Political Quarterly. 1992,45.

Howard E. Aldrich, Jeffrey Pfeffer. Organization and Environment. Annual Review of Sociology,1976,2.

Howard M. Leichter. The Patterns and Origins of Policy Diffusion: The Case of the Commonwealth. Comparative Politics,1983,15.

Ingram Paul, Brian S. Silverman. Introduction: The New Institutionalism in Strategy. Advances in Strategic Management,2002,19.

Ingram Paul, Joel A. C. Baum. Interorganizational Learning and the Dynamics of Chain Relationships. Advances in Strategic Management,2001,18.

John E. Filer,Donald L. Moak,Barry Uze. Why Some States Adopt Lotteries and Others Don't. Public Finance Quarterly,1988,16.

John. W. Meyer, Brain Rowan. Institutionalized organizations: Formal Structure as Myth and Ceremony. American Journal of Sociology,1977,83.

Kirst NW. The States' Role In Education Policy Innovation. Policy Studies Review, 1981,1.

James M. Lutz. Regional Leadership Patterns in the Diffusion of Public Policies. American Politics Quarterly,1987,15.

Michael Hannan, John H. Freeman. The Population Ecology of Organizations. American Journal of Sociology,1977,82.

Michael Mintrom, Sandra Vergari. Policy Networks and Innovation Diffusion: The Case of State Education Reforms. The Journal of Politics,1998,60.

Michael Mintrom. Policy Entrepreneurs and the Diffusion of Innovation. American Journal of Political Science,1997,41.

Nancy C. Roberts, Paula J. King. Policy Entrepreneurs: Their Activity Structure and

Function in the Policy Process. Journal of Public Administration Research and Theory,1991,1.

Pamela S. Tolbert，Lynne G. Zucker. Institutional Sources of Change in the Formal Structure of Organizations：The Diffusion of Civil Service Reform,1880—1935. Administrative Science Quarterly,1983,28.

Peter A. Hall. Policy Paradigms,Social Learning,and the State：The Case of Economic Policymaking in Britain. Comparative Politics,1993,25.

James L. Regens. State Policy Responses to the Energy Issue. Social Science Quarterly,1980,61.

Richard C. Feiock，Johathan P. West. Testing Competing Explanations for Policy Adoption：Municipal Solid Waste Recycling Programs. Political Research Quarterly, 1993,46.

Robert Eyestone. Confusion，Diffusion，and Innovation. The American Political Science Review,1977,71.

Robert R. Alford and Roger Friedland. Political Participation and Public Policy. Annual Review of Sociology,1975,1.

Scott P. Hays. Influences on Reinvention during the Diffusion of Innovations. Political Research Quarterly,1996,49.

Susan Welch，Kay Thompson. The Impact of Federal Incentives on State Policy Innovation. American Journal of Political Science,1980,24.

Thomas S. Robertson. The Process of Innovation and the Diffusion of Innovation. Journal of Marketing,1967,31.

Voden Craig，Volden. States as Policy Laboratories：Experimenting with the Children's Health Insurance Program. Prepared for the 2003 Summer Political Methodology Meetings,Minneapolis,2003.

Jack L. Walker. The Diffusion of Innovations Among the American States. American Political Science Review,1969,63.

Jack L. Walker. Comment. American Political Science Review,1973,67.

（五）中文报刊文章

陈祖福.社会主义市场经济与高教教改[N].中国教育报,1993-8-3(第二版).

大学中文系主任聚会春城 呼吁保护文史哲基础学科,建立国家级文科基础学科人才培养基地[N].中国教育报,1993-8-12(第四版).

高等教育与市场经济——高等教育与社会主义市场经济问题理论讨论会综述[N].

中国教育报,1993-1-30(第三版).

李进才,陶梅生.培养文史哲基础理论人才的一些思考[N].中国教育报,1993-7-1(第三版).

加快教育的改革与发展——八届全国政协委员发言摘要[N].中国教育报,1993-3-24(第二版).

认清形势 理顺思路 开创高校人文社会科学工作新局面[N].中国教育报,1994-1-6(第三版).

如何开创教育工作新局面——八届全国人大代表发言摘登[N].中国教育报,1993-3-31(第二版).

如何开创教育工作新局面——八届全国政协委员发言摘要[N].中国教育报,1993-3-26(第二版).

田敬诚.人文、社会科学研究面临的困境及其出路[N].科技导报,1994(2).

杨志坚.人文科学的危机和对策[N].中国教育报,1993-7-15(第三版).

袁振宇,石亚军.调整专业设置 优化课程结构[N].中国教育报,1993-9-2(第三版).

政协八届一次会议第四次全体会议教育成为发言热点[N].中国教育报,1993-3-25(第一版).

（六）讲话、报告和政府文件

何东昌.关于当前教育事业发展和改革的几个问题(节录)——在国家教委1988年工作会议上的讲话[M].中国改革全书(教育改革卷)1978-1991.大连:大连出版社,1992:323-325.

李铁映.解放思想,深化改革,振兴我国教育事业(节选)——在国家教委机关全体干部大会上的讲话[M].中国改革全书(教育改革卷)1978—1991.大连:大连出版社,1992:336-338.

苏步青等.关于进一步加强和保护基础科学研究和教学人才培养的呼吁书[G].国家理科基础科学研究和教学人才培养基地资料汇编(二).北京:北京师范大学出版社,1998:6-8.

吴阶平,周光召等.关于继续实施"国家基础科学人才培养基金"的提案[C].全国人大九届三次会议建议,2000(39).

奚广庆.在邓小平理论指引下,开创高校人文社会科学研究事业的新局面——在普通高校人文社会科学研究工作会议上的讲话[M].中国高校人文社会科学研究通鉴(1996—2000).北京:中国人民大学出版社,2004:103.

周远清.质量意识要升温 教学改革要突破——在全国普通高校第一次教学工作会议上的讲话[J].北京:高等教育研究,1998,(3).

周远清,1996.在"理科基地"第四批选点论证会上的讲话[G].国家理科基础科学研究和教学人才培养基地资料汇编(二).北京：北京师范大学出版社,1998：3-5.

朱开轩.关于深化改革高等理科教育的若干问题[M]//高等理科教育改革与发展概论.兰州：兰州大学出版社,2000：171-181.

国家教委.关于印发"如何使用理科人才座谈会"发言摘要的通知.1989年4月7日.

教育部高等教育司.深化教学改革 培养适应21世纪需要的高质量人才——第一次全国普通高等学校教学工作会议文件和资料汇编[G].北京：高等教育出版社,1988.

教育部高等教育司.国家理科基础科学研究和教学人才培养基地资料汇编(二)[G].北京：北京师范大学出版社,1998.

教育部高等教育司.国家经济学基础人才培养基地资料汇编[G].北京：高等教育出版社,1999.

教育部高等教育司.国家经济学基础人才培养基地资料汇编(二)[G].北京：高等教育出版社,2003.

教育部高等教育司.全国高等学校文科基地建设文集[C].北京：高等教育出版社,2003.

教育部社政司.中国高校人文社会科学研究通鉴(1996—2000)[M].北京：中国人民大学出版社,2004.

中国高校人文社会科学研究通鉴(1996—2000)[M].北京：中国人民大学出版社,2004.

《中国教育年鉴》编辑部.1953年全国综合大学会议[M]//中国教育年鉴(1949—1981).北京：中国大百科全书出版社,1984：251.

《中国教育年鉴》编辑部.普通高等教育深化本科教育教学改革[M]//中国教育年鉴(1988).北京：人民教育出版社,1988：137-143.

《中国教育年鉴》编辑部.设立基础科学人才培养基金[M]//中国教育年鉴(1997).北京：人民教育出版社,1997：198.

《中国教育年鉴》编辑部.建设工科基础课程教学基地[M]//中国教育年鉴(1997).北京：人民教育出版社,1997：196.

《中国教育年鉴》编辑部.国家基础科学人才培养基地和国家基础课程教学基地建设[M]//中国教育年鉴(1998).北京：人民教育出版社,1998：206.

《中国教育年鉴》编辑部.贯彻落实党的十六大和江泽民同志讲话精神,发展繁荣高校哲学社会科学[M]//中国教育年鉴.北京：人民教育出版社,2003：221-222.

《中国教育年鉴》编辑部.国家集成电路人才培养基地建设[M]//中国教育年鉴

(2004).北京：人民教育出版社,2004：194-195.

国家教委.关于深化改革高等理科教育的意见[M].高等理科教育改革与发展概论.
兰州：兰州大学出版社,2000.

国家教委高等教育司.关于理科人才社会需求和深化理科改革问题调查研究的综合
报告[M].高等理科教育改革与发展概论.兰州：兰州大学出版社,2002：189-203.

国家计委.国家重点建设项目管理办法,计建设[1996]405 号.

国家教委.关于建立国家工科基础课程教学基地的通知,教高厅[1996]113 号.

国家教委.关于建立文科基础科学人才培养和研究基地的意见,教高[1994]9 号.

国家教委.关于建设国家理科基础科学研究和教学人才培养基地的意见,教高司
[1992]4 号.

国家教委.关于批准"理科基地"第二批专业点的通知,教高[1993]15 号.

国家教委,关于批准第四批"国家理科基础科学研究和教学人才培养基地"专业点的
通知,教高[1996]19 号.

国家教委.关于批准国家文科基础学科人才培养和科学研究基地学科点的通知,教高
[1995]2 号.

国家教委.关于批准吉林大学历史学学科和湖北大学中文学学科为国家文科基础学
科人才培养和科学研究基地的通知,教高[1997]17 号.

国家教委.关于申报第四批"国家理科基础科学研究和教学人才培养基地"专业点的
通知,教高厅[1996]9 号.

国家教委.关于审批理科基础科学人才培养基地第一批本科重点改革、建设试点专业
点(系)的通知,教高[1991]17 号.

国家教委.关于印发我委《关于深化改革高等理科教育的意见》的通知,教高[1990]
2016 号.

国家教委.关于做好今年"理科基地"建设经费使用工作的通知,教高司[1997]38 号.

国务院.关于印发鼓励软件产业和集成电路产业发展若干政策的通知,国发[2000]
18 号.

教育部.关于公布普通高等学校人文社会科学重点研究基地建设计划第四批入选机
构名单的通知,教社政函[2001]30 号.

教育部.关于加强大学生文化素质教育的若干意见,教高司[1998]2 号.

教育部.关于进一步加强"国家基础科学人才培养基地"和"国家基础课程教学基地"
建设的若干意见,教高[1998]2 号.

教育部.关于批准中国人民大学等十一所院校建立国家经济学基础人才培养基地建
设的通知,教高[1998]11 号.

教育部.关于申报国家经济学基础人才培养基地的通知,教高司[1998]43号.

教育部.关于文科基础基地中期检查的情况通报,教高司[1998]40号.

教育部.关于下达教育部人文社会科学重点研究基地第三批重大项目的通知,教社政函[2001]2号.

教育部.关于下达教育部人文社会科学重点研究基地第一批重大项目的通知,教社政司[2000]49号.

教育部.关于下达普通高等学校人文社会科学重点研究基地建设计划第三批入选机构经费的通知,教社政函[2001]1号.

教育部.关于下达普通高等学校人文社会科学重点研究基地建设计划第一批入选机构经费的通知,教社政司[1999]145号.

教育部.关于印发《普通高等学校人文社会科学重点研究基地管理办法》的通知,教社政[2001]23号.

教育部.关于印发《普通高等学校人文社会科学重点研究基地建设计划实施细则(试行)》的通知,教社政司[1999]78号.

教育部.普通高等学校人文社会科学重点研究基地建设计划,教社政[1999]10号.

教育部,国家计委.关于批准有关高等学校试办示范性软件学院的通知,教高[2001]6号.

教育部,国家计委.关于批准有关高校建立"国家生命科学与技术人才培养基地"的通知,教高[2002]9号.

科技部.国家基础科学人才培养基金实施管理暂行办法,国科发高字[1997]029.